Damaris Kofmehl
Eliana – Samba im Blut

Damaris Kofmehl

Eliana – Samba im Blut

Das Leben als Tänzerin war ihr nicht genug

BRUNNEN
VERLAG BASEL · GIESSEN

Bibliografische Information Der Deutschen Bibliothek
Die Deutsche Bibliothek verzeichnet diese Publikation in der Deutschen Nationalbibliografie; detaillierte bibliografische Daten sind im Internet über http://dnb.ddb.de abrufbar.

4. Auflage 2007

Umschlag: Michael Basler, D-Lörrach
Foto Umschlag: Privatbesitz Eliana Santana
Fotos Innenteil: © by Kofmehl/Santana
Satz: Bertschi & Messmer AG, Basel
Druck: Ebner & Spiegel, Ulm
Printed in Germany

ISBN 978-3-7655-3744-8

Inhalt

Teil I: Samba do Brasil – die Jahre in den Nightclubs

Teil II:
Blut und Feuer – jetzt geht's erst richtig los!

Vorwort von Eliana

Kurz nachdem sich mein Leben radikal verändert hatte, sagte ich ziemlich verzweifelt zu meiner Freundin:

«Was soll ich bloß tun? Ich habe meine Geschichte schon allen erzählt! Wem kann ich sie denn noch erzählen?» Meine Freundin lächelte und meinte nur:

«Mach dir bloß keine Sorgen. Die Welt ist ganz schön groß. Und du wirst noch viele Gelegenheiten haben, deine Geschichte zu erzählen.»

Eine dieser Gelegenheiten ist dieses Buch, und ich wünsche mir von Herzen, dass es nicht einfach nur ein Buch ist, sondern dass es jenen Menschen helfen kann, die von sich denken, sie könnten niemals richtig glücklich sein.

Eliana Santana

Teil I:

Samba do Brasil – die Jahre in den Nightclubs

1. Lebensmüde

Das Leben hatte keinen Sinn.

Zu diesem Schluss war sie gekommen.

Endgültig.

Eliana starrte auf die Tabletten in ihrer Hand und überlegte sich, wie lange es wohl dauern würde, bis sie hinüber war. Ob es ein qualvoller Tod sein würde? Und wenn die Dosis nicht ausreichte? Sie öffnete den Schrank, in dem ihre Arbeitgeberin den Whisky aufbewahrte, griff nach der vordersten Flasche und füllte sich ein Glas bis zum Rand. Das Glas in der rechten, die Tabletten in der linken Hand schlurfte die sechzehnjährige Brasilianerin ins Bad und blieb lange unbeweglich vor dem Spiegel stehen. Sie betrachtete sich so eingehend, als hätte sie sich noch nie zuvor gesehen. Ihr Gesicht hatte seinen Glanz verloren. Das war nicht mehr Xuxu (sprich: Schuschu), die mit den Jungs aus ihrem Viertel auf der Straße Fußball spielte und Drachen steigen ließ. Das war nicht mehr Xuxu, die in der Leichtathletik eine Goldmedaille nach der andern holte.

Wie sie zu ihrem Spitznamen gekommen war, wusste Eliana selbst nicht. Jedenfalls war sie im ganzen Schulhaus nur unter diesem Namen bekannt: Xuxu, das Mädchen, das sämtliche Medaillen gewinnt. Und diese Tatsache erfüllte sie mit nicht wenig Stolz. Doch davon war jetzt nicht mehr viel übrig. Die große, schlanke Frau im Spiegel schien nur noch eine leblose Hülle zu sein. Und genau so fühlte sie sich auch: leblos. Das Leben hatte keinen Sinn mehr. Jedenfalls nicht für sie. Und sie war entschlossen, diesem Leben ein Ende zu setzen. Wozu weiterleben, wenn die Leere in ihrem Herzen von Tag zu Tag größer wurde? Und wenn die Sinnlosigkeit sich immer tiefer in sie hineinfraß? So viele Fragen – und keine Antworten. So viele Träume – und keine Aussicht, jemals aus diesem eintönigen Leben auszubrechen.

Die Mutter ihrer Arbeitgeberin war vor einer Woche gestorben, was für Eliana ein harter Schlag gewesen war, denn sie hatte sie gemocht wie ihre eigene Großmutter, und mit ihrem Tod schien auch ihre eigene junge Lebensuhr nicht mehr ticken zu wollen. Es war alles so grau und kalt geworden, seit Tante Maria nicht mehr da war. Fabiana, Elianas Arbeitgeberin, der sie im Haushalt half, starrte nur noch trübselig in die Gegend, redete kaum noch ein Wort und verkroch sich immer häufiger mit einem Glas Whisky in ihr Zimmer. Zu allem Unglück hatte Eliana heute erfahren, dass sie das Schuljahr wiederholen musste. Die Direktorin meinte mit bedauernder Miene, ihre Leistungen wären einfach zu schwach. Das hatte ihr endgültig den Rest gegeben. Sie war eine Niete und würde immer eine Niete sein. Dies war schon das dritte Mal, dass sie sitzen blieb, das dritte Mal! Sechzehn Jahre alt, 1,75 m groß – und dann das achte Schuljahr wiederholen müssen! Was hatte das alles noch für einen Sinn? Wofür lohnte es sich weiterzukämpfen, wenn sie doch nie vom Fleck kam? Welche Zukunft konnte ihr das Leben bieten?

«Xuxu», hauchte Eliana, während sie die Tabletten zum Mund führte. Sie fühlte sich so leer, so unglaublich leer! «Leb wohl, Xuxu.» Sie zögerte ein paar Sekunden, dann schloss sie die Augen und schluckte die Pillen kurz entschlossen hinunter. Den Whisky schüttete sie in wenigen Zügen nach. Er brannte wie Feuer in ihrem Hals.

«Geschafft», murmelte sie und öffnete die Augen wieder. Sie begegnete ihrem eigenen Blick im Spiegel und staunte, wie gleichgültig und gefühllos sie auf sich selbst wirkte – als würde der Tod nichts für sie bedeuten.

Ob es wohl stimmte, dass die Seele unsterblich ist, wie Tante Eunice in der Sonntagsschule behauptete? Und dass mit dem Tod nicht alles zu Ende ist? Oder waren dies alles nur Spekulationen, verzweifelte Versuche, Antworten zu finden auf brennende Fragen, die sowieso niemand beantworten kann? Wer konnte schon mit Sicherheit wissen, was Eliana nach diesem Leben erwartete? Ob sie sich in eine kosmische Energie verwandelte oder in ein anderes Lebewesen? Vielleicht war der Tod wie ein tiefer Schlaf, aus dem man nie mehr erwachte, ein schwarzes Nichts, ein endgültiger Schlusspunkt. Wie auch immer, sie würde es erfahren, denn jetzt gab es kein Zurück mehr. Der Countdown lief.

Wie im Traum sah sich Eliana durch die Stube tappen und die Wohnung verlassen. Warum sie plötzlich das Bedürfnis hatte, die Nachbarin zu besuchen, wusste sie selbst nicht. Rosa schien nichts zu merken, als die Sechzehnjährige vor der Tür stand.

«Komm rein, Eliana», sagte sie, wie sie es immer zu sagen pflegte, «ich hab frischen Kaffee gemacht.» Sie schob das Mädchen vor sich her in die Küche, drückte ihr ein Glas in die Hand und schenkte ihr ungefragt einen Kaffee ein, stark und süß wie immer.

«Danke», murmelte Eliana und setzte sich an den Küchentisch. Auf dem Kühlschrank stand ein alter Fernseher, und es lief gerade eine Seifenoper, wobei das Bild so verschwommen war, dass man nur Silhouetten erkennen konnte. Aber das schien Rosa nicht zu stören, im Gegenteil. Ohne den Fernseher als Geräuschkulisse lief in ihrem Haushalt nichts.

«Wie geht's Fabiana?» fragte Rosa, während sie

einen Blick in den Ofen warf, wo ein paar Pouletschenkel in einer Aluminiumform brutzelten.

«Gut», antwortete Eliana einsilbig. Sie hatte keine Lust zu reden.

«Ist sie zu Hause?»

«Nein», sagte Eliana und nippte an ihrem heißen Kaffee.

«Noch bei der Arbeit?»

«Ja.»

«Arme Fabiana», seufzte die rundliche Frau und strich sich über ihr dunkles Haar, «der Tod ihrer Mutter hat sie recht mitgenommen, nicht wahr? Ich würde ihr gerne irgendwie helfen, wenn ich nur wüsste, wie. Aber in solchen Situationen ist es schwierig, zu wissen, wie man sich verhalten soll. Sag ihr jedenfalls, dass ich da bin, wenn sie etwas braucht.»

Eliana nickte. «Maria war eine wunderbare Frau, nicht wahr?» meinte Rosa, und dann begann sie, eine Geschichte nach der anderen aus der Vergangenheit auszugraben und alle ihre Erinnerungen an Maria aufzufrischen. Ihre Worte vermischten sich mit dem Rauschen des Fernsehers zu einem immer höher werdenden Geräuschpegel, während Eliana nur unbeteiligt dasaß und ins Leere starrte. Sie spürte, wie ihr übel wurde. Die Medikamente begannen zu wirken.

Ob sie es doch nicht hätte tun sollen? Was würde wohl ihre Mutter denken, wenn man ihr mitteilte, dass sich ihre jüngste Tochter das Leben genommen hatte? Der Gedanke an ihre Mutter ließ sie innerlich zusammenzucken. Wie konnte sie ihr das nur antun? Schuldgefühle kamen in ihr hoch. Schuldgefühle und Reue. Doch dafür war es jetzt zu spät. Die Tabletten in ihrem Körper waren nicht auf Reue programmiert. Der Tod war im Anmarsch, das spürte sie so deutlich, als würde der Sensenmann bereits leibhaftig vor ihr stehen, um mit einem makabren Grinsen ihren letzten Atemzug abzuwarten.

Die Übelkeit nahm zu. Eliana stand auf und spülte ihr Glas mit kaltem Wasser aus. Dann nahm sie ein Geschirrtuch und begann, das viele Geschirr neben dem Abwaschtrog abzutrocknen.

«Das brauchst du doch nicht», hörte sie Rosa wie durch Watte hindurch sagen, und ihre eigene Stimme klang genauso unwirklich und verschwommen, als sie murmelte:

«Ich sitze tief im Dreck.»

«Warum?» fragte Rosa. Das waren die letzten Worte, die Eliana hörte. Dann wurde es ihr schwarz vor den Augen.

Es war aus.

* * *

Szenenwechsel …

«Margaret!» Das Mädchen wurde abrupt aus seiner Lektüre gerissen.

«Ja, Mutter!»

«Beeil dich ein bisschen!»

«Ja, Mutter!»

«Wir sind ohnehin schon spät dran!»

«Ja, Mutter!»

Margaret England klappte das Buch zu und wälzte sich aus ihrem Bett. Immer diese Hetzerei am Sonntagmorgen! Der einzige Tag in der Woche, an dem man ein bisschen länger hätte schlafen und sich bis mittags mit einem spannenden Buch unter der Bettdecke hätte verkriechen können! Stattdessen schrillte Punkt 8:00 Uhr der Wecker, weil man, sprich Familie England, sonntags zur Kirche zu gehen pflegte. Margaret fand das einfach himmelschreiend. Ihre sieben Jahre ältere Schwester hatte die Nase schon längst voll von Kirche und all diesem Zeug und ließ sich nicht mehr von den Eltern vorschreiben, welchen Weg sie einzuschlagen hatte. Aber Margaret hatte leider nicht den Mut ihrer Schwester, die Eltern vor vollendete Tatsachen zu stellen, und so fügte sie sich Sonntag für Sonntag naserümpfend in ihr Schicksal.

Natürlich hatte auch sie ihre Methoden, der sonntäglichen Gottesdienstpflicht das eine oder andere Mal zu entgehen. Es war schließlich nicht ihre Schuld, dass alle Lehrer ausgerechnet über das Wochenende so viele Hausaufgaben auftrugen, dass den armen Schülern nichts anderes übrig blieb, als sich den ganzen Sonntag hinter die Bücher zu klemmen … Manchmal kam es auch vor, dass sie sich sonntagmorgens plötzlich merkwürdig krank fühlte …

«Margaret! Hast du dir schon die Zähne geputzt?»

«Nein, Mutter!» knirschte die Vierzehnjährige und wackelte müde ins Badezimmer. Sie betrachtete ihr verschlafenes Gesicht im Spiegel und kam zum Schluss, dass da selbst mit Wasser, Seife und einem gequetschten Lächeln nicht mehr viel zu retten war. Ihre Motivation war gleich null, und sie war überzeugt, dass man dies auf drei Kilometer Entfernung erkennen würde.

«Margaret!» rief ihre Mutter zum hundertsten Mal an diesem Sonntagmorgen. «Hast du auch nicht vergessen, was heute für ein Tag ist?»

«Nein, Mutter!»

Wie hätte sie das auch vergessen können?! War immerhin ein absolut wichtiger Sonntag; ein Sonntag, der in die Familienchronik der Familie England eingehen würde: Margaret würde heute als Mitglied der Methodistenkirche aufgenommen werden! Dies war ein Ereignis von außerordentlicher Wichtigkeit – jedenfalls für Familie England, die seit Generationen der Methodistenkirche angehörte. Großvater war dort Laienprediger, Großmutter und Mutter *spielten Orgel, und nun würde also auch Margaret ihren Platz in der Kirche einnehmen, zur Freude und zum Stolz der ganzen Familie.*

Für sie selbst war dieser «bedeutungsvolle Tag» allerdings nicht halb so bedeutend wie für ihre Eltern und Großeltern. Sie ließ sich im Grunde nur deshalb aufnehmen, weil es irgendwie zur Familientradition gehörte und weil alle bestimmt grenzenlos enttäuscht gewesen wären, wenn sie es nicht getan hätte. Zudem würde es anschließend Geschenke und ein großes Festessen geben, und eine solche Gelegenheit sollte man sich nicht entgehen lassen. Der Gedanke an all die leckeren Speisen, die ihre Mutter zur Feier des Tages mit viel Liebe vorbereitet hatte, gab dem Mädchen den nötigen Schwung, sich nicht länger vor dem Spiegel zu bemitleiden und stattdessen tatsächlich etwas freundlicher in die Welt zu blicken.

«Margaret!» Diesmal war es Vater, der sie ermahnte, sich etwas zu beeilen. Die Vierzehnjährige machte sich frisch, schlüpfte in ihr Sonntagskleid und rannte die Treppe hinab. Hastig spülte sie ein Brötchen mit einer Tasse Tee hinunter, dann schloss sie sich ihren Eltern an, die bereits ungeduldig am Eingang auf sie warteten.

«Wo hast du bloß deinen Kopf, Margaret?» seufzte die Mutter, während sie den weißen Kragen von Margarets festlicher Bluse zurechtrückte. «Was hast du so lange in deinem Zimmer gemacht?»

«Gelesen», antwortete das Mädchen wahrheitsgetreu.

«Gelesen», wiederholte der Vater verständnislos. «Und dafür kommen wir jetzt zu spät zur Kirche. Und das ausgerechnet heute!»

Es war ein nebeliger Wintertag. Eine dünne Schneeschicht bedeckte die sanften Hügel. Es sah aus wie der Zuckerguss auf einer überdimensionalen Torte. Der Wind trug das Glockengeläut einer fern gelegenen Kirche über die verschlafene Winterlandschaft des englischen Dörfchens Goo-

le. Die schneidende Kälte weckte Margarets Lebensgeister. Hätten sie sich nicht derart beeilen müssen, um rechtzeitig zum Gottesdienst zu kommen, wäre Margaret viel lieber querfeldein über die verschneiten Felder und Wiesen gelaufen und hätte sich mit allen Sinnen in die Wunder der Natur einbinden lassen. Sie liebte die Umgebung, in der sie aufgewachsen war, die Farben der Hügel und des Himmels, die Geräusche der Vögel und des Windes, den Duft der Bäume und Büsche, das Kitzeln der Sonnenstrahlen in ihrem Gesicht. Draußen, weit weg von Schule, Familie, Kirche und Zivilisation, fühlte sie sich wohl, fühlte sie sich frei wie ein Vogel, der fliegen konnte, wohin er wollte, ohne andere um ihre Meinung zu fragen.

Sie erreichten die Methodistenkirche kurz vor Beginn des Gottesdienstes. Peter, der Pfarrer der ländlichen Gemeinde, winkte Margaret zu sich und erklärte ihr den Ablauf der Zeremonie. Vier Jugendliche, die sich ebenfalls als Mitglieder aufnehmen ließen, saßen bereits unruhig hinter dem Rednerpult und tuschelten miteinander. Margaret gesellte sich zu ihnen und nahm auf dem äußersten Stuhl Platz. Sie überschaute die vielen Kirchenbesucher, und obwohl sie die meisten persönlich kannte, machten sie ihre erwartungsvollen Blicke nervös. Es gab nichts Schlimmeres, als bei jeder kleinsten Bewegung von hundert Augen beobachtet und beurteilt zu werden! In der Öffentlichkeit hatte sie sich noch nie besonders wohlgefühlt, und um ihre Unsicherheit zu überspielen, vertiefte sie sich angestrengt in das kleine Programmheft und las es mindestens ein Dutzend Mal durch, als ginge es darum, es auswendig zu lernen.

Der Gottesdienst begann mit einer Hymne, die nach Margarets Geschmack so veraltet und verstaubt war, dass sie bestenfalls in ein Kloster des letzten Jahrhunderts gepasst hätte. Kein Wunder, dass jüngere Leute keine Lust mehr auf Kirche und Gott und all dieses fromme Zeug hatten! Sie selbst war jedenfalls entschlossen, dem ganzen *frommen Zirkus den Rücken zu kehren, sobald sie volljährig war, genau wie ihre Schwester. Sie wollte leben, nicht auf der Kirchenbank Wurzeln schlagen, während die Welt da draußen voller Abenteuer war. Gott, das war etwas für beschränkte, unausgeglichene Leute, die nicht fähig waren, ihr Leben selbst in die Hand zu nehmen.*

Nicht, dass ihre Eltern oder Großeltern zu dieser Kategorie gehörten. Margaret hätte es nie gewagt, deren Glauben in Frage zu stellen. Er war ihr Lebensinhalt, ihre Kraftquelle für den Alltag, der sie durch alle stürmischen Zeiten hindurchtrug. Wie oft hatte sie auf Großvaters Schoß gesessen, und er hatte ihr aus seinem Leben erzählt, vom Zweiten Weltkrieg, der Not, die sie in jungen Jahren miterlebt hatten, und wie sich die gesamte Methodistenkirche vereinigt hatte, um gemeinsam gegen die Armut anzukämpfen. «Wir hatten nicht viel», berichtete er, «doch was wir hatten, legten wir zusammen, um es miteinander zu teilen und anderen zu helfen. Wir verteilten Mahlzeiten unter den Bedürftigen. Was zählte, war Solidarität. Wir waren Gott dankbar für das Wenige, das wir hatten.»

Während man die dritte Strophe des öden Liedes aus dem Kirchengesangbuch anstimmte, wanderte ihr Blick in die hinterste Bankreihe, wo ihre Eltern zusammen mit Großvater und Großmutter saßen und mit Inbrunst die für Margaret so gar nichts aussagenden Worte sangen. Hätte man ihren Großeltern und Eltern verboten, an Gott zu glauben, hätte man sie genauso gut lebend beerdigen können, denn Gott gehörte zum Leben wie die Luft zum Atmen, und durch die Not während des Krieges war ihr Glaube geläutert worden wie das Gold im Schmelztiegel. Von klein auf waren sie mit Gott und der Kirche aufgewachsen, und der christliche Glaube hatte sich über all die Jahre hinweg zu einer Selbstverständlichkeit entwickelt, ohne die das Leben keinen Sinn ergab – jedenfalls für sie nicht.

Margaret bewunderte den Lebensstil ihrer Großeltern und Eltern, war jedoch gleichzeitig davon überzeugt, dass es noch tausend andere Möglichkeiten gab, dem Leben einen Sinn zu entlocken. Und sie würde nicht eher ruhen, bis sie den Sinn ihres eigenen Lebens gefunden hatte – und zwar auf ihre Art!

2. Eine zweite Chance

Als Eliana die Augen aufschlug, kam es ihr vor, als hätte sie Jahre geschlafen. Und trotzdem fühlte sie sich vollkommen zerschlagen und ausgelaugt, und ihr Gehirn schien auf Sparstrom zu laufen. Es roch nach Desinfektionsmittel und Salmiak. Alles war weiß und fremd. Das war nicht ihr Bett, das war auch nicht ihre Bettdecke und noch viel weniger ihr Zimmer. Wo um alles in der Welt war sie? Was war geschehen?

In dem kalkweißen Saal befanden sich noch drei weitere Betten. Das eine war leer, in den anderen Betten lagen zwei ältere Frauen, die offensichtlich schliefen. Elianas Blick fiel auf einen durchsichtigen Plastikbeutel, aus dem ununterbrochen eine gelbliche Flüssigkeit in einen dünnen Schlauch tropfte, der an ihrem rechten Handgelenk befestigt war. Sie war offensichtlich in einer Klinik. Aber warum?

Eliana konnte sich beim besten Willen nicht erinnern. Mühsam drehte sie den Kopf auf die andere Seite und sah ihre Mutter, die mit besorgtem Blick an ihrem Bett saß. Eliana versuchte zu lächeln, doch es gelang ihr nicht. Und da fiel es ihr plötzlich bruchstückhaft wieder ein: der Selbstmordversuch ... die Tabletten aus Tante Marias Nachttischchen ... der

Whisky … die Nachbarin … Es kam ihr alles sehr unwirklich vor, wie ein Traum, weit weg. Ihre Mutter fasste ihre Hand und sah sie lange an.

«Warum hast du das getan, mein Kind?» Eliana antwortete nicht. Eine Träne rollte ihr über die Wange, dann fielen ihr die Augen zu, und sie schlief wieder ein.

Als sie zum zweiten Mal die Augen öffnete, wurde sie von einem strahlenden Lächeln geblendet. Es gehörte niemand anderem als ihrer Schwester Cristina, die am Bett saß und sie mit ihrem unverkennbaren Pferdegebiss breit angrinste.

«Na endlich, du Schlafmütze!» Wird langsam Zeit, dass du dich erholst. Ich muss deinetwegen schon bald Überstunden machen in der Krankenhausküche, weil ich die ganze Zeit von der Arbeit weggehe, um nach dir zu sehen. Und unsere Nachbarn beginnen auch schon dumm zu schwatzen.»

Typisch Cristina. Sie hatte es auch mit neunzehn noch nicht geschafft, etwas feinfühliger zu sein. Die Redewendungen «Etwas durch die Blume sagen» oder «Um den heißen Brei herumreden», hätte man ihrer Ansicht nach längst aus dem Wörterbuch streichen können. Reine Zeitverschwendung. Cristina war eine energische junge Dame, die sich nicht scheute, die Dinge beim Namen zu nennen, und zwar ohne Rücksicht auf Verluste. (Ohne Tante Eunices Hilfe hätte sie den Job in der Krankenhausküche wohl kaum gekriegt, bei ihrem Temperament!) Den feurigen Charakter hatte sie zweifelsohne von ihrem Großvater geerbt und die schlanke Figur sowie die Größe von 1,80 m von ihrem Vater.

«Wie spät ist es?» fragte Eliana schwach.

«Du solltest eher fragen: Welcher Tag ist denn heute? Die Information ist ausnahmsweise gratis.

Heute ist Samstag. Mein einziger freier Tag in dieser Woche. Warum hättest du nicht gestern aufwachen können, dann hätte ich eine Busfahrkarte gespart.»

«Samstag», murmelte Eliana verwirrt. «Wo ist Mutter?»

«Mein liebes Schwesterchen», hob Cristina an, «Mutter war gestern hier. Aber du hast ja nur geschlafen, also ist sie wieder gegangen.»

«Wie lange bin ich denn schon hier?»

«Ah, nun werden deine Fragen langsam intelligenter», meinte Cristina mit wichtig hochgezogenen Augenbrauen. «Du hast fünf Tage geschlafen, Kindchen.»

«Fünf Tage?»

Cristina nickte. «Wie ein Stein. Rosa lieferte dich am Montagabend ein, kurz nachdem es passiert ist.»

«Nachdem was passiert ist?» Cristina legte den Kopf schief und musterte ihre Schwester mit gerunzelter Stirn.

«Du liebes Bisschen. Es ist dir also doch aufs Gehirn geschlagen. Du erinnerst dich wohl nicht zufällig daran, dass du eine Unmenge von Pillen geschluckt hast, um dich von dieser Welt zu stehlen? Weiß Gott, was in dich gefahren ist, Eliana! Verrückte kleine Schwester. Man kann dich einfach nicht alleine lassen.»

Cristina hatte die Gabe, jede noch so schwierige Situation mit ihrem scharfen Humor etwas erträglicher zu machen. Es gab Leute, die ihre beißenden Bemerkungen als völlig unangebracht und respektlos bezeichneten, und das waren sie wohl auch ab und zu. Aber Tatsache war, dass die Neunzehnjährige mit ihren Sprüchen sogar Tote zum Lachen gebracht hätte, wenn es nötig gewesen wäre.

«Das Letzte, woran ich mich erinnere, ist, dass ich

bei Rosa in der Küche stand und Geschirr abtrocknete», sagte Eliana.

«Ja, und dann bist du laut Rosas Bericht plötzlich zusammengesunken und hast zu schäumen begonnen.»

«Nein.»

«Doch. Sie sagte, du hättest dich nicht mehr auf den Beinen halten können, dein Körper wäre total schlaff gewesen. Irgendwie ist es ihr gelungen, dich in Fabianas Wohnung zu schleppen, und sie brachte dich sogar dazu, ihr die Medikamente zu zeigen, die du geschluckt hattest. Daraufhin rief sie einen Krankenwagen. Du hast Glück gehabt. Hätte Rosa nicht so schnell reagiert, wär's wohl aus gewesen.» Sie machte eine Pause und beobachtete Eliana, die mit ihrem linken Zeigefinger kleine Muster auf die weiße Bettdecke zeichnete.

«Warum hast du das getan, kleine Schwester?» Zum ersten Mal klang aufrichtige Besorgnis in ihrer Stimme mit. Eliana gab keine Antwort. Was hätte sie auch sagen sollen? Es war ihr irgendwie peinlich, die ganze Sache. Sie schämte sich dafür, dass sie sich zu diesem Wahnsinn hatte hinreißen lassen. Sie schämte sich vor ihrer Schwester, ihrer Mutter – und am meisten vor sich selbst. Am liebsten hätte sie dieses düstere Ereignis ausgelöscht, um weder sich noch irgendjemand anderem Rechenschaft darüber ablegen zu müssen. Aber es war nun mal geschehen, unabhängig davon, dass sie überlebt hatte.

Eliana ertappte sich bei dem Gedanken, dass sie diese Wende des Geschehens nicht mal so schlecht fand, selbst wenn sie sich das nicht logisch erklären konnte. Doch wofür gab es im Leben schon eine logische Erklärung? Das Leben war ein einziges undurchschaubares Spiel, dessen Regeln kein Mensch wirklich begriffen hatte und dessen Ziel ebenfalls nicht klar ersichtlich war.

«Was hat Mama gesagt?» fragte Eliana nach einer Weile, ohne Cristinas Frage beantwortet zu haben.

«Sie hat geweint», berichtete die Schwester. «Sie hat sich Vorwürfe gemacht, denke ich. Aber darüber gesprochen hat sie nicht groß. Du kennst sie ja. Sie teilt ihren Kummer nicht mit anderen Menschen.»

«Und … was hast *du* gedacht?»

«Ich?» Cristina kratzte sich am Kopf. «Ich habe gehofft, dass du bald aufwachst, damit ich dir eine Tracht Prügel verabreichen kann, dummes, egoistisches Schwesterchen! Du hast doch nicht im Ernst geglaubt, ich würde dich einfach so gehen lassen? Ohne mir vorher die drei Reais zurückzuzahlen, die ich dir geliehen habe?»

Eliana wollte lächeln, aber ihre Gesichtsmuskeln waren wie gelähmt. Cristina hatte eine ungewöhnliche Art, ihre Zuneigung in Worte zu fassen.

«Übrigens: Ich hab dir was mitgebracht», sagte sie und legte ein paar Schokoriegel auf die Bettdecke. «Keine Angst, die habe ich nicht aus der Klinikküche mitgehen lassen. Ich weiß ja, wie scheußlich das Essen hier schmeckt. Aber du bist schon ganz mager. Also reiß dich etwas zusammen. Den Tabletten hat dein Körper wohl standgehalten, aber beim Krankenhausmampf bin ich mir nicht so sicher.»

«Danke», murmelte Eliana leise.

«Also dann», meinte ihre Schwester, beugte sich dicht zu ihr hinunter und verkündete mit erhobenem Zeigefinger: «Ich weiß, du darfst dich nicht zu sehr anstrengen. Aber nimm dir wenigstens die weisen Ratschläge deiner älteren Schwester zu Herzen. Erstens: Hör auf, dich selbst zu bemitleiden und zu glauben, das würde irgendjemanden beeindrucken.

Zweitens: Beeil dich bitteschön, wieder gesund und kräftig zu werden. Und drittens: Du schuldest mir noch drei Reais.»

Mit diesen Worten stolzierte sie elegant und erhobenen Hauptes davon, und Eliana ließ sich seufzend in ihr Kissen zurückfallen. Ihre Schwester war einfach unverbesserlich unverschämt. Aber sie hatte geschafft, was sonst vielleicht niemandem in so kurzer Zeit gelungen wäre: Sie hatte Elianas Lebensuhr wieder zum Ticken gebracht, und das war der beste Weg zur Besserung.

Gerade als Cristina die Tür öffnete, kam eine junge, schick gekleidete Frau um die Ecke und wäre beinahe mit ihr zusammengeprallt. Cristina murmelte eine Entschuldigung und ging weiter, während die andere Frau das Zimmer betrat und geradewegs auf Eliana zusteuerte.

«Eliana! Du bist wach¿!»

«Marlene», brachte Eliana schwach hervor. «Woher hast du gewusst ...»

«Das ganze Schulhaus spricht nur noch von deinem ‹Unfall›. Was machst du auch für Sachen, Kind.» Sie zupfte sich ihre grellrote Bluse und ihren knallgelben Minirock zurecht und nahm auf dem Stuhl neben Elianas Bett Platz. Ihr Make-up wirkte genauso aufdringlich wie ihre Kleidung, und ihr Parfum war ebenfalls ziemlich intensiv, aber Eliana fand, es passe zu ihr: schrill, frech und verführerisch. Marlene war 24 Jahre alt und arbeitete im Schulhaus auf dem Sekretariat. Irgendwie hatten sie sich trotz ihrer acht Jahre Altersunterschied immer bestens verstanden. Marlene war für Eliana so was wie eine große Schwester, eine gute Freundin mit reichlich mehr Lebenserfahrung als sie und daher auch mit vielen brauchbaren Tipps, wie man sich als heranwachsende

Frau unter Männern behaupten konnte. Manchmal quasselte sie Eliana stundenlang die Ohren voll über Mode, Männer und Geld und erklärte ihr, worauf es im Leben ankam, um glücklich zu werden.

Eliana gab viel auf Marlenes Ratschläge. Sie schien einfach über alles Bescheid zu wissen und legte eine Sicherheit an den Tag, die Eliana imponierte. Doch heute war die emanzipierte junge Frau nicht als Fachberaterin zu ihr gekommen, sondern in erster Linie als Freundin, voller Unbehagen über das, was geschehen war.

«Hey», meinte Marlene leise, «ich hab mir Sorgen gemacht. Fabiana sagte, du hättest eine halbe Apotheke geschluckt. Stimmt das?»

Eliana gab keine Antwort.

«Ist es, weil du schon wieder die achte Klasse wiederholen sollst?»

Eliana sah Marlene erstaunt an. «Woher weißt du das?»

«Ich arbeite auf dem Sekretariat, vergessen?»

«Wenn meine Mutter das erfährt, kriegt sie einen Herzinfarkt.»

«Das Risiko dafür war die letzten Tage wesentlich höher, meinst du nicht?»

«Ich will keine Ehrenrunde drehen, Marlene», murmelte die Sechzehnjährige verzweifelt. «Ich will mich nicht mit Zwölfjährigen in dieselbe Schulbank drücken. Ich mit meinen 1,75 m! Ich bin früher schon genug gehänselt worden.»

«Sie werden dich nicht hänseln, Eliana», meinte Marlene mit einer Überzeugung, die dem Mädchen wohltat. «Du hast mehr Medaillen für diese Schule gewonnen als alle anderen Schüler zusammen. Jeder weiß das. Und du weißt das auch. Du bist die Nummer eins im Sport.»

Eliana seufzte. Sie wusste, dass Marlene Recht hatte. Sport war ihr Leben. Während sie sich im Alltag eher still in ihr Schneckenhaus zurückzog, kannte ihr Ehrgeiz im Sport keine Grenzen. Bereits in der dritten Klasse begann sie in der Leichtathletik derart hervorzustechen, dass sie ausgewählt wurde, um gegen andere Schulen anzutreten. Sie erinnerte sich noch genau an ihre erste Medaille, die sie voller Stolz nach Hause trug. Und es blieb nicht nur bei einer Medaille. Im Laufe der Jahre gewann Eliana eine Menge silberner und goldener Pokale in sämtlichen Disziplinen: Hoch- und Weitsprung, Langstrecken- und Hürdenlauf und 100-Meter-Sprint. Mit ihren langen Beinen, einer zähen Ausdauer und einer vortrefflichen Schnelligkeit stellte sie alle ihre Konkurrentinnen in den Schatten, und schon bald eroberte sie die Sympathie der gesamten Schule. Früher hatten die Schüler sie abschätzig «kleine Schwarze» genannt und wollten nichts mit ihr zu tun haben. Doch seitdem sie für die Schule bei fast jedem Leichtathletik-Turnier gewann, wurde sie von allen respektiert und sogar auf dem Pausenplatz gegrüßt.

«Eliana, eine Klasse zu wiederholen ist kein Weltuntergang.» Marlenes Worte holten sie in die Gegenwart zurück.

«Es ist das dritte Mal!» entgegnete sie, und Wut und Enttäuschung klangen in ihrer Stimme mit.

«Und was ist mit deinem Schulabschluss?»

«Meine Mutter hat auch keinen.»

«Ich dachte, du wollest es einmal besser haben als sie.»

«Das will ich ja, aber ...» Sie sah Marlene hilflos an. «Was soll ich denn tun? Kannst du mir das vielleicht verraten?!»

Marlene dachte eine Weile intensiv nach. Dann fragte sie Eliana spontan:

«Wie lange arbeitest du eigentlich schon bei Fabiana?»

«Bald zwei Jahre. Wieso?»

«Verdienst du gut?»

«Na ja, Fabiana gibt mir ab und zu ein kleines Taschengeld.»

«Und was meint deine Mutter zu diesem Job?»

«Meine Mutter? Sie sagt, das wäre kein guter Ort für mich. Sie denkt, Fabiana würde mich ausnützen. Sie macht sich Sorgen, wenn ich übers Wochenende nicht nach Hause komme. Mütter machen sich immer Sorgen.»

Marlene rückte den Stuhl etwas näher zu Elianas Bett und sah sie eindringlich an:

«Weißt du, ich denke, deine Mutter hat nicht mal so Unrecht. Nichts gegen Fabiana oder ihre verstorbene Mutter, aber ich glaube, sie haben dich zu stark an sich gebunden. Sie haben unbewusst versucht, dich deiner eigenen Familie auszuspannen. Die beiden sind für dich so wichtig geworden, dass jede Enttäuschung und jeder Verlust in eine Katastrophe münden musste, so wie es ja in der Tat geschehen ist, wenn man dich hier so liegen sieht ...»

Eliana seufzte tief. So hatte sie die Sache noch nie betrachtet. Aber wenn sie ehrlich war, musste sie sich eingestehen, dass Marlene im Grunde Recht hatte. Ihre Mutter hatte ihr hundertmal gesagt, Fabianas Einfluss wäre nicht der beste, doch sie hatte solche Bedenken nie ernst genommen. Früher war sie mit ihren Geschwistern jeden Sonntag in die Heilsarmee gegangen. Aber als Fabiana begonnen hatte, jedes Wochenende Feste zu organisieren und Videos auszuleihen, hatte Eliana das Interesse an der Sonntagsschule und sogar an ihrer eigenen Familie verloren. Sie war immer seltener nach Hause gegangen und hatte stattdessen jede freie Minute mit Fabiana und deren Mutter verbracht.

«Was du brauchst, mein Kind, ist ein Tapetenwechsel», fuhr Marlene fort. «Neue Gesichter, neue Bekanntschaften, neuer Wohnort, ein neues Kapitel sozusagen.»

«Ein neues Kapitel», murmelte Eliana und versuchte vergeblich, sich darunter etwas Konkretes vorzustellen.

«Ich mach dir einen Vorschlag», präzisierte Marlene und fasste Elianas Hand. «Warum kommst du nach deinem Krankenhaus-Aufenthalt nicht ein paar Tage zu mir nach Hause, um auf andere Gedanken zu kommen? Ich teile mit meinen beiden Brüdern eine Wohnung im besten Stadtviertel von Santos, praktisch direkt am Strand. Mein älterer Bruder ist meistens unterwegs, und mein jüngerer Bruder hätte bestimmt auch nichts dagegen, wenn du eine Weile bei uns wohnen würdest. Was hältst du davon? Wir könnten zusammen Eis essen, spazieren oder ins Kino gehen, Kokosmilch trinken, einkaufen, plaudern, wozu auch immer du Lust hast.»

Eliana lächelte. Wie gut es doch tat, eine Freundin zu haben, eine wirkliche Freundin, auf die man gerade in schwierigen Situationen zählen konnte.

«Abgemacht», willigte die Sechzehnjährige ein und fühlte sich auf einmal nicht mehr so schwach und elend. Marlene umarmte Eliana, drückte ihr einen dicken Kuss auf die Wange und zwinkerte ihr mit ihren langen schwarzen Wimpern aufmunternd zu.

«Du wirst sehen, es wird alles gut werden, Eliana. Das Leben ist viel zu aufregend, um sich an der Vergangenheit aufzureiben. Und mit der Schule wird sich auch eine Lösung finden, davon bin ich überzeugt.» Mit diesen Worten erhob sie sich, rückte ihre Bluse und den Minirock zurecht und ging zur Tür.

«Danke, dass du gekommen bist», meinte Eliana.

«Hab ich doch gern getan», antwortete Marlene, nickte ihr ein letztes Mal mit dem Kopf zu und verschwand mit elegantem Hüftschwung im Korridor.

Eliana lehnte sich zurück und war auf einmal unendlich müde. Die Gespräche mit Marlene und ihrer Schwester hatten sie mehr mitgenommen, als sie gedacht hätte. Sie starrte an die kalkweiße Zimmerdecke und versuchte, über das Gesprochene nachzudenken, aber es schien sie nur noch mehr anzustrengen. Das Einzige, was sie sich im Augenblick wünschte, war, einzuschlafen und erst wieder aufzuwachen, wenn sich alle Probleme von selbst gelöst hätten. Sie fürchtete sich davor, Entscheidungen treffen zu müssen. Und doch wusste sie, dass ihr Leben eine dringende Veränderung brauchte, ein neues Kapitel, wie Marlene es ausdrückte. Etwas musste geschehen, so viel stand fest. Die Frage war bloß: Was?

Sie seufzte, schloss die Augen und versuchte etwas zu dösen. Doch es dauerte lange, bis die Müdigkeit sie überwältigte.

3. Wie weiter?

An dem Nachmittag, als Eliana das Krankenhaus verlassen durfte, brannte die Sonne unerträglich heiß auf die Hafenstadt Santos nieder. Es war schwül, und die Luft vibrierte über den Straßen und Dächern. Die weiße Dunstglocke, die von den vielen qualmenden Fabrikschornsteinen des Industriegebiets verursacht wurde, hing schwer über der Stadt und verwandelte sie in einen glühenden Ofen. Man sagt, dass die Luftverschmutzung in Santos größer sei als an sonst einem Ort in Brasilien. Tatsächlich gibt es Tage, an denen man von der langen Hügelkette aus, die die Küste vom Landesinnern abgrenzt, nichts weiter als einen milchigen Nebel über der gesamten Region ausmachen kann. Die Luftqualität ist so miserabel, dass offene Wunden nur äußerst langsam heilen und dann häufig noch schlimme Narben hinterlassen.

Die vielen Fabrikationskonzerne, die sich um den Welthafen angesiedelt hatten, fühlten sich natürlich nicht dafür verantwortlich. Was für sie zählte, war nicht die Gesundheit der Bevölkerung, sondern dass am Ende des Monats die Bilanz stimmte. Doch das war durch die günstige Lage ihrer Unternehmen direkt am größten Exporthafen Lateinamerikas ohnehin so gut wie sicher.

Eliana hatte eine besondere Beziehung zum Hafen. Ihr Großvater war dort im Jahr 1838 als junger Sklave aus Afrika an Land gegangen und hatte viele Jahre lang Kaffeesäcke auf Schiffe verladen. Er musste ein zäher Bursche gewesen sein und ein ziemlich wildes Leben geführt haben, wie ihre Mutter erzählte. Er solle 47 Kinder gezeugt haben und 1940 im Alter von 120 Jahren gestorben sein, als Elianas Mutter, seine jüngste Tochter, gerade mal sechzehn Jahre alt war ...

Sechzehn Jahre alt, genau wie Eliana heute. Doch an diesem Nachmittag fühlte sie sich mindestens wie 70, als sie mit ihrer Schwester aus dem Bus stieg. Ein paar Nachbarn lugten neugierig aus den Fenstern, als die beiden schwarzen Mädchen die Straße entlangkamen. Eliana wäre am liebsten im Boden versunken. Sie wurde den Verdacht nicht los, dass das gesamte Viertel über sie Bescheid wusste.

«Die sollen nicht so dumm glotzen», murmelte sie vor sich hin, worauf Cristina ihr auf die Schulter klopfte und grinste:

«Berühmt zu sein hat seinen Preis, Schwesterchen. Erinnerst du dich, wie die Nachbarn mich angestarrt haben, als ich mit 18 schwanger war, ohne mit Igor verheiratet zu sein? Und heute finden alle den kleinen Pedro soooo süß.»

Eliana erinnerte sich sehr wohl an jene Geschichte. Es war für die Nachbarn ein Skandal gewesen, als Cristina vor gut einem Jahr zu ihrem Freund zog, und als sich dann bald darauf ein kleiner Sprössling anmeldete, war die Empörung der Nachbarschaft eskaliert. Seither wurde jede Begebenheit der Familie Santana, die nicht der Norm entsprach, als verdächtig eingestuft – Elianas Klinik-Aufenthalt natürlich ganz besonders.

«Du bist hier die letzten Tage das Gesprächsthema Nummer eins gewesen», fuhr Cristina fort. «Du hast auf der Hitparade der Tratschthemen sogar die Seifenopern im Fernsehen geschlagen. Und weißt du, was gemunkelt wird?»

«Was denn?»

«Du kennst unsere Nachbarn und deren blühende Fantasie, wenn es darum geht, das Privatleben anderer Menschen zu sezieren.»

«Was denken sie denn?»

«Erst musst du mir versprechen, ruhig zu bleiben, wenn ich's dir sage.»

«So schlimm kann's ja nicht sein.»

«Nun, die Leute glauben, du wärst schwanger gewesen und hättest … hättest abgetrieben.»

Eliana blieb stehen und sah ihre Schwester mit offenem Mund an. «Wie bitte?! Ich soll was getan haben?!»

«Du hast mir versprochen, ruhig zu bleiben …»

«Cristina, wie können sie so was Absurdes behaupten?!»

«Keine Ahnung, Schwesterchen. Aber reg dich bitte nicht auf, okay?»

«Nicht aufregen? Ich soll mich nicht aufregen, wenn von mir behauptet wird, ich hätte ein Kind abgetrieben? Ich fass es nicht!»

Sie wandte den Kopf und sah soeben eine Frau den Blick senken und eifrig die Veranda ihres Häuschens fegen. Eliana wäre ihr am liebsten an die Gurgel gesprungen.

«Die sollen erst den Dreck vor ihrer eigenen Tür wegkehren», knurrte sie provokativ und laut genug, damit es zumindest die Frau auf der Veranda hören konnte. «Ich und abgetrieben. Die glauben tatsächlich, ich hätte abgetrieben?!»

Cristina packte ihre jüngere Schwester am Arm und zog sie rasch weiter.

«Lass sie doch reden», versuchte sie Eliana zu beruhigen, «morgen haben sie deine angebliche Abtreibung schon vergessen und finden ein anderes Thema.»

«Das sagst du so leicht.»

«Ist doch so», meinte Cristina, «und jetzt mach nicht so ein saures Gesicht, als stünde der Weltuntergang bevor. Mutter hat zu deiner Begrüßung extra einen Kuchen gebacken. Sie werde versuchen, etwas früher von der Arbeit zu kommen, sagte sie. Und du willst doch nicht, dass sie dich mit dieser finsteren Miene vorfindet, oder?»

Nein, das wollte sie tatsächlich nicht. Ihre Mutter

hatte ihretwegen schon genug gelitten, und Eliana wollte ihr auf keinen Fall neuen Kummer bereiten. Dazu liebte und respektierte sie sie zu sehr.

Niemand opferte sich mehr auf für das Wohlergehen der Familie als ihre Mutter. Seit sich Eliana zurückerinnern konnte, arbeitete ihre Mutter als Putzfrau in zwölf verschiedenen Gebäuden, wo sie jeden Morgen in aller Herrgottsfrühe den Müll einsammelte. Sie war eine robuste kleine Frau, die keine Arbeit scheute, um ihre neunköpfige Familie durchzubringen. Einzig ihrem Fleiß und ihrem Einfallsreichtum war es zu verdanken, dass sie nie hatten hungern müssen. Ihr Vater gab seinen ganzen bescheidenen Lohn, den er als Hilfsarbeiter auf dem Bau verdiente, für Alkohol aus. Die Verantwortung eines Familienvaters hatte er noch nie wahrgenommen. Er arbeitete, um seine Sucht zu befriedigen, während die Mutter sich abrackerte, um jeden Tag eine warme Mahlzeit auf den Tisch zu zaubern. Manchmal gaben ihr die Leute aus den Gebäuden, wo sie als Putzfrau arbeitete, alte Kleider oder Fleischreste, die sie sonst fortgeworfen oder dem Hund gegeben hätten. Die Mutter war dankbar für alles, was sie bekam, und fand für alles Verwertung. Dreimal die Woche ging sie zudem mit den Kindern auf den Markt und sammelte vom Boden auf, was die Händler wegwarfen: angefaulte Früchte, Gemüse und Fischköpfe.

«Für unsere Kätzchen», erklärte sie jeweils lächelnd, um nicht sagen zu müssen, dass sie kein Geld hatte, um frische Ware zu kaufen. Ganz selten hatte Eliana ihre Mutter im Verborgenen weinen sehen, wenn Vater wieder einmal betrunken nach Hause gekommen war und das wenige Geld, das zum Unterhalt der Familie hätte dienen sollen, für Schnaps und Pizza ausgegeben hatte. Doch beklagte sie sich deswegen nie und ertrug ihr Schicksal schweigend und ohne jemanden in ihre Gedanken miteinzubeziehen.

Jeden Morgen stand sie um vier Uhr auf, damit die Zeit reichte, in allen Gebäuden den Müll ins Erdgeschoss zu tragen. Als Eliana sechs Jahre alt war, hatten sie und Cristina ihr jeden Freitag- und Samstagmorgen dabei helfen müssen. An den restlichen Tagen hatten sie schlafen dürfen, bis die Mutter um sechs Uhr morgens zurückgekommen war und das Frühstück für die ganze Familie zubereitete.

Eliana hatte es geliebt, mit dem ersten Vogelgezwitscher und dem Duft frischen Kaffees aufzuwachen. Nach dem Frühstück war die Mutter jeweils in die Gebäude zurückgekehrt, um den Boden zu schrubben. Die älteren Geschwister waren zur Schule gegangen, und Eliana hatte ihren Vater auf dem Weg zur Arbeit begleitet.

Bis zu ihrem vierzehnten Lebensjahr hatte es für sie nichts Schöneres gegeben, als sich an die geflickten Latzhosen ihres Vaters zu hängen und mit ihm durch Santos zu streifen. Er kaufte ihr immer leckere Sachen wie Bonbons oder rosafarbenes Popcorn oder Pizza, die sie sich dann teilten, nur sie beide ganz allein. Momente, die sie nie vergessen würde! Leider blieb er aber auch allzu häufig in einer Bar bei seinen so genannten Freunden hängen, und sie musste machtlos mitansehen, wie ihr Vater einen Schnaps nach dem anderen hinunterkippte. Szenen, an die sie sich wohl ebenfalls ein Leben lang erinnern würde.

Hundegebell wurde laut. Die Mädchen hatten ihr bescheidenes Heim erreicht, in welchem sie beide ihre Kindheit verbracht hatten.

«Willkommen in der Villa Santana», meinte Cristina und ließ Eliana mit einer ehrfürchtigen Verbeugung den Vortritt. Eliana blieb stehen. Es kam ihr vor, als wäre sie Jahre weg gewesen. Und obwohl sich während ihres Krankenhaus-Aufenthalts weder die Umgebung noch das Haus verändert hatten, fühlte sie sich innerlich seltsam distanziert und fremd, als wären gewisse Empfindungen in ihr abgestorben. Sie öffnete das rostige, klemmende Eisentörchen, das den Vorhof von der Straße abgrenzte, und schob mit dem Fuß die beiden Hunde zur Seite, die wild bellend versuchten, an ihr hochzuspringen. Im selben Moment setzten sich ein paar Hühner, eine Gans sowie drei Katzen, die sich ebenfalls in dem schmalen Vorhof tummelten, in rasantem Tempo in Bewegung, und die Mädchen mussten sich beeilen, das Törchen hinter sich zu schließen, bevor sämtliche Tiere das Weite suchten.

Sie durchquerten den Hof, schoben die Wolldecke zur Seite, die seit Jahren eine niemals vorhanden gewesene Haustür ersetzte, und betraten den düsteren Raum, der gleichzeitig als Küche, Wohn- und Schlafzimmer diente. Ein Fernseher stand auf einer alten Kommode und flimmerte in übertriebener Lautstärke vor sich hin.

«Vater lernt es wohl nie, den Fernseher abzustellen, wenn er zur Arbeit geht», murmelte Cristina und bastelte an der Antenne der alten Kiste herum, bis das Bild ein wenig schärfer wurde. Eliana ließ sich schweigend auf eines der beiden Stockbetten fallen, da es mangels Platz keine Stühle gab, und ließ ihren Blick im Zimmer umherschweifen, als würde sie es zum ersten Mal sehen. Eine Glühbirne hing vom schiefen Blechdach und warf ihren schwachen Schein in den fensterlosen Raum, der keine fünf Meter breit war.

Die Hütte war in einem erbärmlichen Zustand und

drohte bei jedem Windstoß auseinander zu brechen. Doch mangels Geld war nie an einen Umbau gedacht worden. Die Wände waren aus Brettern, der Boden aus festgetrampelter Erde, und alte, gleichmäßig ausgebreitete Zeitungen dienten als Teppich. Zwei Stockbetten, ein Schrank, ein Kühlschrank und der Gasherd füllten praktisch den gesamten Raum aus, und Eliana war es auf einmal ein Rätsel, wie sie hier früher als neunköpfige Familie gelebt hatten, bevor alle Geschwister ausgezogen waren. Der Gedanke, wieder hier zu wohnen, war ihr seltsam unangenehm.

Cristina reichte Eliana ein Stück Kuchen auf einem Teller und schnitt sich selbst ein großes Stück ab.

«Weißt du, woran ich denke, wenn ich dich hier so sitzen sehe?» sagte sie amüsiert. «Daran, wie ich dich früher immer übers Ohr gehauen habe. Ich sagte, ich würde sterben, und du hast mir jeden Wunsch erfüllt, damit ich nicht vor deinen Augen kläglich dahinscheide. Das waren noch Zeiten, was? Ich hab deine Naivität gnadenlos ausgenützt.»

«Marlene sagt, Fabiana und ihre Mutter hätten mich auch ausgenützt», meinte Eliana nachdenklich. «Sie schlug mir vor, eine Weile bei ihr zu wohnen.»

«Und wer ist Marlene?»

«Sie arbeitet auf dem Schulsekretariat. Ich könnte ihr etwas im Haushalt helfen. Und daneben finde ich vielleicht einen zusätzlichen Job, um wieder etwas Geld zu verdienen. Marlene sagt, Leute wie mich könne man überall gebrauchen.»

«Na ja, wir wollen's ja nicht übertreiben», tat Cristina besserwisserisch, wie es sich für eine ältere Schwester gehört, «an welche Art von Job hast du denn gedacht?»

Eliana zuckte die Achseln. «Keine Ahnung, irgendetwas halt.»

Ihre Schwester nahm einen großen Bissen des Kuchens und überlegte eine Weile angestrengt. «Ich könnte in der Krankenhausküche nachfragen», schlug sie schließlich vor. «Wär das was?»

«Hauptsache, ich kann irgendwo anpacken», meinte Eliana. «Marlene sagt, ich müsse dringend auf andere Gedanken kommen.»

«Sie scheint ja gut über dich Bescheid zu wissen, diese Marlene», grinste Cristina mit hochgezogenen Augenbrauen, und als ihr Eliana einen vielsagenden Blick zuwarf, wehrte sie ab: «Kein Grund zur Aufregung, Schwesterchen. Hab nur laut gedacht. Morgen Früh werde ich meine Chefin fragen, ob sie Verwendung für dich hätte. Ich werde ihr sagen, dass du zwar nicht ganz so intelligent und geschickt wärst wie deine nicht zu überbietende ältere Schwester, aber durchaus nett und brauchbar ...»

Für diese Bemerkung erntete Cristina einen saftigen Boxhieb in die Seite, so dass ihr beinahe der Kuchen vom Teller geflogen wäre, aber sie kicherte nur mit den Worten:

«Immer mit der Ruhe, kleine Schwester. Ich wollte nur deine psychische Belastbarkeit testen. Möchtest du noch ein Stück Kuchen?»

Eliana hatte ja keine Ahnung, dass dies der Auftakt zu einer der radikalsten Veränderungen in ihrem Leben werden sollte. Einer Wende, die sie sich selbst in ihren kühnsten Träumen nicht hätte ausmalen können und die ihr ganzes junges Leben auf den Kopf stellen sollte. Es war der Auftakt zu einem Abenteuer, das weit über die Grenzen Brasiliens hinausging und weit über die Grenzen ihres eigenen Horizonts.

4. England

Margaret drehte die Postkarte zwischen den Fingern und biss sich auf die Lippen. Die Sache ließ ihr keine Ruhe. Schon seit über drei Monaten lag die Karte auf ihrem Nachttischchen, schon über drei Monate lang drückte sie sich vor einer Entscheidung. So konnte es nicht weitergehen. Etwas musste geschehen. Sie musste sich entscheiden – für oder gegen ihn. Es gab keine andere Lösung.

Margaret las die Worte auf der Karte zum wohl hundertsten Mal an diesem Abend durch, und ihr Herz schlug höher. Im Grunde wusste sie bereits, wie sie sich zu entscheiden hatte, doch etwas hinderte sie daran. Die Verantwortung war zu groß, die Konsequenzen waren zu radikal, ihr gesamtes Leben stand auf dem Spiel, und sie überlegte sich ernsthaft, ob sie fähig war, die Sache auch wirklich bis ins Letzte durchzuziehen.

Sie warf sich aufs Bett, verschränkte die Arme hinter dem Kopf und schloss die Augen. In Gedanken wanderte sie zwei Jahre zurück und sah sich wieder auf der Plattform der Methodistenkirche sitzen, die Beine brav übereinander geschlagen, ein gespieltes Lächeln auf den Lippen, um ihren Eltern keine Schande zu bereiten und die fromme Kirchengemeinde von der Aufrichtigkeit ihrer Entscheidung zu überzeugen. Und während ihre Großeltern und Eltern zu Tränen gerührt waren, als Peter, der Pfarrer, sie offiziell als Mitglied der Methodistenkirche aufnahm, betrachtete Margaret die Bluse einer dicken Frau in der ersten Reihe und überlegte sich, welche Farben man wohl zusammenmischen musste, um das Gold der glitzernden Knöpfe so realistisch darzustellen.

Sie lächelte, als sie an ihre rebellische Phase zurückdachte. Wie hatte sie sich doch in den vergangenen zwei Jahren verändert. Gott war an der Arbeit, wie ein Maler, der mit seinem Pinsel aus dem Nichts eine wunderschöne Blume hervorzaubert, als wäre sie schon immer dort gewesen, unsichtbar für alle anderen, doch sichtbar für den Künstler, der sie bereits in seinem Herzen trug, bevor sie auf der Leinwand zu blühen begann.

Gott war dabei, Farbe in ihr Leben zu bringen, und es war an der Zeit, Farbe für ihn zu bekennen. Dies war die Entscheidung, die Margaret über drei Monate hinausgeschoben hatte, und jedes Mal, wenn sie die Karte auf ihrem Nachttischchen sah, wurde sie daran erinnert. Sie musste sich entscheiden; es hatte keinen Sinn, noch länger zu warten.

Hätte Peter sie vor zwei Jahren mit dieser Entscheidung konfrontiert, hätte sie ihn bloß mitleidig angegrinst und gesagt, sie wäre nicht auf diesen Gott angewiesen, von dem er jeden Sonntag in der Kirche predigte. Doch wie gesagt, sie hatte sich verändert, und dies hing in erster Linie mit dem Jugendkreis zusammen, an dem sie seit zwei Jahren teilnahm. Zehn bis zwölf Jugendliche aus den verschiedensten Kirchen fanden sich jeden Sonntag nach dem Gottesdienst im Saal der Methodistenkirche ein, und in einer fröhlichen, unkomplizierten Atmosphäre wurde über Gott und die Welt diskutiert. Bald merkte Margaret, dass sie ihre Ansichten über Gott und sein Bodenpersonal schleunigst revidieren musste. Christ zu sein bedeutete ja gar nicht, ein sentimentaler, völlig verklärter oder willenloser Einzelgänger zu sein, der es als Vorrecht erachtete, sämtlichen Freuden des Lebens zu entsagen. Die Christen, die Margaret im Jugendkreis kennen lernte, sprudelten jedenfalls nur so über vor Energie, Witz und Persönlichkeit und strahlten eine Sicherheit und Freude aus, die ansteckend wirkte. Und da war noch etwas, das Margaret faszinierte, etwas, das diese Jugendlichen grundlegend von anderen Jugendlichen unterschied: Sie kannten den Sinn ihres Lebens.

Über Jahre hinweg hatte Margaret nach einem Sinn in ihrem eigenen Leben gesucht, und immer wieder war sie bei ihrer Suche auf die eine Frage gestoßen: Welches Lebensmotiv war so stark, dass es den Tod überdauerte? Wenn mit dem Tod alles zu Ende war, was nützte es dann dem Menschen, für eine gute Sache zu kämpfen oder sogar dafür zu sterben? Was hatte der Mensch davon, ein noch so edles Leben zu führen, wenn er nichts davon mit in die Ewigkeit nehmen konnte?

Nein, das Leben ergab keinen Sinn, konnte keinen Sinn ergeben ohne den Faktor Gott. Und von all den Göttern aller Religionen gab es nur einen einzigen Gott, der sich jemals für das Schicksal der Menschen interessiert hatte: den Gott Abrahams, Isaaks und Jakobs, den Gott aller Götter, den Schöpfer des Universums, der Mensch geworden war, um den Menschen seine liebende Hand entgegenzustrecken und sie aus dem Schlamm zu ziehen.

Margaret betrachtete erneut die Karte in ihrer Hand. Es war eine Karte, die sie an einem Wochenende im März erhalten hatte. Dort war über Hingabe gesprochen worden, und der Pfarrer hatte die Jugendlichen aufgefordert, eine Entscheidung für Jesus zu treffen. Und wer dies nicht nur in seinem Herzen tun wollte, durfte sich eine Karte holen und sein Versprechen Gott gegenüber schriftlich unterzeichnen. Margaret hatte die Karte mit nach Hause genommen und auf ihr Nachttischchen gelegt. Und dort lag sie nun seit über drei Monaten und wartete darauf, unterzeichnet zu werden. Sie wollte ihr Leben Gott weihen; sie wusste, dass das Leben ohne ihn keinen Sinn ergab, doch sie wollte ihre Entscheidung nicht unüberlegt treffen. Immerhin ging es um ihr gesamtes Sein, um alles oder nichts. Entweder sie gab sich Gott mit allen Fasern ihres Lebens hin und überließ ihm allein die Führung ihres Lebens, oder sie würde es besser von vornherein bleiben lassen. Eine Alternativlösung gab es nicht.

Margaret setzte sich an ihren Schreibtisch und las das Versprechen auf der Karte erneut durch. Ihr Herz klopfte, und eine seltsame Wärme durchströmte ihren Körper bis in die Fingerspitzen. Sie wusste, was sie zu tun hatte. Sie hatte es schon lange gewusst, doch jetzt endlich brachte sie den Mut dazu auf, es wirklich zu tun. Eine unbeschreibliche Freude überkam sie, als sie die Karte unterzeichnet hatte, es war die absolute Gewissheit, das einzig Richtige getan zu haben: ihr Leben in Gottes Hände zu legen.

Die erste Person, der Margaret ihre Entscheidung mitteilte, war Joan. Die beiden Mädchen hatten sich im Jugendkreis kennen gelernt und waren jetzt dicke Freundinnen. Joan war ein halbes Jahr älter als Margaret und Mitglied in der Heilsarmee. Sie hatte sich bereits mit zwölf Jahren für ein Leben mit Jesus entschieden, und mit fünfzehn war ihr klargeworden, dass sie sich Gott vollzeitlich zur Verfügung stellen sollte, und zwar als Heilsarmee-Offizierin. Margaret hatte dies nie so richtig verstehen können.

«Du bist vollkommen verrückt, Joan», meinte sie öfters. «Nichts gegen die Heilsarmee, aber ...»

«Aber was?»

«Den ‹Kriegsruf› verteilen, mit der Gitarre durch die Kneipen ziehen – und das alles in diesen engen blauen Uniformen. Ich weiß nicht. Ich hätte da so meine Mühe damit.»

«Du musst es ja nicht tun.»

«Gott sei Dank. Ich würde vor Scham in Grund und Boden versinken. Macht dir das nichts aus? Ich meine, in der Öffentlichkeit mit der Heilsarmee-Uniform aufzutreten?»

«Wenn Gott dich in seinen Dienst ruft, befähigt er dich auch, diesen Dienst durchzuführen.»

«Und du bist sicher, dass dies dein Weg ist?»

«Er hat mich berufen, Margaret. Wie könnte ich an seiner Berufung zweifeln?»

«Na ja. Lieber du als ich.»

«Sag niemals nie. Gott hat manchmal Pläne für unser

Leben, die du dir in deinen kühnsten Träumen nicht ausdenken kannst.»

«Was willst du damit sagen?»

«Nichts.» Joan klopfte Margaret auf die Schulter und lachte. «Lass dich überraschen. Gott hat bestimmt auch für dein Leben einen Plan, und ich bin gespannt, wie der aussieht.»

«Das bin ich allerdings auch», meinte Margaret.

Dass Gott einen Plan für ihr Leben hatte, daran zweifelte sie nicht. Doch wie dieser Plan aussah, davon hatte sie keine Ahnung, und das war wohl auch besser so. Denn hätte ihr Gott auch nur einen winzigen Einblick in seinen Plan gestattet, wäre es der Sechzehnjährigen bestimmt kalt den Rücken hinuntergelaufen, und sie hätte Gott mit weichen Knien angefleht, sich jemand anders für diese Aufgabe auszusuchen. Irgendjemanden – nur nicht sie.

✦ ✦ ✦

Einige Zeit später …

«Joan, ich muss mit dir reden.»

Joan merkte sofort, dass etwas geschehen sein musste. Margarets Stimme klang anders als sonst, als sie an jenem Dienstag anrief.

«Alles in Ordnung mit dir?» fragte Joan besorgt.

«Wann hast du Zeit?»

«Ich bin zu Hause.»

«Kann ich kurz vorbeikommen?»

«Natürlich», meinte Joan. «Was um alles in der Welt ist passiert?»

«Das kann ich dir nicht am Telefon sagen. Ist zu …» Sie suchte nach einem passenden Wort, und als sie es nicht fand, sagte sie schnell: «Bin in zehn Minuten bei dir», und legte auf.

Exakt zehn Minuten später klingelte es an der Tür, und

Joan öffnete. Margaret stolperte herein, völlig außer Atem und sichtlich aufgeregt.

«Du wirst es nicht für möglich halten», platzte sie gleich heraus. «Die Berufung … Joan … Gott hat mich berufen! Erinnerst du dich an den Jugendtag?»

Joan winkte ab.

«Eins nach dem andern, Margaret. Komm erst mal rein und atme tief durch, bevor du weitersprichst. Ich verstehe ja nur Bahnhof.»

Margaret schlüpfte aus Schuhen und Jacke und folgte Joan in ihr Zimmer. Joan setzte sich rittlings auf einen Stuhl, und Margaret ließ sich aufs Bett plumpsen und versuchte ihre Gedanken zu ordnen.

«Ich weiß nicht, womit ich beginnen soll, Joan, es ist alles so unglaublich, so aufregend, so …»

«Gott hat dich also berufen», hielt Joan nüchtern fest.

«Gestern Nacht», bestätigte Margaret und schüttelte den Kopf. «Ich kann es selbst noch nicht glauben.»

«Na, dann erzähl mal, aber bitte der Reihe nach.»

Und das tat Margaret, und die Worte sprudelten nur so aus ihr heraus.

Joan hatte sich immer darüber beklagt, dass die Jugendlichen des Jugendkreises sich für alle Kirchen interessierten, nur nicht für die Heilsarmee. Schließlich brachte sie die Clique dazu, der Heilsarmee einen Besuch abzustatten, und zwar am nationalen Jugendtag.

Es war das erste Mal, dass Margaret an einer Veranstaltung der Heilsarmee teilnahm, und es wurde zu einem der prägendsten Tage ihres Lebens. Alles, was sie hörte, berührte sie in einer Weise, wie sie es nie zuvor erlebt hatte. Es war, als würde Gott durch die Worte jener Heilsarmee-Offiziere höchstpersönlich zu ihr reden, und sie spürte, dass sie ihr Leben Gott vollzeitlich hingeben musste. Sie hatte sich schon früher mit dem Gedanken beschäftigt, sich vollzeitlich in Gottes Dienst zu stellen, doch an diesem Jugend-

tag gewann sie die absolute Gewissheit, dass dies wirklich Gottes Plan für ihr Leben war. Wo und wie Gott sie einsetzen würde, das wusste sie nicht, aber zu gegebener Zeit würde sie es erfahren. Und sie erfuhr es tatsächlich, schneller als es ihr lieb war ...

«Gestern Nacht», erzählte sie ihrer Freundin, «konnte ich einfach nicht schlafen. Ein Gedanke schoss mir durch den Kopf, so klar und so verrückt, dass du denken wirst, ich wäre übergeschnappt, wenn ich ihn dir erzähle.» Sie machte eine Pause und wartete darauf, dass Joan sie danach fragte.

«Schieß schon los! Was ist es, das Gott von dir möchte? Dass du Nonne wirst?» Margaret schmunzelte.

«Nein, dass ich Heilsarmee-Offizierin werde.» Joan glaubte sich verhört zu haben und fiel beinahe vom Stuhl. Auf alles Mögliche und Unmögliche war sie gefasst gewesen, bloß nicht darauf.

«Heilsarmee-Offizierin?! Gott will, dass du Heilsarmee-Offizierin wirst?!»

Margaret nickte.

«Tja, Gottes Pläne übertreffen eben manchmal unsere kühnsten Träume, wie du selbst einmal gesagt hast.»

«Margaret! Bist du sicher, dass du Gott nicht falsch verstanden hast? Die Berufung zum Heilsarmee-Offizier ist eine ernste Sache!»

«Ich weiß», gab ihr Margaret Recht. «Ich weiß, dass sich das Ganze ziemlich absurd anhört. Ich habe es ja selbst zuerst für einen schlechten Scherz gehalten. Ich versuchte, den Gedanken zu verdrängen, suchte tausend Ausreden, versuchte zu schlafen – vergebens. Die Stimme in meinem Herzen blieb. Ich wälzte mich in meinem Bett hin und her bis um fünf Uhr in der Frühe, ohne ein Auge zuzutun. Doch Gott klopfte so lange an, bis ich ihm sagte: Okay, Herr, ich tu's. Aber lass mich bitte nicht die größte Dummheit meines Lebens begehen. Denn ich wusste im Ernst nicht, wie Gott sich das alles vorstellt. Ich und Heilsarmee-Offizierin?

Ausgerechnet ich? Du kennst mich, Joan. Du weißt, dass mir eure Uniformen ein Gräuel sind und dass mir beim Gedanken, auf der Straße den ‹Kriegsruf› zu verteilen, schlecht wird. Du weißt, dass es mir niemals einfallen würde, meine Zukunft ausgerechnet in der Heilsarmee zu sehen. Wozu auch? Ich bin in der Methodistenkirche aufgewachsen, ich kenne die Heilsarmee nur von diesem einen Jugendtag am vergangenen Sonntag.»

«Eben», warf Joan ein und schüttelte verständnislos den Kopf. «Du hast dich wohl ganz einfach zu stark von deinen Gefühlen mitreißen lassen, Margaret. Kann ich ja durchaus verstehen. Der Jugendtag war wirklich sehr beeindruckend. Aber jetzt sieh bitte zu, dass du wieder auf den Boden der Realität zurückkommst.»

Margaret seufzte. «Das bin ich bereits. Gott hat mich in seinen Dienst berufen – als Heilsarmee-Offizierin.»

Joan verwarf die Hände. Die Beharrlichkeit ihrer Freundin machte sie nervös.

«Bist du dir da auch hundertprozentig sicher?»

«Er hat mich berufen, Joan. Wie könnte ich an seiner Berufung zweifeln?»

Joan merkte, dass es keinen Zweck hatte, noch länger mit Margaret zu diskutieren. Wenn die Berufung von Gott war, so würde sich dies herausstellen, und wenn nicht, so würde sich die Sache im Sand verlaufen. Es war alles bloß eine Frage der Zeit.

«Hast du schon mit deinen Eltern gesprochen?» fragte Joan, nachdem sie sich einigermaßen von ihrem ersten Schock erholt hatte.

Margaret verneinte. «Ich glaube, sie werden nicht sehr begeistert sein», prophezeite sie ahnungsvoll. Und sie sollte Recht behalten.

Ihre Eltern fielen in der Tat aus allen Wolken, als Margaret sie mit dieser ungewöhnlichen Neuigkeit konfrontierte. Mit Stolz hatten sie wahrgenommen, wie sich ihre

Tochter mehr und mehr in der Methodistenkirche engagierte, und nun sollten sie zusehen, wie sich ihre Tochter einer anderen Kirche anschloss – hauptberuflich? Das war wirklich ein starkes Stück und nicht leicht zu verdauen. Und ihre Eltern waren bei weitem nicht die Einzigen, die sich ernsthaft um Margarets Zukunft Sorgen machten. Alle waren schockiert, von der Jugendgruppe über den Pfarrer bis zum Heilsarmee-Offizier aus Joans Gemeinde.

Peter, der Pfarrer der Methodistenkirche, schien die Welt nicht mehr zu verstehen, als er von Margarets Entscheidung erfuhr.

«Dazu hab ich die Jugendgruppe nicht ins Leben gerufen», meinte er verständnislos. «Meine Absicht war, dass sich Jugendliche aus verschiedenen Kirchen kennen lernen, um sich gegenseitig respektieren zu lernen, aber nicht, um die Kirche zu wechseln.» Und der Offizier aus Joans Korps, wie man in der Heilsarmee die Gemeinde nennt, war ebenfalls zutiefst bestürzt:

«Niemals würde es mir einfallen, jemanden aus einer anderen Kirche für meine Gemeinde abzuwerben. So was gehört sich nicht.»

«Aber es ist Gott, der mich berufen hat!» versuchte ihm Margaret klarzumachen.

«Für dich war es Gott», erklärte der Offizier, «für alle andern aber bin ich es, der dich in dieser Entscheidung beeinflusst hat, ich oder deine Freundin Joan, da sie ebenfalls Offizierin werden möchte.»

«Aber das ist nicht wahr!» protestierte Margaret. «Ihr habt mich nicht beeinflusst, niemand hat mich beeinflusst! Ich möchte ja gar nicht zur Heilsarmee übertreten, ich möchte keine Uniform tragen, ich möchte nicht Heilsarmee-Offizierin werden, und ich möchte auch nicht, dass alle meinetwegen graue Haare kriegen! Aber Gott hat mich nun mal berufen. Ist das so schwierig zu begreifen?»

Der Offizier zuckte die Achseln.

«Ja», seufzte er, «das ist es.» Er legte Margaret die Hand auf die Schulter und lächelte sie ermutigend an. «Sehr, sehr schwer, das muss ich schon zugeben.»

«Kopf hoch, Mädchen. Die Bibel ist voll gespickt mit Menschen, die Gott in seinen Dienst rief, und zwar entgegen ihrer eigenen Vorstellung oder der Vorstellung der Allgemeinheit. Wenn dein Ruf wirklich von Gott ist, dann wird er ihn dir bestätigen. Ich werde für dich beten.»

5. Kannst du Samba tanzen?

Es war bereits zwei Jahre her, seit Eliana den Job in der Krankenhausküche angetreten hatte. Sie war dafür zuständig, den Patienten das Essen zu bringen. Die Arbeit gefiel ihr eigentlich recht gut, doch an diesem Morgen wäre sie am liebsten gleich wieder nach Hause gegangen. Die Chefin war schlechter Laune und hatte an allem und allen etwas herumzunörgeln, eine Köchin beklagte sich über Kopfschmerzen, und Cristina kam mit einer finsteren Miene zur Arbeit, die nichts Gutes verhieß. Als Eliana sie darauf ansprach, ballten sich in ihren Augen Gewitterwolken zusammen.

«Wir werden umziehen», sagte sie knapp, während sie sich mit energischen Handbewegungen die weiße Küchenschürze umband.

Eliana verstand nicht. «Was ist daran so schlimm?» fragte sie scheu.

«Was daran so schlimm ist?» wiederholte Cristina, und Eliana bereute bereits, überhaupt etwas gesagt zu haben. «Ich will dir sagen, was daran so schlimm ist: Wir werden in die Vila dos Pescadores [= Fischerdorf] ziehen! In die Vila dos Pescadores, mitten in die Favela [das Armenviertel], verstehst du?!»

Die Vila dos Pescadores war eine der verrufensten Gegenden um Santos herum; so verrufen, dass sie nicht einmal auf der Landkarte registriert war, rechtlich gesehen also gar nicht existierte. Und dabei wohnten weit über 10 000 Menschen in dem Dorf am Meer, welches zum größten Teil aus Pfahlhütten bestand.

Cristina war untröstlich.

«Igor hat mir gesagt, er hätte ein Grundstück gekauft. Ein Grundstück! Und ich Idiot hab mich sogar darüber gefreut und mich schick angezogen, um das Grundstück zu besichtigen. Und wo führte mich mein verehrter Ehemann hin? Mitten in die Favela. Ich hab geglaubt, mich trifft der Schlag.»

Sie versuchte, ihr schwarzes Haar, das ihr etwa fünfzehn Zentimeter senkrecht vom Kopf stand, als hätte sie in eine Steckdose gegriffen, unter das weiße Häubchen zu zwängen, das in der Küche obligatorisch war, und begann mit ihrer Arbeit: dem Schälen von Kartoffeln für das Mittagessen der Patienten.

Eliana lehnte sich mit verschränkten Armen gegen die Wand und hörte ihrer Schwester schweigend zu. Es sprudelte nur so aus Cristina heraus, als hätte sie bloß darauf gewartet, ihren Frust endlich loszuwerden. Und die Kartoffelschalen flogen dabei wie wild gewordenes Popcorn nach allen Seiten. Neugierig spähten die anderen Frauen in der Küche zu ihnen herüber.

«Ich hab gehofft, dass das Grundstück wenigstens an der Bahnlinie liegt, auf festem Boden», sagte sie. «Das wäre ja noch einigermaßen akzeptabel gewesen. Aber nein, wir mussten uns auf diesen grässlichen krummen Holzstegen zwischen den Pfahlhütten durchbalancieren – ich wohlgemerkt mit meinem Minirock und den Stöckelschuhen, man stelle sich das einmal plastisch vor! –, und als wir dann am Ende dieser kriminellen Brücke anlangten, deutete Igor auf das trübe Wasser zu unseren Füßen und sagte mit der größten Selbstverständlichkeit der Welt: ‹Hier ist es, meine Liebe!›»

Cristina hielt beim Kartoffelschälen inne, und mit ihr hörten sämtliche Frauen ebenfalls wie auf Kommando auf, Kartoffeln zu schälen.

«Ich hätte beinahe einen Herzinfarkt gekriegt», sagte sie mit wilder Gestik. «Das Grundstück, das Igor erworben hat, ist nichts weiter als ein Stück miefendes, schmutziges, verpinkeltes Wasser! Und weißt du, was das Beste ist? Er sagte, in einer Woche würde hier unser Häuschen stehen. Unser Häuschen!»

Sie begann wieder wie eine Verrückte Kartoffeln zu schälen, und die Frauen schälten ebenfalls in beachtlichem Tempo weiter, ohne jedoch ihren Blick von den beiden schwarzen Mädchen abzuwenden.

«Mein Gott», fuhr Cristina fort, «zugegeben, Embaré ist nicht das beste Viertel von Santos, aber es ist immerhin keine Favela wie die Vila dos Pescadores! Ich hasse Favelas! Ich hasse diese himmelschreienden Holzstege, die sich gegen meine Stöckelschuhe verschworen haben! Ich hasse den Schlamm unter den Häusern! Und ihr da drüben braucht gar nicht so dumm zu gucken!»

Die Frauen senkten rasch die Köpfe und konzentrierten sich pflichtbewusst aufs Kartoffelschälen.

Eliana wusste nicht, was sie sagen sollte. Sie hätte ihre Schwester gerne getröstet, aber in solchen Momenten fielen ihr selten die passenden Worte ein.

«Und was hast du jetzt vor?» fragte sie schließlich vorsichtig. Cristina streckte ihren Rücken und versuchte, sich von ihrer eigenen Willenskraft zu überzeugen.

«Ich weiß nur eines, Schwesterchen: Wenn es auf dieser Welt einen Ort gibt, wo sich Gott bestimmt nicht hinwagt, so ist es die Vila dos Pescadores. Und ich werde da auch nicht hinziehen. Lieber würde ich sterben, als nur einen einzigen Tag in diesem Nest zu leben.»

Eliana hatte gelernt, kleine Nuancen im Verhalten ihrer Schwester anders zu interpretieren als Außenstehende. Und diesmal spürte sie in Cristinas Stimme deutlich einen Anflug von Panik. Offenbar machte ihr die Sache mehr zu schaffen, als sie sich selbst und den andern gegenüber eingestehen wollte, und das wiederum gab Eliana zu denken, denn ihre Schwester war alles andere als ein Angsthase und nicht so leicht kleinzukriegen. Aber vielleicht bildete sie sich das auch alles nur ein. Cristina war zäh und hatte einen unbeugsamen Willen. Sie würde auch diese Situation irgendwie meistern. Sie war kein Hasenfuß wie Eliana, die die Schule hingeschmissen hatte, als sie zum dritten Mal hätte wiederholen müssen.

Manchmal wünschte sich Eliana, so zu sein wie ihre Schwester. So tapfer und zielbewusst. Einen Entschluss zu fassen und diesen durchzuziehen, bis zur letzten Konsequenz, egal, wie die anderen darüber denken, einfach in der festen Überzeugung, das Richtige zu tun. Doch dazu fehlte ihr der Mut.

Seltsam. Im Sport hatte sie Mut. Da kämpfte sie in eiserner Verbissenheit um eine Medaille. Ihr Trainer sagte, sie hätte große Chancen aufzusteigen, wenn sie genügend investiere. Aber sobald sie Marlenes Wohnung betrat, wo sie seit einiger Zeit wohnte, und aus dem nass geschwitzten Leibchen und den Turnschuhen schlüpfte, verwandelte sich die Superfrau wieder in jenes scheue, unsichere Mädchen, das keinen Schritt wagte ohne die Bestätigung seiner engsten Freundin. Marlene war wie eine ältere Schwester für sie, die sich um alles kümmerte, die sie beschützte und in deren Gegenwart sie sich sicher fühlte. Marlene hatte ihr sogar beigebracht, sich wie eine Dame zu kleiden, mit hohen Absätzen zu gehen, sich dezent zu schminken und mit Charme zu rauchen.

Marlenes älteren Bruder Gilberto konnte Eliana allerdings nicht ausstehen. Er reizte sie oft, und dann stritten sie sich über lächerliche Kleinigkeiten, bis sie die Geduld verlor, sich auf ihr Fahrrad schwang und so lange wie eine Wilde den Strand entlangraste, bis sich ihre Wut gelegt hatte. Zu Marcos, Marlenes jüngerem Bruder, hatte sie dafür eine ganz spezielle Beziehung geknüpft. Marcos war erst zehn, und Eliana kümmerte sich um ihn, als wäre er ihr eigener Sohn. Da die drei Geschwister ihre Mutter sehr früh verloren hatten und seither auf sich allein gestellt waren, genoss Marcos Elianas Fürsorge umso mehr. Und Eliana genoss es, eine zweite Familie gefunden zu haben. Es kam ihr vor, als hätte sie schon immer dazugehört.

Während Cristina und die anderen Frauen in der Küche weiter Kartoffeln schälten, begann Eliana eifrig, das Frühstück für die Patienten auf einen kleinen Geschirrwagen zu laden. Eigentlich hätte sie damit längst fertig sein sollen, aber wegen der Geschichte ihrer Schwester hatte sie sich etwas verspätet. Clara, eine schlanke, vielleicht dreiundzwanzigjährige Mulattin, die erst kürzlich in diese Abteilung gewechselt hatte, war bereits mit ihrem Wagen im Korridor verschwunden. Sie trafen sich zufällig im Lift, als Eliana in den fünften Stock und Clara in den vierten

Stock fuhr. Außer «Guten Morgen», «Heißer Tag heute» und «Ein schönes Wochenende» hatten die beiden Mädchen bis zu diesem Tag nie viele Worte miteinander gewechselt. Umso mehr überraschte es Eliana, als Clara sie im Lift spontan ansprach.

«Darf ich dir eine Frage stellen?»

«Klar», antwortete Eliana etwas verwirrt. «Was möchtest du denn wissen?»

«Kannst du Samba tanzen?»

Eliana starrte das Mädchen verblüfft an. Sie war so ziemlich auf alle Fragen gefasst gewesen. Ob ihr die Arbeit gefalle, ob die hysterische Schwarze in der Küche tatsächlich ihre Schwester sei, ob sie einen Freund hätte oder was auch immer. Sie war auf alle Fragen vorbereitet gewesen, nur nicht auf diese. Im ersten Moment war sie schlicht unfähig, etwas zu sagen.

«Ob ich … ob ich Samba tanze?» wiederholte sie schließlich die Frage perplex. «Wie kommst du darauf, dass ich Samba tanze?»

Clara lächelte etwas verlegen.

«Du musst entschuldigen, dass ich dich so unvorbereitet damit überfalle. Es ist so … Ich beobachte dich schon einc Weile.»

«Du beobachtest mich?! Wie soll ich das verstehen?» fragte Eliana skeptisch.

«Du bist mir aufgefallen», erklärte Clara. «Schon am ersten Tag, als ich hier zu arbeiten begann. Deine Haltung, dein Gang, dein Körper.»

Eliana runzelte argwöhnisch die Stirn. Claras Worte erinnerten sie unweigerlich an eine Szene, die ihr vor knapp vier Jahren die Karriere als Fußballerin vermasselt hatte. Schon mit neun Jahren hatte sie nichts heißer geliebt, als mit den Nachbarsjungen auf der Straße Fußball zu spielen. Als sie dann in den Frauenfußballclub eintrat, förderte ihr Trainer sie speziell, weil er meinte, sie hätte das Zeug, ganz groß herauszukommen. Ihre Kolleginnen nannten sie nach dem berühmten brasilianischen Fußballweltstar «Pelé», worauf sie nicht wenig stolz war. Sie hatte gerne gespielt – und gut. Eine Zeit lang hatte sie tatsächlich damit geliebäugelt, sich hochzuarbeiten, bis zu jenem Tag, als ihr eine Mitspielerin in der Garderobe eine Liebeserklärung machte und alles versaute. Dass im Club außer ihr und einem anderen Mädchen alle lesbisch waren, das hatte Eliana immer gewusst. Aber solange sie sie in Ruhe ließen, hatte sie damit leben können. Doch als ihr dieses Mädchen ein ziemlich eindeutiges Angebot machte, stieg sie kurzerhand aus und kehrte nie mehr zurück.

Clara merkte, dass ihre Aussage über Elianas Körper nicht gerade sehr glücklich gewählt war, und fügte rasch hinzu:

«Bitte, denke jetzt nichts Falsches. Ich versuche dir bloß zu erklären, warum ich auf die Idee komme, du würdest Samba tanzen. Ich wollte es dich schon lange fragen, hab mich aber bisher nie getraut.»

«Ob ich Samba tanze?» murmelte Eliana und zuckte nachdenklich die Achseln. «Nun ja, ich vermute schon, dass ich ein wenig Samba tanze. Ich habe zwar nie Stunden genommen oder so. Aber ich glaube, Samba liegt uns Schwarzen im Blut … irgendwie.»

«Zeig es mir!» forderte Clara sie auf. Eliana glaubte sich verhört zu haben.

«Bitte, was soll ich?»

«Tanzen!» rief das Mädchen begeistert. «Samba tanzen!»

«Wo? Hier?!» Exakt in diesem Moment hielt der Lift im vierten Stock, und die Tür öffnete sich. Und ehe Eliana sich's versah, hatte Clara sie am Arm gepackt und mit auf den Korridor gezerrt.

«Ich möchte dich tanzen sehen», wiederholte das Mädchen.

«Warum?»

«Das erkläre ich dir, wenn du getanzt hast.»

«Du willst, dass ich mitten im Krankenhauskorridor Samba tanze?!»

«Bitte», flehte Clara. «Tu mir den Gefallen.»

«Und wenn mich jemand sieht?»

«Ach komm, nur ganz schnell.» Eliana schüttelte ziemlich verständnislos den Kopf, überlegte kurz und schob ihren Wagen mit den restlichen Frühstücks-Einheiten etwas zur Seite.

«Aber bitte nicht lachen, ja?»

Sie trat in die Mitte des Korridors, positionierte ihre Füße, zog die Schultern leicht hoch, atmete tief durch, und dann legte sie los. Zuerst mit kleinen, etwas zaghaften Tanzschritten, dann immer sicherer und schneller, bis ihr ganzer Körper von einer unsichtbaren Woge mitgerissen wurde und sie quer durch den Korridor wirbelte wie eine vom Wind bewegte Feuerflamme. Zum Schluss drehte sie sich ein paar Mal um ihre eigene Achse und blieb einen Moment in aufrechter Haltung vor Clara stehen wie eine aus Ebenholz geschnitzte Statue, ehe sie keuchend ihr weißes Häubchen und die weiße Schürze zurechtrückte und bescheiden murmelte:

«Jetzt sollten wir aber arbeiten, bevor uns jemand hier herumstehen sieht. Die Chefin ist heute nicht gerade guter Laune.»

«Wo hast du das gelernt?» fragte Clara, offensichtlich völlig eingenommen von Elianas Vorführung.

«Was gelernt?» fragte Eliana.

«Samba tanzen.»

«Nirgends, wieso?»

«Das glaub ich dir nicht.»

«Na ja, ich hab ein paar Mal im Fernsehen gesehen, wie sie Samba tanzen, beim Karneval und so.»

«Das ist nicht möglich.»

«Was ist nicht möglich?»

«Dass du ohne irgendeinen Kurs so gut Samba tanzt.»

Eliana zuckte die Achseln. «Liegt mir wohl irgendwie im Blut», meinte sie nur. «Wahrscheinlich hab ich schon im Mutterleib kräftig geübt.»

«Du tanzt ...» Clara suchte nach den richtigen Worten. «Du tanzt phantastisch! Ganz außerordentlich!»

«Findest du?» tat Eliana geschmeichelt, während sie den Liftknopf drückte und den Handrücken an die Chromstahl-Kaffeekanne hielt, um zu prüfen, ob sie noch heiß genug war.

«Hast du nie daran gedacht, dich auf diesem Gebiet zu spezialisieren?»

«Wie meinst du das?»

«Meine Schwägerin stellt Tanzgruppen fürs Ausland zusammen», erklärte Clara sachlich. «Im Moment ist sie für eine Gruppe in Italien zuständig. Sie sagte mir, ein Mädchen würde nächstens nach Brasilien zurückkehren, und sie bräuchte dringend jemanden, der es ersetzen könnte. Tja, wenn ich dich so tanzen sehe, frage ich mich: Hättest du nicht Interesse, für das Mädchen in Italien einzuspringen?»

Eliana fiel die Kinnlade runter. «I...Italien?!» wiederholte sie und merkte, wie ihr Herz augenblicklich höher zu schlagen begann. «Du machst Witze.»

Die Lifttür ging ratternd auf, und eine Krankenschwester versuchte vergeblich, sich mit einem Patienten im Rollstuhl an den beiden Mädchen vorbeizuschleusen, die mit ihren Frühstückstabletts den ganzen Ausgang versperrten, ohne sich dessen bewusst zu sein. Erst als die Schwester eine etwas unschöne Bemerkung machte, traten die Mädchen mit ihren Wagen zur Seite, ohne jedoch ihre Blicke voneinander abzuwenden. Die Krankenschwester verschwand, über die Unverschämtheit der Jugend schimpfend, in einem Seitentrakt.

«Ich meine es ernst», sagte Clara. «Wenn du Interesse an dem Job hast, dann kann ich ein Treffen mit den Geschäftsführern organisieren. Ich bin überzeugt, dass du große Chancen hast, in die Gruppe aufgenommen zu werden. Die Entscheidung liegt einzig bei dir.»

Die Lifttür schloss sich erneut, und vor lauter Aufregung vergaß Eliana, wieder auf den Knopf zu drücken. Sie starrte Clara nur mit offenem Mund an, unfähig, auch nur ein einziges Wort über ihre Lippen zu bringen.

«Na, was hältst du davon?» fragte Clara.

«Ich ... ich muss das erst mit meiner Mutter besprechen», brachte Eliana schließlich hervor, immer noch unfähig, die vielen Informationen auf einmal zu verarbeiten.

«Tu das», meinte Clara und drückte für Eliana den Liftknopf. «Und gib mir so bald wie möglich Bescheid, okay?»

Eliana nickte wie in Trance. Samba – Italien – Samba – Italien, das waren die einzigen beiden Worte, die im Augenblick wie zwei Leuchtschrift-Reklamen abwechselnd in ihrem Hirn aufblinkten. Es kam ihr alles vor wie ein verrückter Traum, aus dem sie jeden Moment erwachen würde.

Als sie im fünften Stock ankam und die restlichen Frühstückstabletts verteilte, protestierten die Patienten fast ausnahmslos über die Verspätung und den lauwarmen Kaffee. Doch Eliana störte sich nicht daran. Dazu war sie viel zu aufgeregt. Das Gespräch mit Clara hatte sie völlig durcheinander gebracht. Samba! Italien! Sie war derart aus dem Häuschen, dass sie sogar im Slalom mit wippenden Hüften von einem zum nächsten Zimmer tänzelte und dabei von zwei Krankenschwestern ziemlich verständnislos beobachtet wurde. Aber sie bemerkte es nicht einmal. Sie konnte es ganz einfach nicht fassen: Das war die Chance ihres Lebens! Das war, als hätte sie im Lotto gewonnen oder als würde ihr jemand eine Einladung zu einer Traumreise anbieten oder die Möglichkeit, in einem Hollywood-Film mitzuspielen.

Ja, in Filmen, da gab es manchmal solche kitschigen Seifenopern, wo ein einfaches armes Mädchen plötzlich über Nacht zur Prinzessin wird oder ein unbedeutender Junge plötzlich zu einem Star wird. Aber dass ihr das wirklich passierte, mitten im echten Leben, mitten in einem nach Desinfektionsmittel riechenden Krankenhauskorridor, das hätte sie niemals gedacht. Wie auch! Das gab es ja nicht. Unmöglich. Und doch war es geschehen, und die Idee ließ sie nicht mehr los.

Samba! Italien! Sie musste mit ihrer Mutter reden, so rasch wie möglich. Sie musste sie dazu bringen, sie gehen zu lassen. Die Welt lag zu ihren Füßen wie ein ausgerollter roter Teppich, und wenn sie jetzt nicht den ersten Schritt wagte, würde der Teppich sich wieder zusammenrollen, so viel stand fest.

Sie durfte keine Zeit verlieren!

6. Der Unfall

«Das kommt überhaupt nicht in Frage!» Die Antwort ihrer Mutter war für Eliana wie eine Ohrfeige.

«Mutter», sagte sie und rutschte auf der Bettkante etwas weiter nach vorne, «ein Mädchen aus der Samba-Truppe kommt aus Italien zurück, und ich könnte seinen Platz einnehmen. Clara meinte, ich hätte große Chancen, akzeptiert zu werden. Sie war ganz begeistert davon, wie ich tanze.»

Die Mutter schüttelte entschieden den Kopf. «Alles nur ein Vorwand, mein Kind. Sie suchen Mädchen wie dich, um sie drüben als Prostituierte zu verkaufen. Das ist die Wahrheit. Man hört immer wieder von solchen Fällen.»

«Clara ist ein seriöses Mädchen.»

«Woher weißt du das?»

«Wir arbeiten zusammen.»

«Das will nichts heißen, Eliana. Du bist jung und unerfahren und träumst von der großen weiten Welt. Ich war auch so in deinem Alter. Schlag dir diese Idee aus dem Kopf, bevor es zu spät ist.»

«Mutter!»

«Deine Welt ist hier. Hier bist du zu Hause. Hier bist du groß geworden. Warum willst du fort?»

Eliana atmete tief durch. «Weil ich noch nie in meinem Leben eine solche Chance hatte, Mutter. Verstehst du das denn nicht?»

Die Mutter setzte sich neben ihre Tochter aufs Bett, fasste ihre Hand und sah sie in mütterlicher Sorge eindringlich an.

«Eliana, du kannst deine Zukunft nicht auf einer Illusion aufbauen. Du musst der Realität ins Auge sehen. Ich werde bald pensioniert. Du könntest meine Stelle übernehmen.»

«Als Putzfrau in zwölf verschiedenen Gebäuden?» rief Eliana und zog ihre Hand zurück. «Ich will nicht Putzfrau werden!»

«In unserer Verwandtschaft sind alle Putzfrau geworden, Eliana. Es ist keine Schande, Putzfrau zu sein.»

Das Mädchen erhob sich abrupt. Es schüttelte energisch den Kopf.

«Ich will aber nicht Putzfrau werden, Mutter! Niemals! Ich will Samba tanzen! Ich will nach Italien reisen!»

«Das kann ich nicht verantworten, mein Kind.»

«Ich will meine Zukunft selbst bestimmen!» rebellierte Eliana, und mit fast weinerlicher Stimme fügte sie etwas leiser hinzu: «Ist das so schwer zu begreifen?»

«Eliana, ich will doch nur dein Bestes ...»

Doch Eliana drehte sich um und rannte nach draußen. Sie spürte, wie ihr die Tränen in die Augen stiegen, und presste die Lippen zusammen. Hastig packte sie ihr Fahrrad, das sie im Innenhof hatte stehen lassen, stieß mit dem linken Fuß die Hunde und Hühner zur Seite, während sie mit der rechten Hand das verrostete Tor öffnete und hinausschlüpfte. Sie schwang sich in den Sattel und raste los, als wäre der Leibhaftige hinter ihr her.

Tausend Gedanken schossen ihr durch den Kopf. Warum wollte ihre Mutter sie nicht gehen lassen? Warum stellte sie sich vor ihr Glück? Sie wollte, dass ihre Tochter Putzfrau wird, genau wie sie. Putzfrau – um von morgens um fünf Uhr bis abends um sieben den Müll der Mittelklasse einzusammeln und jedes Staubkörnchen vor ihrer Haustür wegzufegen; Putzfrau – um sich beschimpfen zu lassen und sich für einen Hungerlohn abzurackern wie ein Tier. Was für eine armselige Alternative zu Claras Vorschlag!

Warum kapierte ihre Mutter das nicht? Warum glaubten immer alle, über ihre Zukunft entscheiden zu dürfen, ohne sie vorher um ihre Meinung zu fragen? Es war schließlich *ihr* Leben! Und eine Chance wie diese, davon war Eliana überzeugt, würde sie kein zweites Mal kriegen. Endlich hatte sie die Möglichkeit, aus ihrem monotonen Alltag auszubrechen und ihren Horizont zu erweitern, und ihre Mutter war dagegen.

Eine Mischung aus Wut, Verzweiflung und Enttäuschung erfüllte Elianas Herz und trieb ihr die Tränen in die Augen, während sie ihren ganzen Frust in die Pedale legte und in die Strandallee einbog. In halsbrecherischem Tempo brauste sie die kerzengerade Straße entlang, als könne sie mit zunehmender Geschwindigkeit sämtliche Probleme von sich abschütteln.

Vollkommen beherrscht von den heftigsten Gefühlen bemerkte sie die scharfe Linkskurve zu spät, um noch rechtzeitig abzubremsen. Sie warf ihren Lenker herum, landete auf der Gegenfahrbahn, und im selben Moment quietschten die Bremsen eines Linienbusses, auf den sie frontal zuraste. Sie versuchte, das Gleichgewicht zu halten, schleuderte, spürte, wie die Reifen unter ihr wegrutschten, und prallte mit voller Wucht auf den harten Asphalt. Der Linienbus kam keine zwei Meter von ihr entfernt quer auf der Straße zum Stehen, und sämtliche Fahrgäste pressten neugierig ihre Gesichter an die Scheiben, um zu sehen, was passiert war. Der Busfahrer klappte das seitliche Fenster auf und erkundigte sich besorgt:

«Alles in Ordnung, junge Dame?»

Eliana rappelte sich auf und gab mit einem Handzeichen zu verstehen, sie wäre okay.

«Brauchen Sie Hilfe?»

«Nein, es geht schon», murmelte Eliana schwach, zog ihr Fahrrad hoch und humpelte zum Straßenrand. Sie wollte nicht, dass jemand ihre verweinten Augen sah und sich die wildesten Geschichten zusammenreimte. Die ganze Situation war ihr äußerst peinlich. Erst als sich der Bus endlich in Bewegung setzte, betrachtete Eliana ihre Verletzungen etwas eingehender. Außer zwei aufgeschlagenen Knien und einer Schürfwunde am rechten Arm hatte sie nichts abgekriegt. Auch das Fahrrad schien noch intakt zu sein, was ihr beinahe noch wichtiger war, weil sie es von Marlene zum Geburtstag geschenkt bekommen hatte.

Vorsichtig hinkte sie zum Strand hinunter und schob das Fahrrad im nassen, harten Sand neben sich her. Das Meeresrauschen hatte etwas Beruhigendes an sich, und langsam brachte Eliana ihre Gedanken wieder auf die Reihe.

Ihre Mutter wollte sie also nicht gehen lassen. Und wenn sich diese robuste kleine Frau etwas in den Kopf gesetzt hatte, war es schwer, sie vom Gegenteil zu überzeugen. Sie war genauso stur wie Cristina, vielleicht sogar noch beharrlicher. Wie konnte sie ihrer Mutter bloß die fixe Idee ausreden, dass jede Brasilianerin, die ins Ausland reiste, als Prostituierte endete? Wie konnte sie ihr klarmachen, dass es in Italien auch eine anständige Erwerbsmöglichkeit für sie gab?

Vielleicht würde Cristina einen Rat wissen. Da sie ohnehin in der Nähe war, beschloss Eliana kurzerhand, bei ihrer Schwester vorbeizugehen.

Cristina war gerade dabei, ihren dreijährigen Sohn von Kopf bis Fuß einzuseifen, da er mit dem Nachbarsjungen eine Schlacht mit ihrem frisch zubereiteten Schokoladenpudding veranstaltet hatte. Mit dem Pudding, der eigentlich als Nachspeise gedacht war ...

Als Eliana in der Tür erschien, musterte ihre Schwester sie eingehend von Kopf bis Fuß und meinte dann nüchtern:

«Mein Gott, ich sag es ja immer: Man kann dich nicht alleine lassen, Schwesterchen. Täusche ich mich, oder bist du irgendwie gestürzt?»

«Mit dem Fahrrad», erklärte Eliana. «Ich hab die Kurve nicht gekriegt.»

«Die Kurve nicht gekriegt», wiederholte Cristina kopfschüttelnd. «Und so was nennt sich meine Schwester.» Sie rollte vielsagend die Augen und ließ Eliana eintreten. «Setz dich da drüben hin, und rühr dich nicht von der Stelle, bis ich mir das angesehen habe. Man hat doch nichts als Ärger mit Kindern ... Pedro!» Der kleine Knirps patschte soeben splitternackt und mit strahlendem Lächeln ins enge Wohnzimmer und steuerte mit ausgestreckten Ärmchen auf Tante Eliana zu.

«Oi, tia!» begrüßte er sie begeistert, während er eine nasse, mit Schaumkrönchen verzierte Spur hinter sich herzog.

«Pedro! Geh sofort zurück unter die Dusche!» Der Dreijährige blieb stehen und sah seine Mama mit seinem treuherzigsten «Meinst-du-das-wirklich-ernst?»-Blick an, und als er merkte, dass dem so war, drehte er sich folgsam um und tappte ins Badezimmer zurück.

«Sekunde», sagte Cristina und folgte dann Pedro mit großen Schritten. Die Dusche ging an, und der kleine Junge begann vergnügt zu quietschen.

Über den Lärm der Dusche hinweg erzählte Eliana

ihrer Schwester, warum sie so aufgeregt war: Samba! Italien!

«Hast du mit Mutter darüber geredet?» rief Cristina aus dem Badezimmer zurück.

«Sie hat nein gesagt», verkündete Eliana matt.

«Hast du etwas anderes erwartet?»

«Sie meint, ich solle Putzfrau werden.»

«Und was hast du gesagt?»

«Ich hab mein Fahrrad gepackt und bin zum Strand gefahren, um meine Wut rauszulassen.»

«Und dabei hast du die Kurve nicht erwischt.»

«So ungefähr.»

«Mein liebes Schwesterchen», hob Cristina an und tauchte mit dem kleinen Pedro auf, den sie in ein großes Badetuch gewickelt hatte und damit trockenrieb, «ich weiß, dass der Himmel dich nicht mit so viel Intelligenz und Scharfsinn überschüttet hat wie meine Wenigkeit, und deshalb kann ich durchaus verstehen, dass dich Mutters Antwort in Panik versetzt hat. Aber warum musstest du erst einen Unfall bauen, anstatt auf direktem Wege zu mir zu kommen?»

«Ich hab die Nerven verloren», murmelte Eliana beschämt. «Ich brauch diese Chance, Cristina.»

«Ich weiß», sagte ihre Schwester überlegen, während sie Pedro ein Paar Shorts anzog und dann eine blecherne Schatulle aus einer Schublade holte, die mit allerlei Tabletten, Medikamenten und Verbandsmaterial gefüllt war.

«Du wirst die Chance kriegen. Das Einzige, was du dazu brauchst, ist etwas mehr Geduld. Den Rest überlässt du getrost deiner großen Schwester.»

«Du wirst mir helfen?»

«Weiß Gott, warum ich das tue. Dabei hab ich genug eigene Probleme zu lösen», murmelte Cristina, und in ihren Augen spiegelte sich für einen kurzen Moment dieselbe Besorgnis, welche Eliana schon im Krankenhaus bemerkt hatte. Doch dann fasste sie sich wieder und fügte mit ihrer offenen, unverblümten Art hinzu:

«Aber wenn ich dich in diesem erbärmlichen Zustand sehe, bleibt mir wohl nichts anderes übrig, als dir aus der Patsche zu helfen, damit du nicht noch mehr Dummheiten anstellst.» Sie begann mit einem in Alkohol getränkten Wattebausch das Blut von Elianas Knien zu wischen. Eliana presste tapfer die Lippen zusammen und fragte ihre Schwester:

«Wirst du mit Mutter reden?»

«Ich werd's versuchen. Ohne Garantie.»

«Danke!»

Cristina winkte ab.

«Damit wartest du lieber, bis du das Flugticket in den Händen hältst.» Sie setzte ein breites Grinsen auf. «Und ich hoffe doch schwer, dass du mir aus Italien etwas Schönes mitbringen wirst als Entschädigung für meine Mühe. Du kennst ja meine Lieblingsfarbe.»

Eliana lächelte. Barmherzigkeit gegen Bezahlung. Das sah ihrer Schwester wieder einmal ähnlich. Doch sie war ihr keineswegs böse deswegen. Ohne ihre anmaßenden Bemerkungen wäre Cristina nicht Cristina. Dafür hatte ihre Schwester die einmalige Fähigkeit, jeder noch so düsteren Situation einen Hoffnungsschimmer abzugewinnen. Wenn es jemand schaffen sollte, Mutter umzustimmen, dann sie. Um Worte war sie noch nie verlegen gewesen, und Argumente konnte sie je nach Bedarf zu Tausenden aus dem Ärmel schütteln. Ihre Zuversicht war jedenfalls ansteckend, und das war genau, was Eliana jetzt brauchte. Es musste einfach klappen, dachte sie. Und wenn sie den Papst höchstpersönlich einfliegen lassen müsste, um die Einwilligung ihrer Mutter zu bekommen!

«Es wird gut kommen», murmelte sie, während ihre Schwester die Wunde unter dem Ellbogen desinfizierte und sie fürsorglich von der Seite betrachtete.

«Bau einfach vorher keinen Unfall mehr, Schwesterchen. Ich glaube nicht, dass es sehr elegant wirkt, mit Knie- und Ellbogenschonern Samba zu tanzen.»

«Autsch! Das brennt!» Eliana biss die Zähne zusammen und musste zugeben, dass sie schon wesentlich besser ausgesehen hatte.

«Ich werde Samba tanzen, wie es die Welt noch nicht gesehen hat», sagte sie dann entschlossen. «Du wirst sehen, Mutter wird stolz auf mich sein!»

7. Der Test

«Sie hat *ja* gesagt! Sie lässt mich gehen!» Eliana riss die Tür auf und hätte Marlene beinahe vor Aufregung über den Haufen gerannt. Sie packte ihre Freundin an den Händen und tanzte mit ihr durchs Wohnzimmer.

«Wir haben Mutter überzeugen können. Sie hat eingewilligt! Ich werde nach Italien gehen! Ich werde Samba-Tänzerin!» Sie wiederholte die Neuigkeit immer wieder, als könne sie es selbst noch nicht fassen, während Marlene schon ganz schwindlig wurde von Elianas Übermut. Beschwichtigend meinte sie:

«Vorausgesetzt, sie nehmen dich.»

«Ach, das werden sie schon», sagte Eliana zuversichtlich und ließ sich auf einen Sessel fallen. «Ich muss unbedingt Clara anrufen. Wo hab ich bloß ihre

Nummer hingelegt?» Sie griff nach einer Agenda, die auf einem Stapel Zeitschriften lag, und begann wie wild darin zu blättern. Marlene beobachtete sie mit verschränkten Armen.

«Wie kommt es, dass deine Mutter nach so vielen Monaten plötzlich ihre Meinung geändert hat?»

«Ich glaube, sie hatte es satt, täglich von allen Seiten bestürmt zu werden, von dir, von mir, von meiner Schwester, von Clara ... Alle haben ihr die Bude eingerannt. Irgendwann musste sie einfach nachgeben. Ach, hier ist die Nummer.» Sie schnappte sich das Telefon, setzte sich im Schneidersitz hin und wählte die Nummer.

«Und wenn sie schon eine andere genommen haben?» wandte Marlene ein. Eliana ließ sich nicht beirren und plauderte munter weiter:

«Clara sagt, das Schwierigste sei der Aufnahmetest. Wenn man den bestanden habe und in die Gruppe aufgenommen sei, könne nichts mehr schief gehen. Sie sagt ... Hallo? Clara?» Sie richtete sich auf, und ihre Stimme vibrierte vor Spannung, als sie strahlend verkündete: «Ich bin's, Eliana. Meine Mutter ist einverstanden! Ich darf tanzen!»

Marlene setzte sich Eliana gegenüber aufs Sofa und versuchte aus den Gebärden und den darauf folgenden einsilbigen Kommentaren zu erahnen, worüber gesprochen wurde. Als Eliana schließlich auflegte, platzte Marlene geradezu vor Neugier.

«Und?» Ein breites Lachen erschien auf Elianas Gesicht, und begeistert erklärte sie:

«Es scheint zu klappen. Clara wird ihre Schwägerin verständigen, damit diese ein Treffen mit den Geschäftsleuten aus São Paulo und Italien vereinbaren kann.»

«Wow», Marlene war beeindruckt. «Heißt das, die

fliegen extra von Italien her, um sich anzusehen, wie du tanzt?» Eliana zuckte die Achseln und konnte ihren Stolz nicht verbergen.

«Es scheint so. Aber vorher werden sie mich zu einem Abendessen einladen, um mich besser kennen zu lernen und zu sehen, ob ich mich in einer vornehmen Gesellschaft zu benehmen weiß. Clara sagte, sie würde mir ein Buch über gute Manieren ausleihen, und ihre Cousine würde mir sämtliche Tanzstile beibringen, die ich kennen muss. Ich kann es kaum erwarten, Marlene. Das ist alles so unglaublich aufregend!»

Marlene nickte anerkennend.

«Ich erblasse vor Neid. Wenn du dann berühmt bist, zehn Bodyguards und eine Menge Geld hast, dann vergiss mich bitte nicht, ja?»

Eliana atmete tief ein und schwebte im vollkommenen Glück. «Glaubst du wirklich, ich könnte dich jemals vergessen?»

«Macht und Geld haben schon so manchen Leuten den Kopf verdreht.»

«Eine Freundschaft tauscht man nicht gegen Geld», versicherte Eliana, erhob sich und tanzte verträumt durch den Raum.

Das Abendessen mit den Geschäftsleuten fand in São Paulo statt. Eliana hatte sich speziell für diesen Anlass ein Kleid gekauft und sich herausgeputzt, als würde sie sich mit dem Präsidenten höchstpersönlich treffen. Sie gab sich so elegant und sympathisch, wie es ihr nur irgend möglich war.

Einen Monat später wurde sie zum Vortanzen eingeladen, wobei die Direktoren aus São Paulo zusammen mit den Vertretern aus Italien definitiv über ihre Aufnahme entscheiden sollten. Der Test war auf

20 Uhr angesetzt, doch Eliana traf sich etliche Stunden früher mit Claras Cousine Stefanie, die ihr sämtliche Tänze beibringen sollte, die sie beherrschen musste. Stefanie mochte um die dreizehn Jahre alt sein, ein unscheinbares schlankes Mädchen, das Eliana auf den ersten Blick als ein eher zerbrechliches Geschöpf einstufte. Stefanie führte Eliana in den Hinterhof, wo sie bereits einen Kassettenrekorder und eine Kartonschachtel voller Musikkassetten auf ein kleines Tischchen gestellt hatte.

«Na, dann wollen wir mal», sagte sie und legte die erste Musikkassette in das Abspielgerät. Bei der schnellen, heiteren Musik, die gleich darauf ertönte, kribbelte es Eliana bis in die Zehenspitzen.

«Kennst du den?» fragte Stefanie.

Eliana zuckte die Achseln.

«Na ja. Klingt nach Karneval.»

Stefanie nickte.

«Nennt sich Samba enredo!» beantwortete sie ihre eigene Frage, während sie automatisch begann, sich im raschen Rhythmus der Musik zu bewegen. Eliana war schon nach wenigen Sekunden klar, dass sie sich in Stefanie getäuscht hatte. Sie hatte es hier nicht mit einem zierlichen Schulmädchen, sondern mit einer Samba-Tänzerin zu tun, der man nicht so leicht das Wasser reichen konnte. Stefanie spürte die Bewunderung in Elianas Blick und winkte sie grinsend zu sich.

«Na los! Tanz! Wir haben wenig Zeit. Vom bloßen Zuschauen wirst du es nicht lernen.» Eliana zögerte. Stefanies Professionalität blockierte sie ein wenig.

«Du traust dich nicht?» Stefanie fasste Eliana bei der Hand und wirbelte sie mit einer schnellen Drehung um ihre eigene Achse.

«Keine falschen Hemmungen! Beweg deine Fußgelenke und Knie, aufrechter Körper, lockere Haltung, und los geht's!»

Eliana übernahm Stefanies rhythmisches Federn, und ehe sie sich's versah, war sie mitten hineingenommen in die wogende Fröhlichkeit der Musik.

«Gut so!» ermunterte Stefanie ihre mindestens fünf Jahre ältere Schülerin fachgerecht. «Vor- und zurückschwingen! Mehr Feuer! Der Schwung muss aus dem ersten Schritt kommen! Ja, genau so!»

Eliana hatte noch nie einen Tanzkurs belegt. Doch sie war überzeugt, dass sie in der Dreizehnjährigen eine ausgezeichnete Tanzlehrerin gefunden hatte. Sie erklärte Eliana, worauf es ankam, beobachtete, korrigierte, lobte, trieb sie an, ließ sie so lange eine bestimmte Figur wiederholen, bis deren Charakter in ihre eigene Dynamik überfloss. Und dabei vergaßen sie die Zeit.

Sie tanzten und tanzten. Als die Sonne am Horizont verschwand und der Himmel sich über ihren Köpfen feurig rot färbte, tanzten sie noch immer. Zwischendurch legten sie eine kurze Pause ein, kühlten ihre Gesichter und tranken Wasser, dann tanzten sie weiter. Ihre Körper glänzten vor Schweiß, ihre ärmellosen T-Shirts klebten ihnen am Leib, während sie einen Stil nach dem andern bis ins kleinste Tanzelement durchexerzierten. Jeder Schritt, jede Drehung, jede Hüftbewegung musste sitzen. Nichts durfte dem Zufall überlassen werden. Jeder Tanz musste so lange eingeübt werden, bis er in Fleisch und Blut übergegangen war und so natürlich wirkte, als wäre er ein Teil ihrer selbst.

Außer dem typischen Karneval-Samba und anderen Stilrichtungen des Samba lernte Eliana an diesem Nachmittag auch Gafiera, einen Paartanz, der an die Zeit der Schwarzweiß-Filme erinnert, wo die Frauen große, blumengeschmückte Hüte und die Herren Zylinder und Frack trugen, außerdem Frevo, einen folkloristischen Tanz aus dem Nordosten Brasiliens, bei dem die Frauen kleine Sonnenschirme schwingen, und zum Schluss den erdverbundenen Afrotanz, der mit seinen exzentrischen Bewegungen dem Beschwörungstanz eines Medizinmanns gleicht, wenn er zu Trommelmusik ums Feuer tanzt.

Erst um halb acht Uhr abends streckten sich die beiden Mädchen erschöpft und völlig außer Atem auf dem Sofa im Wohnzimmer aus und löschten ihren Durst. Eliana spürte sämtliche Muskeln, als hätte sie einen Marathonlauf hinter sich. Doch es war ein gutes Gefühl; dasselbe Gefühl wie nach einem intensiven Leichtathletik-Training.

«Glaubst du, sie nehmen mich?» fragte Eliana keuchend.

Stefanie hob ihren Zeigefinger.

«Wenn sie dich nicht nehmen, werde ich mich pensionieren lassen.»

«Du meinst also, ich habe eine Chance?»

«Eine Chance? Du hast eine Chance von zweihundert Prozent, Eliana! Ich hab ja schon vielen Tanzunterricht gegeben. Aber acht Tanzstile an einem einzigen Nachmittag, das ist ein absoluter Rekord. Du hast ein unglaubliches Talent, Eliana. Die werden denken, du hättest Monate geübt. Monate, verstehst du?»

In diesem Moment streckte Clara den Kopf zur Tür herein.

«Na, seid ihr fertig?»

«Fix und fertig», antwortete Stefanie.

Clara grinste.

«Einen besonders frischen Eindruck macht ihr tatsächlich nicht», meinte sie und wandte sich Eliana zu. «Meine Cousine tanzt gut, was?»

Stefanie winkte gleich energisch ab.

«Du solltest erst Eliana sehen!» sagte sie. «Da kriegst du voll die Krise.»

Clara nickte.

«Ich weiß. Was denkst du, warum ich sie empfohlen habe?» Sie warf Eliana ein Paket zu. «Den habe ich bei mir zu Hause ausgegraben. Ich hoffe, es ist deine Größe.»

Eliana richtete sich auf und öffnete das Paket sorgfältig. Zum Vorschein kam ein knallroter Polyester-Anzug mit flammenähnlichen Streifen über dem ganzen Körper. Eliana blieb die Spucke weg.

«Für mich?»

«Damit du den Businessleuten ein bisschen einheizt», erklärte Clara.

«Das würde sie auch ohne diesen Anzug tun», warf Stefanie dazwischen. «Die hat mehr Feuer im Blut als du und ich zusammen, Cousine.»

«Am besten, du ziehst dich gleich um», schlug Clara vor, «die Herren müssten jeden Moment eintreffen.»

Keine fünf Minuten später klingelte es an der Haustür, und Eliana spürte, wie ihr Pulsschlag automatisch in die Höhe raste wie vor einem Leichtathletik-Wettkampf. Sie hörte die Männer im Nebenzimmer miteinander reden und schnappte ein paar italienische Wortfetzen auf. Sie lehnte den Kopf zurück, atmete tief durch, schüttelte ihre Arme und Beine und machte ein paar Dehnübungen, um ihren Körper zu lockern. In ihrem feurigen Anzug sah sie aus wie eine Radrennfahrerin. Sie hatte sich im selben Farbton geschminkt und ihr gekraustes Haar mit Gel bearbeitet, so dass es glänzte, als wäre es mit Morgentau bedeckt. Eine Strähne hing ihr frech ins Gesicht wie die Stirnfransen eines ungezähmten Pferdes.

Clara und Stefanie überschütteten sie mit allerlei Tipps und Ratschlägen, was sie nur noch nervöser machte. Wochenlang hatte sie es kaum erwarten können, endlich zu tanzen, und jetzt, wo der lang ersehnte Moment gekommen war, wünschte sie sich, er wäre schon vorbei. Immerhin ging es diesmal nicht um eine zusätzliche Medaille für ihre Sammlung. Es ging um ihre gesamte Zukunft: Samba-Tänzerin in Italien oder Putzfrau in zwölf Gebäuden! Alles hing von diesem einen Vortanzen ab. Alles hing davon ab, welchen Eindruck sie bei den Geschäftsleuten aus Italien hinterließ.

Als die Tür zum Nebenzimmer aufging und Stefanies Mutter Eliana aufforderte, ihr zu folgen, spürte sie ihren Herzschlag bis in die Zehen- und Fingerspitzen. Jetzt ging es ums Ganze.

Sechs Herren in schicken Anzügen erwarteten sie im Nebenraum. Vier von ihnen hatte Eliana bereits beim Abendessen in São Paulo kennen gelernt, doch selbst diese Tatsache machte die Situation nicht erträglicher. Die Männer saßen mit Papier und Kugelschreiber bewaffnet in einer Reihe auf gepolsterten Sesseln und musterten Eliana mit prüfenden Blicken von Kopf bis Fuß. Zwei Männer mit mediterranem Einschlag wechselten halblaut ein paar Worte, die sehr italienisch klangen. Das mussten also die Vertreter aus Italien sein, dachte Eliana, der es beim Anblick dieser seriös wirkenden Jury schon ein wenig mulmig zumute war.

«Eliana Santana?» fragte der eine der beiden Italiener und blickte sie mit großen Augen an.

«Ja, Senhor», murmelte Eliana und trat etwas näher.

«Die Bühne gehört dir!» sagte der Herr und machte eine entsprechend großzügige Bewegung mit der Hand. Eliana nickte und begab sich in Ausgangsposition. Ein letztes Mal atmete sie tief ein und zwang sich, weder an ihre Nervosität noch an das Publikum oder an die Bedeutsamkeit dieser Prüfung zu denken. Nur Stefanies Worte über ihr Talent sollten jetzt noch wichtig sein. Sekunden später erklang die Musik, die die Jury aus verschiedenen Stilrichtungen für sie zusammengeschnitten hatte. Sie hob den Kopf, setzte das strahlendste Lächeln auf, das sie überhaupt zustande brachte, und warf sich bedenkenlos mit Leib und Seele in die Wogen des Sambas.

Eliana tanzte zwanzig Minuten, ohne eine einzige Pause einzulegen. Sie tanzte, als hätte sie nie etwas anderes getan. Sie tanzte, als wäre die Musik der Pulsschlag ihres eigenen Lebens und jede Tanzbewegung ein Teil ihrer Geschichte. Als sie schließlich beim (wie sie richtig vermutete) letzten Akkord mit ausgebreiteten Armen und gesenktem Kopf in ihrer Schlussfigur verharrte, war es ein paar Sekunden so still im Raum, dass Eliana beinahe glaubte, die Jury hätte sich unbemerkt zurückgezogen. Dann hörte sie ein Räuspern und hob den Blick. Die beiden Italiener wechselten ein paar Worte auf Italienisch, untermalt mit wilder Gestik, drei Herren kritzelten etwas auf ihren Notizblock, und ein kahlköpfiger Herr mit Brille lächelte sie freundlich an.

«Darf ich dir eine Frage stellen, Eliana?»

Eliana nickte. Der Herr beugte sich etwas vor und musterte sie über seine Brillengläser hinweg intensiv.

«Mädchen, wo um alles in der Welt hast du so tanzen gelernt?»

Eliana sank augenblicklich der Mut.

«Hat es Ihnen nicht gefallen¿»

Der kleine Mann lachte amüsiert, wandte sich mit wenigen Worten an die Italiener, welche einen Kommentar abgaben und ebenfalls zu lachen begannen.

«Nicht gefallen¿» wiederholte er dann. «Wir sind begeistert! Unsere Vertreter aus Italien auch. Sie fragten mich, warum wir ihnen ein begabtes Mädchen wie dich so lange vorenthalten hätten.»

«Heißt das … ich habe den Test bestanden¿»

«Kauf dir ein italienisches Wörterbuch und bring deinen Reisepass in Ordnung», lautete die simple Antwort. «Wir geben dir Bescheid, sobald wir den Flug gebucht haben.»

Eliana wäre dem kahlköpfigen Herrn vor Freude beinahe um den Hals gefallen. Sie gab sich jedoch Mühe, ihre Gefühle unter Kontrolle zu halten – wenigstens bis sie den Raum verlassen hatte.

Stefanie und Clara erwarteten sie voller Ungeduld.

«Und¿»

Eliana lehnte sich rücklings an die Zimmerwand und biss sich auf die Lippen. Sie vibrierte innerlich vor Übermut. Ihre Augen funkelten vor Begeisterung. Dann nickte sie den beiden Mädchen zu, welche wie zwei hysterische Weiber zu kreischen begannen und sich auf sie stürzten, als hätte sie soeben im Lotto gewonnen.

«Super!» rief Stefanie aus. «Du hast es geschafft!»

«Ich hab gewusst, dass sie dich nehmen», sagte Clara. «Vom ersten Augenblick an, als ich dich im Krankenhausflur tanzen sah. Sie konnten gar nicht anders als dich nehmen. Ich hab's gewusst!»

«Wann geht's denn los¿»

«Sie werden mir Bescheid geben.»

«Affenstark!» rief Stefanie immer wieder. «Einfach affenstark!»

«Ich kann es selbst noch nicht fassen», murmelte Eliana glücklich, «sie haben mich aufgenommen. Ich bin drin!»

Sie lachte still vor sich hin und wusste kaum, wie ihr geschah. Das Abenteuer hatte begonnen.

8. Es geht los!

Bis zu ihrer Reise nach Italien gab es natürlich noch eine Menge zu erledigen. Als Erstes reichte Eliana ihre Kündigung beim Krankenhaus ein und redete mit ihrem Leichtathletik-Trainer. Die Frauen der Klinikküche wünschten ihr von Herzen alles Gute und hielten sie an, ihnen aus Italien eine Postkarte zu schicken. Cristina meinte mit gespieltem Neid:

«Da fliegt das kleine naive Schwesterchen über den weiten Ozean, während ihre ältere, zweifelsohne viel begabtere Schwester zu Hause sitzen bleibt. Leider werden die wirklich großen Genies immer erst nach ihrem Dahinscheiden entdeckt, und dann bringt es auch nichts mehr.» Sie fügte sich mit einem tiefen Seufzer in ihr Schicksal und fügte philosophisch hinzu:

«Wenn du dann dort oben über den weißen Wolken schwebst und auf das wunderschöne, tiefblaue Meer hinunterblickst, denk dran, dass die Perspektive aus der Nähe nicht ganz so romantisch ist und der Duft der großen weiten Welt für die Bewohner der Vila dos Pescadores vom Duft nach Abfall, Morast und verpinkeltem Meerwasser erstickt wird.»

Marlene legte Eliana die Hand auf die Schulter und sagte einfach:

«Ich werde dich vermissen.»

Elianas Leichtathletik-Trainer hatte natürlich weniger Freude an ihrem Ausstieg, respektierte aber ihre Entscheidung und drückte ihr ebenfalls die Daumen.

Dann kam der ganze Papierkram für die Ausstellung eines Reisepasses und die Unterzeichnung des Vertrages bei der Truppe «New Spectacle and Show», mit der Eliana sechs Monate in Italien tanzen würde. Es war ein Vertrag mit tausend klein gedruckten Klauseln. Er enthielt unter anderem strenge Verhaltens-Vorschriften, deren Nichtbeachtung mit einer Geldbuße bestraft würde. Sämtliche Tänzerinnen und Tänzer der Truppe hatten absolutes Alkoholverbot, zudem die Untersagung, in Italien einen Geliebten oder eine Geliebte zu haben, sowie die strikte Anweisung, nur mit ihrem Leibwächter zu kommunizieren, der sie auf der ganzen Tour begleiten würde. Die Company wollte dadurch beweisen, dass ihr Unternehmen seriös war und dass nicht jede Tänzerin aus Brasilien automatisch eine Prostituierte war.

Die ganzen Vorbereitungen dauerten mehrere Monate, und je näher die Reise rückte, desto nervöser wurde Eliana. In der Nacht vor der Abreise brachte sie vor Aufregung kein Auge zu. Tausendmal stand sie auf und kontrollierte, ob sie auch wirklich alles eingepackt hatte. Ihre Mutter, Marlene, Cristina und der in der Zwischenzeit fünfjährige Pedro begleiteten sie zum Flughafen. Ein kribbeliges Gefühl packte die Zwanzigjährige, als sie sich von ihrer Familie und ihren Freunden verabschiedete und durch die Passkontrolle ging. Die Ungewissheit, was sie in Italien erwarten würde, schlug ihr nicht nur aufs Gemüt, sondern auch auf den Magen.

Worauf hatte sie sich da bloß eingelassen! Sechs Monate Italien. Ausgerechnet sie, die bei jedem Vorhaben den Rückhalt ihrer Freundin Marlene oder den Ratschlag ihrer Schwester Cristina suchte. Zum ersten Mal in ihrem Leben war sie auf sich selbst gestellt und würde ihre Entscheidungen ganz alleine treffen müssen. Ob sie dieser Herausforderung gewachsen war? Ob sie sich draußen in der großen weiten Welt zurechtfinden würde?

Die andern drei Gruppenmitglieder, zwei junge Männer und ein Mädchen, die mit ihr zusammen reisten, um die Truppe in Italien zu verstärken, schienen das Ungewisse mehr als vergnügliches Abenteuer anzusehen und als Möglichkeit, mächtig auf die Pauke zu hauen.

Bruna, ein bildhübsches schwarzes Mädchen mit tausend kleinen Zöpfchen aus künstlichem Haar, prahlte damit, ihr Ziel für diese Reise wäre es, so viele Italiener wie möglich aufzureißen. Kevin, ein muskulöser, dunkelhäutiger Mann mit kleinen, scharfen Augen und einem goldenen Ohrring, wollte den italienischen Wein und die italienischen Frauen «degustieren», wie er sich ausdrückte, und Tadeu, der Transvestit war und mit seinen langen blonden Haaren, seinen langen Wimpern und seinem eleganten Hüftschwung femininer wirkte als manche Frau, wollte schlicht und ergreifend das Leben genießen – auf seine Art, wie er mit holdem Augenaufschlag hauchte.

Eliana kam sich wie ein Grünschnabel vor zwischen den zwei Tänzern und der Tänzerin, die sich alle drei so selbstbewusst gaben und für die es offensichtlich kein Tabu-Thema gab. Bei manchen Bemerkungen schämte sich Eliana beinahe, ihnen zuzuhören, konnte aber gleichzeitig eine gewisse Neugier und das Bedürfnis, mehr zu erfahren, nicht unterdrücken. Natürlich hätte sie das niemals zugegeben. Sie stellte auch keine Fragen und lachte bei den schmutzigen Witzen, die Kevin machte, genauso laut wie die anderen, um nicht als unreif und naiv dazustehen – mit zwanzig Jahren! Die Gespräche drehten sich vorwiegend um Sex, Wahrsagerei, Italien und die Kunst, wie man die strikten Anweisungen der Leitung bezüglich Alkohol, Bodyguard und Liebesaffären am besten umgehen könnte.

Das erste Gebot wurde dann auch bereits im Flug von São Paulo nach Rom gebrochen, als die Stewardess mit dem Getränkewagen vorbeikam und mit geschminktem Lächeln höflich fragte:

«Wünschen die Herrschaften etwas zu trinken?»

Die vier warfen sich gegenseitig ein paar vielsagende Blicke zu.

«Sollen wir?» fragte Bruna.

«Ich sehe keinen Grund, warum nicht», kicherte Tadeu, und Kevin ging gleich zum Angriff über und gab keck seine Bestellung auf:

«Whisky!»

«Whisky für alle!» verkündete Tadeu und schwang seine mit Ringen und Kettchen geschmückten Hände in der Luft herum. Genau in diesem Augenblick begann das Flugzeug verdächtig zu schwanken, und Bruna ließ beinahe das Glas fallen. Sie bekreuzigte sich so eifrig, dass Eliana einen Lachanfall kriegte und Kevin ihr amüsiert auf die Schulter klopfte und meinte:

«Keine Angst. Der liebe Gott wird dich nicht bestrafen, weil du ein Glas Whisky trinkst. Der Vertrag gilt erst ab Italien.»

Tadeu schlug die Hände zusammen und fügte hinzu:

«Kinder, sobald wir in Rom landen, kaufen wir uns

besser ein paar Kerzen, um uns vor weiterem Unheil zu schützen.»

«Wieso Kerzen?» fragte Eliana irritiert.

«Zündest du etwa keine Kerze im Zimmer an?» fragte Tadeu und sah sie mit seinen großen Hundeaugen total überrascht an.

«Wozu denn?» wollte Eliana wissen.

«Damit dein Schutzengel sich in der Dunkelheit nicht verirrt», erklärte Tadeu mit einer Selbstverständlichkeit, die Eliana verunsicherte. «Er braucht ein Licht, um dich beschützen zu können.»

«Und das soll wirken?» zweifelte Eliana.

«Natürlich wirkt es», entgegnete Tadeu überzeugt, und Bruna bekräftigte seine Theorie mit weise erhobenem Zeigefinger:

«Noch besser ist es, wenn man etwas Honig um die Kerze schmiert, damit der Schutzengel süß ist zu dir. Hast du das nicht gewusst?»

«Nun, ehrlich gesagt, nein», murmelte Eliana unbestimmt. Sie wusste nicht so recht, was sie darüber denken sollte, hielt es aber für klüger, die Bräuche ihrer Kollegen zu respektieren, um sich keine unnötigen Probleme zu schaffen.

«Es gibt weit mehr Dinge zwischen Himmel und Erde, als du dir vorstellen kannst», sagte Bruna nach einer Weile geheimnisvoll. «Meine Großmutter hat mir beigebracht, mit den Geistern zu reden. Manchmal, mitten in der Nacht, erscheinen sie mir und übermitteln mir verschlüsselte Botschaften.»

«Wer's glaubt», grinste Kevin, worauf ihn Bruna mit blitzenden Augen ansah und beleidigt knurrte:

«Mit Geistern ist nicht zu spaßen, mein Lieber. Und wer sie beleidigt, muss mit entsprechenden Konsequenzen rechnen.»

«Aber sicher», nickte Kevin. «Und was flüstern sie dir nachts zu, deine Geister?»

«Wenn ich dir das sagen würde, stünden dir die Haare zu Berge», fauchte Bruna mit weit geöffneten Augen. «Du hast ja keine Ahnung, welchen Einfluss sie auf die Menschen haben.»

«Nö», meinte Kevin achselzuckend. «Ist mir auch ziemlich egal, um ehrlich zu sein. Ich weiß nur, welchen Einfluss der Whisky auf mein Gemüt hat, und da die Getränke im Flugpreis inbegriffen sind und wir nicht wissen, wann wir das nächste Mal die Gelegenheit haben, gönnen wir uns noch ein Schlückchen.» Er winkte die Stewardess herbei und ließ sich das Glas neu auffüllen. Somit war das Thema Geister fürs Erste abgeschlossen, und niemand griff es wieder auf.

Trotzdem grübelte Eliana noch eine ganze Weile über diese Angelegenheit. Kevin hatte es zwar ins Lächerliche gezogen, und das war es vielleicht auch. Dennoch ließen Brunas blitzende Augen einen geringen Zweifel zurück, ob sich hinter ihrer Aussage nicht doch ein Funken Wahrheit verbarg. Eliana beschloss auf jeden Fall, sich vor Bruna in Acht zu nehmen. Dieses eingebildete Püppchen als Gegnerin zu haben, konnte bestimmt ziemlich unangenehm sein, Geister hin oder her. Sie hoffte nur, dass nicht die ganze Truppe aus derart schrägen Vögeln bestand, die weder Scham noch Moral kannten und ihr das Gefühl vermittelten, ein absolutes Landei zu sein.

Eliana kam sich wie E.T. vor, wie eine Außerirdische, die dabei war, eine Welt zu entdecken, von deren Existenz sie bisher nichts gewusst hatte. Nur das eine wusste sie: Wenn sie sich in dieser neuen Welt behaupten wollte, musste sie sich deren Spielregeln unterwerfen, koste es, was es wolle. Und sie wusste, dass dies nicht einfach sein würde.

Jedenfalls nicht für sie.

Margaret hätte schreien können. Der Weltuntergang stand bevor, und zwar derjenige ihrer eigenen kleinen Welt, in den sterilen Mauern der Kadettenschule, zwischen all den vielen Menschen, die mit der Bibel unter dem Arm an ihr vorbeisausten und eifrig miteinander über die ergreifende Predigt diskutierten, die sie an diesem Nachmittag gehört hatten. Und Margaret saß wie angenagelt auf dem äußersten Stuhl der dritten Reihe, blickte ziellos auf das Podium in der hellen Kapelle, ohne die Personen wahrzunehmen, die an ihr vorbei zum Ausgang strömten, und hielt sich mit beiden Händen an der Stuhlkante fest, um nicht das Gleichgewicht zu verlieren. Sie fühlte sich leer, absolut leer, wie der Kokon eines bereits ausgeschlüpften Schmetterlings, und niemand schien etwas davon zu bemerken.

Für alle schien die Welt in Ordnung zu sein – nur für sie nicht. Alle hatten sich angesprochen gefühlt durch die Predigt jenes Mannes – nur sie nicht. Seine Worte waren an ihr vorbeigeplätschert wie die Worte ihres ehemaligen Mathematiklehrers, wenn er versuchte, eine neue Formel zu erklären. Sie erinnerte sich an keinen einzigen Satz seiner Predigt und schämte sich beinahe dafür, denn schließlich war es nicht irgendjemand, der an jenem Nachmittag gepredigt hatte, sondern der General höchstpersönlich, die weltweit wichtigste Person in der Heilsarmee! Und sie als gewohnt ketzerisches Kind behauptete allen Ernstes, durch seine Rede nichts Umwerfendes gehört, ja noch schlimmer, überhaupt nichts dazugelernt zu haben!

Was war bloß mit ihr los? Warum kam sie sich so völlig fehl am Platz vor in ihrer Uniform, in dieser Kapelle, in der

Kadettenschule, in ihrer Rolle als zukünftige Heilsarmee-Offizierin? Wo war ihre Überzeugung geblieben? Ihre Gewissheit, das Richtige zu tun? Ihre Vision? Wie konnte sie das alles auf einmal in Frage stellen?

Die Prüfungskommission des Lehrerseminars in Oxford hätte sie jetzt sehen sollen: ein Häufchen Elend, nicht zu vergleichen mit der dynamischen Achtzehnjährigen, die damals hoch erhobenen Hauptes das Zimmer betrat und die wohl ungewöhnlichsten Antworten auf ihre Fragen gab.

«Warum möchtest du Lehrerin werden?»

«Ich möchte nicht Lehrerin werden.»

«Und warum hast du dich ausgerechnet an einem Lehrerseminar beworben, wenn du nicht Lehrerin werden möchtest?»

«Ich denke, die Ausbildung wird mir in meinem späteren Beruf sehr nützlich sein.»

«Und … um welchen Beruf handelt es sich, wenn die Frage erlaubt ist?»

«Heilsarmee-Offizierin», erklärte Margaret strahlend.

Nach diesem Gespräch war sich Margaret ziemlich sicher gewesen, ihre Chance durch ihre offenen Antworten verpatzt zu haben. Doch genau das Gegenteil war der Fall: Sie wurde aufgenommen, was ihr einmal mehr bestätigte, dass sie auf dem richtigen Weg war.

Viele hatten daran gezweifelt, dass ihre Berufung zur Heilsarmee-Offizierin wirklich Gottes Willen entsprach, doch sie selbst hielt eisern daran fest und besuchte wenn immer möglich die Gottesdienste der Heilsarmee. Auch während ihrer dreijährigen Lehrerausbildung in Oxford schloss sie sich der Heilsarmee an, und zurück in Goole ließ sie sich als Soldatin einreihen.

Ein Jahr später war sie in die Kadettenschule in London eingetreten, wie sich die zweijährige Ausbildung zum Heilsarmee-Offizier nennt, und hatte sich mit ihren mittlerweile dreiundzwanzig Jahren mit vollem Einsatz ins Studium gestürzt. Sie hatte keinen Augenblick an Gottes Berufung gezweifelt, obwohl sie sich ab und zu etwas exotisch vorkam im Vergleich zu den anderen Kadetten und sich immer wieder fragte, warum Gott ausgerechnet sie ausgesucht hatte. Vielleicht war das ein Grund, weswegen sie sich an jenem Nachmittag nach der Predigt des Generals so himmelschreiend einsam fühlte, einsam in ihrem Denken, einsam in ihrer Auffassung der Dinge, einsam in ihrem ganzen Sein. Sie hätte gerne mit jemandem über ihre Gefühle gesprochen, wusste aber, dass niemand sie verstanden hätte.

«Ich muss weg hier», war ihr einziger Gedanke, «weg aus diesem Gebäude, weg von all diesen Uniformen, einfach nur weg!» Sie war die Letzte, die sich von ihrem Sitz erhob, und war froh, im Korridor von niemandem auf die Rede des Generals angesprochen zu werden. Sie hielt unter all den ihr bekannten Gesichtern Ausschau nach der Direktorin der Kadettenschule, und als sie sie entdeckte, steuerte sie zielstrebig auf die Frau zu.

«Hallo, Margaret!» begrüßte die Offizierin sie herzlich. «Beeindruckend, was der General heute gesagt hat, was?»

Margaret ging nicht auf ihre Bemerkung ein.

«Ich möchte dich um etwas bitten», murmelte sie.

«Nur zu. Was liegt dir auf dem Herzen?»

Margaret zögerte. Sie kam sich vor wie von einem anderen Stern mit ihren so widersprüchlichen Gefühlen und ihrer so ausgefallenen Bitte.

«Ich würde gerne ein paar Stunden freikriegen», brachte sie schließlich hervor. «Ich … ich möchte ganz einfach ein paar Stunden allein sein – und das möglichst auf der anderen Seite dieser Mauern.»

Die Offizierin war ziemlich überrascht, erkannte aber sogleich die Dringlichkeit dieses Bedürfnisses.

«Wo drückt dich der Schuh, mein Kind? Willst du darüber reden?»

Margaret schüttelte den Kopf.

«Ich möchte nur ein wenig frische Luft schnappen», erklärte sie, «um meine Gedanken etwas zu ordnen. Ich halte es hier drinnen einfach nicht mehr aus.»

Die Direktorin legte Margaret lächelnd die Hand auf die Schulter.

«Wir alle brauchen zwischendurch ein wenig Abstand von hier», meinte sie verständnisvoll, «manchmal glaubt man, in diesen Wänden zu ersticken, und will nur noch weg, weit weg. So ist es doch, nicht wahr?»

Margaret sah die Direktorin erstaunt an. Sie hatte ihr direkt aus dem Innersten gesprochen. Niemals hätte Margaret vermutet, auf so viel Verständnis zu stoßen.

«Nimm dir morgen frei», sagte die Offizierin zu ihrer Verblüffung. «Geh im Park spazieren oder Freunde besuchen oder ins Kino, was auch immer. Ein Tag weg vom Rummel der Kadettenschule wirkt Wunder, und du weißt selbst am besten, wohin dich dein Herz in solchen Situationen zieht.»

Am nächsten Morgen, nachdem sie ausgeschlafen und ausgiebig gefrühstückt hatte, begab sie sich mit Papier und Kugelschreiber ausgerüstet ins Kunstmuseum. Es gibt Menschen, die entspannen sich, indem sie ein Buch lesen oder klassische Musik hören, andere ziehen sich in die Berge zurück, und wieder andere hängen sich vor den Fernseher. Für Margaret gab es nichts Schöneres, als sich in die faszinierende Welt der Malerei zu vertiefen. Behandle ein Gemälde wie einen König, so hatte einmal jemand gesagt, tritt vor das Kunstwerk hin und warte, bis es dich anspricht. Und das war es, was Margaret an diesem Morgen tat.

Eigentlich kannte sie nach ihren vielen Besuchen die Gemälde des Kunstmuseums in- und auswendig, doch sie konnte sich nicht daran satt sehen, und jedes Mal entdeckte sie etwas Neues, das sie beim letzten Mal übersehen hatte. Ein Bild zu betrachten bedeutete, in den Gedanken eines

Künstlers spazieren zu gehen, in eine andere Welt einzutauchen; eine Welt, in der Farben und Formen eine völlig neue Bedeutung erhielten und die Grenze zwischen Wirklichkeit und Einbildung verwischten.

Ein Bild zu betrachten war für Margaret wie das Lesen der Bibel: Manchmal war die Bibel nur ein Buch mit Buchstaben, und manchmal gewannen diese Buchstaben Leben, schienen sich von den Blättern zu lösen und sie mitten ins Herz zu treffen. Manchmal rührte sie eine Textstelle zu Tränen, obwohl sie dieselbe schon hundertmal gelesen hatte, ohne dabei auch nur das Geringste zu empfinden. Und dann wieder konnte sie eine Bibelstelle hundertmal lesen und gewann hundert neue Perspektiven über ein und dasselbe Wort. So reich war Gottes Wort, und genauso vielfältig waren Gottes Möglichkeiten, mit den Menschen zu reden. Und wenn Margaret ein Werk von Monet oder Van Gogh betrachtete, kam sie unweigerlich ins Gespräch mit Gott.

Ein Maler, der es ihr besonders angetan hatte, war Rembrandt, und dies nicht in erster Linie, weil der holländische Künstler viele biblische Szenen dargestellt hatte oder es wie kein anderer verstand, aus schmutziger brauner Farbe das reinste Gold hervorzuzaubern. Es waren die Gesichter, die Margaret faszinierten, die Menschen, die Rembrandt malte, als wären sie aus Fleisch und Blut, mit denselben Gefühlen und Bedürfnissen wie sie. In ihren Augen spiegelte sich die uralte Sehnsucht nach Liebe und Geborgenheit, die Suche nach Gott.

Ein Bild, das sie besonders inspirierte, war ein riesiges, unvollendetes Ölgemälde von Rembrandt. An diesem Morgen setzte sie sich davor hin und ließ ihre Gedanken wie Farbkleckse in ihr mitgebrachtes Notizheft tropfen. Hätte Rembrandt geahnt, dass sein Ölgemälde über dreihundert Jahre nach seinem Tod eine junge Frau mehr ansprechen würde als die Rede eines Heilsarmee-Generals, hätte er sich bestimmt geschmeichelt gefühlt.

Doch Margaret fragte sich ernsthaft, warum das so war. Warum war sie so anders als alle anderen? Warum hatte Gott sie so gemacht? Und warum hatte er sie gleichzeitig in einen Dienst gerufen, der so wenig mit ihren eigentlichen Neigungen zu tun hatte? Die Aufgabe eines Heilsarmee-Offiziers war es, eine Gemeinde zu leiten; etwas, das Margaret beim bloßen Gedanken schon Bauchschmerzen bereitete. Es war nicht ihre Stärke, mit Worten umzugehen. Sie fühlte sich hingezogen zu Bildern, Formen und Skulpturen. Sie liebte es, mit den Händen zu arbeiten, zu töpfern, zu schnitzen, zu malen – und das seit ihrer Kindheit.

Die Armut hatte ihre Familie gelehrt, nicht nur sparsam, sondern auch einfallsreich zu sein im Umgang mit allen Dingen. Ihre Mutter war hierin eine Künstlerin. Sie strickte für die Kinder Wollpullover, und wenn die Ellbogen zu stark abgenützt waren, trennte sie die Ärmel ab und setzte sie um 180 Grad gedreht wieder an. Wenn auch die andere Seite der Ärmel durch die Ellbogen abgetragen war, vereinte sie die Wolle mehrerer alter Pullover und strickte aus allen Wollresten einen neuen Pullover. Und wenn dieser auch ausgedient hatte, reichte die Wolle immer noch für gestrickte Handschuhe.

Obwohl Margarets Familie arm war, fehlte es ihnen dank der originellen Einfälle ihrer Mutter an nichts. Und ihr Vater trug das Seine dazu bei. Er war Schreiner, und da sie kein Geld hatten, um sich die Dinge zu kaufen, stellte ihr Vater das Nötigste selbst her. Einmal schreinerte er für Margarets Schwester ein wunderschönes Puppenhaus. Margaret konnte mit Puppen nicht viel anfangen, sie zog es vor, ein paar Abfallholzstücke aus der Brennholzkiste in der Küche zu entwenden und kleine Männchen daraus zu schnitzen.

Später, in der Lehrerausbildung, entdeckte sie eine neue Leidenschaft: Keramik. Das Töpfern von Skulpturen und

Gefäßen übte eine ganz besondere Faszination auf sie aus, und sie hätte am liebsten 24 Stunden am Tag hinter der Drehscheibe gesessen. Doch in dem Maße, wie ihre Liebe zum Töpfern wuchs, wuchs auch eine Frage in ihrem Herzen, eine brennende Frage, die tausendmal heißer war als die Temperatur eines Keramikofens, und die ihr keine Ruhe mehr ließ: Warum legte Gott ein derart starkes Bedürfnis in sie hinein, mit Ton zu arbeiten, wenn sie diese Leidenschaft niemals würde ausleben können? Sie träumte davon, eine eigene kleine Keramikwerkstatt zu haben, war sich jedoch im Klaren darüber, dass dieser Traum für immer ein Traum bleiben müsste, wenn sie dem Ruf Gottes folgen und Heilsarmee-Offizierin werden würde. Und die Vorstellung, für immer auf etwas verzichten zu müssen, zu dem es sie mit allen Fasern ihres Herzens hinzog, war für sie schlicht unerträglich. Sie verstand nicht, warum Gott das alles zuließ. Er musste sich doch etwas dabei gedacht haben, als er sie so und nicht anders schuf! Er musste doch wissen, wie sehr sie darunter litt, mit all ihren Fähigkeiten und Neigungen aus der Reihe zu tanzen!

«Okay», sagte Margaret in einem Gespräch mit Gott, «ich werde auf das Töpfern verzichten, obwohl es meine Leidenschaft ist. Ich werde mich durch die Kadettenschule beißen, obwohl ich mit meinem Denken völlig quer liege. Ich werde ein Korps leiten, obwohl ich dazu null Begabung habe. Ich möchte bloß eines wissen: Wozu? Was hast du mit mir vor?»

9. Italien

«Marlene?»

«Eliana! Bist du das?»

«Direkt aus Rom! Ich dachte, ich ruf dich mal an.»

«Eliana! Wie geht's dir? Wie viele Male bist du schon aufgetreten?»

«Fünfmal. Immer in einer anderen Stadt. Wir waren schon in Napoli und in Milano. Echt genial. Heute treten wir als Modelle für eine neue Bademodenkollektion auf, und anschließend tanzen wir zur Einweihung einer Wodkabar. Es hängen überall Plakate von uns an den Wänden. Wir sind berühmt hier.»

«Klingt ja aufregend. Und wie sind die Italiener so? Ich meine, die Männer?»

«Äußerst charmant und romantisch. Wenn wir freihaben, gehen wir fast jeden Abend in ein kleines Restaurant an der Straßenecke, um Eis zu essen. Da lernst du die verrücktesten Typen kennen, sag ich dir. Und alle laden uns zum Eisessen ein. Ich hab in den vergangenen zwei Wochen bestimmt fünf Kilo zugenommen. Das Eis hier ist einfach unwiderstehlich, Marlene. Nicht nur das Eis natürlich, auch das Essen, Spaghetti al dente, Pizza, Cannelloni, einfach alles. Ich komme mir manchmal vor wie im Schlaraffenland.»

«Und wie habt ihr es untereinander?»

«Na ja. Es gibt immer mal wieder Reibereien, Eifersucht und so, aber das gehört eben dazu. Marlene, ich muss Schluss machen. Wir treten in einer halben Stunde auf. Mach's gut.»

«Du auch, Eliana. Komm bald zurück. Ich vermisse dich.»

«Ich vermisse dich auch.»

Eliana legte auf und blieb eine Weile seltsam bewegt neben der öffentlichen Telefonkabine stehen. Es war ein komisches Gefühl, mit jemandem zu reden, der sich praktisch auf der anderen Seite der Erdkugel befand. Zudem hatte Marlenes Stimme etwas in ihr zum Schwingen gebracht, das sie bisher nicht gekannt hatte: Sehnsucht nach Brasilien.

«Dein Freund?» Bruna stand mit verschränkten Armen neben ihr und sah sie keck von der Seite an.

Eliana schüttelte den Kopf.

«Freundin», erklärte sie, worauf Bruna nur ein vielfach interpretierbares «Oh!» ausstieß.

«Hey, sie ist eine gute Freundin, mehr nicht», verteidigte sich Eliana, um Trugschlüsse zu verhindern.

«Aber gewiss doch», lächelte Bruna, warf ihre schwarzen Zöpfchen über die Schulter und drückte Eliana einen Badeanzug in die Hand. «Dein Badeanzug, Xuxu. Der einzige, der übrig blieb. Wenn ich du wäre, würde ich mich beeilen. Alle haben sich schon umgezogen.»

Sie tänzelte in ihrem entsetzlichen rosa Badeanzug davon, und bevor sie in der Garderobe verschwand, drehte sie sich nochmals um und säuselte mit klimpernden Augenlidern und einer berechnenden Genugtuung in ihrer Stimme:

«Übrigens ein ziemlich gewagtes Modell, dein Badeanzug. Kein Wunder, dass sich das niemand freiwillig ausgesucht hat. Du hättest eben weniger lang mit deiner Freundin plaudern sollen.»

Eliana betrachtete den Badeanzug in ihren Händen und schluckte trocken. Er war knallgelb, und sowohl der Bauch- als auch der Rückenausschnitt waren in der Form eines Blitzes geradezu unanständig tief ausgeschnitten. Es war in der Tat ein äußerst gewagtes Modell, und Eliana war es nicht gerade sehr wohl beim Gedanken, diesen aufreizenden Badeanzug vor so vielen Leuten zur Schau stellen zu müssen.

«Wenn das meine Mutter sehen würde», dachte sie bloß und schämte sich beinahe vor sich selbst. Sie ging in die Garderobe, die mit den zwölf Tänzerinnen und Tänzern, sämtlichen Kostümen, Trommeln und tonnenweise Krimskrams beinahe aus allen Nähten platzte. Es herrschte ein wildes Durcheinander. Jeder hatte seine Kleider irgendwo über eine Stuhllehne geworfen und suchte im Gewühl nach Strümpfen, Stöckelschuhen, Make-up und Puderdosen.

Es roch nach Schweiß, Rauch und abgestandener Luft. Ein paar Mädchen standen vor den zwei großen Spiegeln und schminkten sich. Andere rückten ihre Badeanzüge zurecht. Rafaela, ein schlankes, braun gebranntes Mädchen mit tiefschwarzen Augen, fluchte über eine Laufmasche in ihren Strümpfen, und Josilene, ein zierliches Mädchen mit smaragdgrünen Augen und langem, schwarzem Haar, beschuldigte Bruna, ihre Wimperntusche entwendet zu haben. Kevin übte ein paar Figuren des Capoeira, eines brasilianischen Kampftanzes, welcher ebenfalls auf dem Programm stand, und Tadeu saß mit übereinander geschlagenen Beinen auf einem Stuhl und rauchte eine Zigarette, worüber sich Priscila, ein sportliches Mädchen mit schulterlangem, blondem Haar, mächtig aufregte.

Es hatte Eliana einiges an Überwindung gekostet, sich in der von Flüchen, Intrigen, Schamlosigkeit und Machtgier geprägten Welt des Sambas zurechtzufinden. Am meisten Mühe bereitete ihr anfänglich die Tatsache, dass sich Männer und Frauen im selben Raum umziehen mussten. Aber bereits nach zwei Aufführungen stellte sie fest, dass in den wenigen Sekunden, die sie zwischen den einzelnen Tänzen Zeit hatten, von einem Kostüm ins nächste zu schlüpfen, niemand groß auf das andere Geschlecht achtete. Dazu ging alles viel zu schnell.

Trotzdem war es ihr äußerst peinlich, als sie in den entsetzlichen knallbunten Badeanzug stieg, den ihr

Bruna zugedacht hatte. Genauso gut hätte sie nackt auftreten können! Es war grauenvoll. Sie war überzeugt davon, dass alle ihre Skrupel bemerken müssten, doch interessanterweise schien sich niemand an ihrem Badeanzug zu stören. Offensichtlich war sie die Einzige, die den Begriff Schamgefühl überhaupt noch in ihrem Wortschatz führte! Und mit einem Mal wurde ihr klar, dass sie diese Empfindung überwinden musste, wenn sie im Samba-Tanzen weiterkommen wollte. Es gab keinen anderen Weg. Und wenn alle anderen es geschafft hatten, so würde sie es auch schaffen. Ganz bestimmt!

Es war das erste Mal, dass sie nicht als gesamte Gruppe auftraten, sondern einzeln. Allein diese Tatsache machte Eliana schon nervös genug. Wenn sie als Gruppe tanzten, verteilten sich die Blicke der Zuschauer immerhin auf mehrere Leute und hafteten nicht nur auf ihr. Das gab ihr ein gewisses Sicherheitsgefühl und eine gewisse Toleranz, falls eine Bewegung nicht ganz perfekt ausfiel. Doch bei einer Modenschau, wo jeder Einzelne die volle Aufmerksamkeit der Reporter, Fotografen, Modeschöpfer und Käufer auf sich zog, fiel diese Toleranzgrenze auf Null. Und mit ihrem Badeanzug sowieso ...

Sie mussten auf einem etwa zehn Meter langen Laufsteg bis zu einer großen Plattform gehen, die eigens für diesen Anlass im Saal montiert worden war, dort ein paar Sekunden in verschiedenen Posen verharren und erhobenen Hauptes zurückstolzieren.

Eliana hätte alles darum gegeben, nicht auftreten zu müssen. Sie überlegte sich, was Marlene von ihrer Aufmachung halten würde, wenn sie jetzt hier wäre. An Marlenes Meinung hatte sie sich bisher immer orientieren können. Doch Marlene war nicht hier, um ihr Mut zuzusprechen. Wenn sie sich in diesem

Moment an jemanden klammern konnte, so nur an sich selbst. Sie musste da durch, und zwar alleine.

Und dann war es so weit. Eliana hörte, wie ihr Name über den Lautsprecher angekündigt wurde.

«Und jetzt live für euch: die schwarze Schönheit aus Brasilien – Xuxu!»

«Na los, Xuxu, du bist dran!» flüsterte Josilene und schubste sie nach vorn.

Eliana atmete tief durch und trat mit weichen Knien auf den Laufsteg. Mindestens zweihundert Augenpaare und hundert Kamera-Objektive waren auf sie gerichtet. Dröhnende Discomusik ließ den Boden erzittern. Grelles Scheinwerferlicht erfasste sie und schien sie endgültig zu entblößen. Am liebsten wäre sie im Boden versunken vor Scham, setzte aber dennoch das breiteste Lächeln auf, das sie zustande brachte.

Jetzt nur nicht den Kopf verlieren, dachte sie. Nur nichts anmerken lassen. Immer nett lächeln. Du schaffst das schon! Sie spürte einen Knoten in ihrem Hals, der so groß war, dass sie glaubte, daran zu ersticken. Sie kam sich ekelerregend vor in ihrem skandalösen Badeanzug, und sie war davon überzeugt, dass es ihr trotz eleganter Hüftschwünge nicht gelingen würde, ihre Befangenheit zu verbergen.

Mutter hat eben doch Recht gehabt, fuhr es ihr durch den Kopf: Ich hätte Putzfrau werden sollen. Was tu ich hier halb nackt auf diesem Laufsteg? Ich werde nie sein wie die andern. Ich bin nicht geschaffen fürs Showbusiness. Ich bin eine Niete, und ich werde immer eine Niete bleiben. Ich bin eine Niete, eine Versagerin, ein Nichts ...

Plötzlich blitzte es von allen Seiten wie bei einem

Feuerwerk, und Eliana kehrte mit ihren Gedanken augenblicklich in die Wirklichkeit zurück.

«Xuxu!» rief jemand aus dem Publikum. Und was dann geschah, verschlug Eliana schlicht den Atem: Das Publikum erhob sich spontan von den Sitzen und fiel in tosenden Applaus.

«Xuxu!» begannen sie im Chor zu rufen und mit Händeklatschen zu untermalen. «Xuxu! Xuxu!! Xuxu!!!»

Eliana wusste nicht, wie ihr geschah. Die Kameras blitzten ununterbrochen, und die Herren in den schicken Anzügen klatschten in euphorischer Begeisterung, als wäre sie irgendein berühmter Filmstar. Reihenweise standen sie auf und begannen dann im Rhythmus ihrer Schritte zu applaudieren, und mit einem Mal waren Elianas Gewissensbisse wie weggeblasen.

Wie eine Diva schritt sie zur Plattform, mit straffen Schultern und gewölbter Brust, ein perfektes Lachen auf den Lippen. Sie posierte, die Hände elegant in die Seiten gestützt, und ließ sich von allen Seiten in allen möglichen Positionen abknipsen, dann reckte sie ihren Hals und begab sich stolz wie ein Pfau zum Ausgang zurück.

«Xuxu! Xuxu!» kreischten auch die Mädchen hinter der Bühne. Elianas Herz pochte zum Zerspringen. Sie hatte es geschafft! Sie hatte ihre Unsicherheit überwunden! Und ihr Schamgefühl ...

Sie hätte schreien können vor Begeisterung. Sie hatte sich selbst entdeckt, eine neue Eliana, nicht mehr das scheue, verklemmte Geschöpf, das sie noch Minuten zuvor in der Garderobe gewesen war, sondern Xuxu, die schwarze Schönheit aus Brasilien. Xuxu, die mit ihrer Figur und ihrer Ausstrahlung selbst die gleichgültigsten Typen zum Vibrieren brachte. Sie war ein Star! Ein Star!

«Xuxu!» rief Josilene aufgeregt und packte sie am Arm. «Was hast du bloß mit dem Publikum gemacht? Es war ja kaum zu bremsen!» Eliana zuckte die Achseln.

«Ich glaube, ich bin ihr Typ», meinte sie in gespielter Bescheidenheit.

Bruna verdrehte die Augen und bemerkte schnippisch:

«Kein Wunder bei diesem Ausschnitt. Ziemlich offensichtlich, wo der Blitz einschlagen soll, findet ihr nicht?» Für diese Bemerkung erntete sie ein paar finstere Blicke, worauf sie abwehrend die Hände hob und sich mit süßem Stimmchen verteidigte:

«Kinder, seid ihr aber empfindlich. Man wird ja wohl noch einen Scherz machen dürfen.»

Eliana antwortete nicht. Normalerweise gingen ihr Brunas Gifteleien mächtig auf den Geist, doch heute hatte sie keine Lust, sich mit dem Modepüppchen über ihren Erfolg zu streiten. Dazu war sie viel zu aufgedreht nach ihrem unerwarteten Triumph. Sie war in Hochstimmung und konnte es kaum erwarten, wieder aufzutreten.

Die Samba-Show fand gleich im Anschluss an die Modenschau statt und dauerte eine knappe Stunde. Eliana tanzte, wie sie noch nie getanzt hatte. Sie fühlte sich wie eine Königin. Das Lokal war zum Bersten voll. Viele standen an den Wänden, weil es nicht für alle Sitzplätze gab. Dichter Rauch hing wie Nebelschwaden unter der Decke. Der Lärmpegel war fast unerträglich hoch. Die Luft war stickig und heiß. Es roch nach Alkohol, Schweiß und Zigaretten. Doch Eliana empfand die Atmosphäre als herrlich animierend. Sie hätte die größte Lust gehabt, die ganze Nacht durchzutanzen. Zum ersten Mal hatte sie das Gefühl, durch ihre Adern würde nicht Blut, sondern Samba fließen. Und es war ein unheimlich gutes Gefühl. Sie genoss es, im Scheinwerferlicht zu stehen. Es beflügelte sie, die Begeisterung des Publikums zu spüren. Es stärkte ihr Selbstbewusstsein, wenn tosender Beifall erklang, der sich anhörte wie heftiger Regen, der auf ein Blechdach niederprasselt. Konnte es überhaupt etwas Schöneres geben, als von allen Seiten umjubelt zu werden? Gab es etwas Größeres, als ein Star zu sein?

Nachdem die Show zu Ende war, kam der Besitzer der Bar, ein kleiner, rundlicher Herr, mit ausgebreiteten Armen auf die Truppe zu und überschüttete sie mit Komplimenten.

«Phantastisch. Phantastisch. Ich noch nie gesehen so tolle Samba-Show – und so viele schöne Mädchen auf einen Schlag.» Er grinste. «Nur eine Späßchen, meine Lieben, nur eine kleine Späßchen.» Er begleitete sie zur Bar und lud sie zu einer Runde Wodka ein.

«Ich weiß, dass verboten für euch», sagte er mit starkem Akzent, «aber heute ihr meine Gäste. Müsst ihr probieren meine Wodka, sonst ich beleidigt. Nur eine kleine Schluck.»

Das ließ sich die Truppe natürlich nicht zweimal sagen. Sie setzten sich an die Bar und tranken sich durch sämtliche Wodkas durch, die ihnen der Wirt in seiner Großzügigkeit vorsetzte. Es gab Wodka mit Apfel-, Pfefferminz-, Orangen-, Birnen- und Ananasgeschmack. Zudem eine Menge anderer alkoholischer Getränke bis hin zu Eigenkreationen, die der Barkeeper auf Wunsch mit einer faszinierenden Geschicklichkeit hinter der Theke zusammenmixte.

«Ich weiß, nicht dürfen trinken», sagte der Wirt

nach jeder Runde mit weit geöffneten Augen und heftig gestikulierend, «aber ohne meine Wodka ihr nicht von hier weggehen! Heute wir feiern. Morgen ihr können ausschlafen.»

Als sie endlich um zwei Uhr morgens den Bus bestiegen, der sie zurück nach Terni fahren sollte, wo sie für die Zeit ihres Aufenthaltes stationiert waren, war außer dem Busfahrer niemand mehr nüchtern. Eliana hatte vier Bierdosen gekauft, um auf der mehrstündigen Fahrt nicht zu verdursten, und kippte das Bier hinunter, als wäre es Wasser. Später schwankte sie nach hinten, wo noch ein paar fast leere Wodkaflaschen standen, schüttete sämtliche Reste in ihre Bierdose und schluckte das scharfe Zeug in einem Zug hinunter. Und dann wurde es ihr plötzlich schwarz vor den Augen ...

Von weitem hörte Eliana jemanden ihren Namen rufen, und als sie wieder einigermaßen zu Bewusstsein kam, sah sie schwach die Silhouetten ihrer Kameraden, die sich über sie beugten. Sie lag auf dem Boden des Busses im Mittelgang und hatte nicht die geringste Ahnung, wie sie da hingekommen war.

«Xuxu?» hörte sie eine ihr bekannte Stimme, ohne sie jedoch einer bestimmten Person zuordnen zu können. «Alles in Ordnung, Xuxu?»

Jemand tätschelte ihr die Wange, und zwei starke Hände packten sie an den schlaffen Armen und richteten sie auf. Eliana fühlte sich schwer wie ein Mehlsack, in ihrem Schädel hämmerte es, als wäre ein Heer von Spechten an der Arbeit, alles schien sich um sie herum zu drehen, und zudem war ihr speiübel. Sie wollte etwas sagen, aber irgendwie gehorchte ihr die Zunge nicht. Und mit einem Mal spürte sie, wie ihr eine Faust den Magen umdrehte und es sie zu würgen begann. Sie hielt die Hand vor den Mund und versuchte sich den Weg freizubahnen.

«Halten Sie den Bus an!» rief Josilene dem Chauffeur zu. «Wir haben da ein kleines Problem!»

Tadeu und Kevin schleppten das Mädchen so rasch wie möglich zum Ausgang, und kaum hatten sie festen Boden unter den Füßen, beugte sich Eliana nach vorn und musste sich mehrere Minuten lang übergeben. Die andern Mädchen streckten neugierig ihre Köpfe aus den Fenstern.

«Die hat's aber mächtig erwischt», sagte eines.

«Kein Wunder, bei dem, was sie alles zusammengetrunken hat», bemerkte ein zweites. Und Bruna konnte es nicht unterlassen zu kommentieren:

«Ich dachte, ihr Vater wäre Alkoholiker! Da müsste sie doch etwas mehr vertragen.»

«Halt die Klappe!» knirschte Priscila. «Als wäre dir das noch nie passiert!»

«Ich kann mich aber beherrschen!» rief Bruna beleidigt.

«Den Eindruck hatte ich allerdings nicht, als du dich vor drei Tagen in die Arme jenes eleganten Italieners warfst», mischte sich Josilene ein. «Hast du mit ihm geschlafen?»

«Und wenn ja, was geht's dich an?»

«Wenn die Leitung davon erfährt, bist du geliefert.»

«Willst du mich verpetzen?»

«Hey!» Priscila hob drohend ihre Hände. «Wenn ihr euch die Köpfe einschlagen wollt, dann tragt das unter euch aus. Aber nicht jetzt, und nicht hier, okay?»

Josilene und Bruna warfen sich vernichtende Blicke zu und schwiegen. Nachdem Eliana nichts mehr im Magen hatte, das sie hätte erbrechen können, halfen ihr die beiden jungen Männer in den Bus zurück und gaben dem Busfahrer ein Zeichen, dass er weiterfahren könne. Eliana kroch auf ihren Sitz, schloss die Augen und hoffte einfach, dass sie die Fahrt bis Terni ohne weitere Zwischenfälle überstehen würde.

Der Abend hatte so gut angefangen und so schlecht aufgehört. Sie hatte es wirklich etwas übertrieben mit dem Wodka. Ein zweites Mal würde ihr das nicht mehr passieren. Das nahm sie sich fest vor. Die würden sich alle noch wundern, wie viel Alkohol sie in sich hineinschütten konnte, ohne davon betrunken zu werden. Sie war kein Hasenfuß. Sie war ein Star.

Mit einem bitteren Geschmack auf der Zunge schlief Eliana schließlich ein.

10. Der Spuk

Die Truppe hatte sich mittlerweile in zwei Lager gespalten: die Anhänger von Bruna auf der einen Seite und ihre Gegner auf der anderen. Bruna war es gelungen, die Mehrheit der Gruppe für sich zu gewinnen, indem sie allen mit ihren Geistergeschichten Angst einjagte.

Das Klima zwischen den Tänzerinnen und Tänzern war gespannt. Und als Bruna mit einem verheirateten Mann im Bett erwischt wurde, eskalierte die Situation, denn die Leitung verhängte nicht nur eine Geldstrafe über sie, sondern drohte der ganzen Truppe an, früher nach Brasilien zurückzukehren, falls sich so etwas wiederholen würde. Priscila berief darauf eine Sitzung ein, um gewisse Dinge «klarzustellen», wie sie sich ausdrückte.

Die Luft knisterte, als sie sich an jenem Nachmittag

im Wohnzimmer einfanden. Bruna feilte demonstrativ an ihren Fingernägeln herum, als würde sie die ganze Sache nichts angehen. Zuerst herrschte eine unangenehme Stille, bis Rafaela das Wort ergriff.

«Also, ich finde, wir sollten Bruna nicht hinstellen, als wäre sie die einzig Schuldige. Wer ohne Schuld ist, werfe den ersten Stein.»

«Hier geht es nicht um Schuld», sagte Priscila bestimmt, «jeder kann die Grenze seines Gewissens setzen, wie er will, solange es nur ihn selbst betrifft. Doch ich bin nicht bereit, für das Vergnügen anderer zu bezahlen. Die Unmoral dieser Geschichte ist nicht die Tat an und für sich, sondern das Miteinbeziehen der gesamten Truppe.»

Ein Murmeln ging durch die Runde.

«Moral», meldete sich Bruna endlich zu Wort, während sie ihre Fingernägel betrachtete, «wer von uns hier hat Moral? Wer von euch hat in den vergangenen Wochen nicht versucht, sich einen reichen Italiener zu angeln? Wer von euch schreckt aus moralischen Gründen davor zurück, bis zum Äußersten zu gehen? Seien wir ehrlich. Wir wollen doch alle dasselbe: essen, trinken und Spaß haben. Die Unmoral besteht darin, dass es gewisse Leute gibt, die den anderen ihren Spaß nicht gönnen und Dinge an die große Glocke hängen, die niemanden etwas angehen, am wenigsten die Leitung.»

Sie blickte gezielt zu Josilene hinüber, die gleich in Abwehrstellung ging und sich verteidigte:

«Ich habe nur gesagt, dass du nicht in deinem Bett geschlafen hast. Warum sollte ich lügen? Mir jagst du mit deinen erfundenen Geistern keine Angst ein.»

«Du redest über Dinge, von denen du keine Ahnung hast», zischte Bruna beschwörend. «Ich brauche meine Geister nicht zu verteidigen. Sie verteidigen sich selbst. Du wirst schon sehen.»

Eliana, die sich bis jetzt still gehalten hatte, konnte es nicht unterlassen zu kichern, worauf sie einen scharfen Blick erntete und die noch schärfere Bemerkung:

«Solange du tanzt wie ein Vampir, hältst du dich da besser raus, Xuxu.»

Eliana kniff die Augen zusammen und ballte ihre Fäuste.

«Wie war das? Ich soll wie ein Vampir tanzen?»

«Es erstaunt mich, dass dir das noch nie jemand gesagt hat», giftete Bruna mit hochgezogenen Augenbrauen. «Du wirkst absolut lächerlich auf der Bühne. Ehrlich. Vor allem, wenn du beim Afro deine Einzelshow abziehst.» Sie untermalte ihre Aussage mit ein paar seltsamen Grimassen und Armbewegungen, und als ein paar Gruppenmitglieder ein Kichern unterdrückten, stieg Eliana das Blut in den Kopf. Bruna grinste befriedigt über die Wirkung ihrer Worte.

«Sie hätten dich wohl besser für den Film ‹Tanz der Vampire› eingestellt.»

Das war zu viel. Es brauchte einiges, bis Eliana aus der Haut fuhr. Doch Bruna hatte es in wenigen Sekunden geschafft, ihren Stolz derart anzukratzen, dass sie nicht mehr zu halten war. Sie erhob sich, stellte sich breitbeinig vor das Barbiepüppchen hin, und ehe sie jemand daran hindern konnte, versetzte sie Bruna einen derart heftigen Kinnhaken, dass das Mädchen rückwärts gegen die Scheibe des Wohnzimmerfensters prallte, die unter der Wucht krachend zersplitterte. Wie in einem Wildwestfilm fiel Bruna rückwärts durch den offenen Fensterrahmen und landete auf der anderen Seite in einem Blumenbeet, wobei sie sich im Gegensatz zu den Hollywood-Stars der Wildwestfilme ein paar hässliche Schnittwunden zuzog.

Mit offenem Mund starrten die Tänzerinnen und Tänzer auf Eliana, unfähig, etwas zu sagen oder in irgendeiner Weise auf diese unerwartete Tat zu reagieren.

«Wow!» war das Einzige, was Kevin schließlich hervorbrachte. Eliana schüttelte ihre schmerzende Hand und meinte nur:

«Ich tanze nicht wie ein Vampir.»

Dann wandte sie sich ab und verließ erhobenen Hauptes den Raum. Fluchend rappelte sich Bruna draußen zwischen den Scherben auf und hängte Eliana die schlimmsten Verwünschungen an, die ihr spontan gerade in den Sinn kamen.

«Das wirst du mir büßen! Die Geister werden sich für mich rächen! Mach dich auf etwas gefasst!»

Von da an war die Truppe definitiv entzweit, und an eine Versöhnung war nicht mehr zu denken. Bruna wechselte noch am selben Abend das Zimmer und ließ Eliana ihre Verachtung spüren, wann immer sich eine Gelegenheit dazu bot.

Eines Morgens geschah etwas, das Eliana ihr Leben lang nicht mehr vergessen sollte ...

Sie hatten die ganze Nacht Karten gespielt und eine Menge Whisky und Champagner getrunken. Gegen sieben Uhr in der Früh zog sich Eliana in ihr Zimmer zurück, das sie mit Josilene und Priscila teilte. Die beiden Mädchen schliefen friedlich. Eliana schlüpfte aus ihren Hausschuhen, ließ sich müde auf ihr Bett fallen und schloss die Augen. Und dann geschah es: Etwas begann in ihren Ohren zu rauschen, es hörte sich an wie das Rauschen in einer Meeresmuschel.

Eliana wollte die Augen öffnen, doch es gelang ihr nicht. Sie wollte sich bewegen, doch ihr Körper schien wie festgenagelt. Sie wollte um Hilfe rufen, doch ihr Mund war wie zugeklebt. Und plötzlich spürte sie, wie sich ihre Beine hoben. Da war irgendetwas, das ihren Körper steuerte, ohne dass sie etwas dagegen unternehmen konnte. Und dieses Etwas hob ihren ganzen Körper hoch, ließ ihn über dem Bett schweben, kreuzte ihre Beine in der Luft und ließ sie dann wieder aufs Bett zurückfallen.

Kaum war das Meeresrauschen verklungen, riss Eliana die Augen auf und schnellte schweißgebadet in die Höhe. Es waren keine fünfzehn Minuten vergangen, seit sie sich hingelegt hatte. Doch sie fühlte sich so erschöpft, als hätte sie ein neunzigminütiges Fußballspiel hinter sich.

«O mein Gott», murmelte sie verstört und sah sich suchend im Zimmer um, «was war das? O mein Gott!» Sie fuhr sich durch ihr schwarzes Haar, begann nervös an ihren Fingernägeln herumzukauen und ging kurz entschlossen zum Stockbett, wo ihre beiden Kolleginnen schliefen.

«Josilene! Priscila! Wacht auf! Es spukt! Es spukt!» Sie rüttelte die beiden Mädchen so lange, bis sie sich verschlafen die Augen rieben und sie mit zerknitterten Gesichtern anblinzelten.

«Wo spukt es?» fragte Priscila halb im Schlaf.

«Hier!» rief Eliana. «Es … es hat mich einfach hochgehoben. Wie im Zirkus, wo sie Leute schweben lassen.»

«Du bist wohl betrunken», brummte Priscila und drehte sich auf die andere Seite. «Lass mich schlafen.»

«Wenn ich's doch sage!» beharrte Eliana und wandte sich Josilene zu. «Ich spürte, wie sich mein Körper vom Bett abhob. Ich wollte die Augen öffnen, aber es ging nicht. Aber ich hab es gespürt. Wirklich gespürt. Und dann dieses Rauschen, dieses unheimliche Brausen in den Ohren.»

«Es war bestimmt nur ein böser Traum», murmelte Josilene und warf einen Blick auf ihre Armbanduhr. «Viertel nach sieben. Ich wollte eigentlich ausschlafen.» Sie gähnte und streckte sich. «Warum hast du mich deswegen wecken müssen?»

Elianas Stimme klang verzweifelt: «Es war kein Traum, Josilene. Ich war bei vollem Bewusstsein. Es hat mich einfach hochgehoben, verstehst du? Ich konnte nichts dagegen tun.»

«Würdest du eine Kerze anzünden wie wir alle, hätte dein Schutzengel dich beschützen können.»

«Meinst du?» antwortete Eliana. Nach einem haarsträubenden Erlebnis wie diesem war sie bereit, alles zu tun, damit sich dieses seltsame Spiel nicht wiederholte. Der Schreck saß ihr noch in allen Gliedern, und sie überlegte sich, ob das Ganze wohl etwas mit Brunas Verwünschung zu tun hatte. Vielleicht besaß sie ja doch übernatürliche Kräfte und hatte ihr einen Geist auf den Hals gehetzt, um sie einzuschüchtern? Vielleicht war ja doch was dran an diesen Geistern?

«Ich werde mir eine Kerze besorgen», sagte sie fest entschlossen. «Die Dickste, die ich finden kann. Und Honig werde ich auch dranschmieren. Ein Kilo, wenn es sein muss. Wenn dieses ... dieses Etwas mich nur in Ruhe lässt.»

Zwei Stunden später kaufte sich Eliana im Supermarkt eine besonders dicke Kerze, stellte sie auf den Schrank neben ihrem Bett und zündete sie an. Sie füllte auch ein kleines Gläschen mit Whisky und stellte es daneben. So hatte sie es bei den anderen beobachtet, und wozu dies auch immer gut sein sollte, sie wollte es nicht hinterfragen. Sie nahm sich auch vor, jeden Abend vor dem Zubettgehen das Vaterunser zu beten und auch gleich noch das Ave Maria hinterher – um auf Nummer sicher zu gehen. Wenn sie nur in Zukunft vor diesem grausamen Spuk beschützt wurde.

Die Auftritte waren seltener geworden. Es vergingen Wochen, in denen sie ihren Lohn abholten, ohne dafür ein einziges Mal getanzt zu haben. Trotzdem trainierten sie fast täglich im Fitnesscenter, um in Form zu bleiben. Ansonsten genossen sie das Leben, aßen, tranken, hingen herum, spielten Karten, und abends putzten sie sich heraus, um sich in den Bars mit den charmanten Italienern zu treffen.

Eliana hatte in vier Monaten fünfzehn Kilo zugenommen, was aber wegen ihrer Größe nicht sonderlich Aufmerksamkeit erregte. Es fiel auch niemandem auf, dass sie sich immer mehr absonderte, vor allem wenn sie viel getrunken hatte. Während der Alkohol die Gemüter erheiterte und den meist obszönen Humor der Truppe ins Unermessliche peitschte, bewirkte er bei Eliana genau das Gegenteil: Melancholie und tiefe Versunkenheit machten sich bei ihr breit. Und in dem Maße, wie sich die andern in jene Helden verwandelten, die sie in nüchternem Zustand nicht sein konnten, verwandelte sich Eliana in jene triste, innerlich leere Figur, die sie in nüchternem Zustand erfolgreich mit Xuxu übertüncht hatte. Sie fühlte sich allein, und das Schlimme daran war, dass keiner davon Notiz nahm.

Was ihr ebenfalls zu schaffen machte, waren Brunas stichelnde Bemerkungen und ihre entwürdigenden Blicke, wenn sie an ihr vorbeiging. Manchmal erschauerte Eliana ein wenig dabei. Sie dachte dann unweigerlich an jenes eigenartige Erlebnis zurück und fragte sich, inwieweit Bruna etwas damit zu tun hatte. Wenigstens hatte sich der Spuk bisher nicht wiederholt, und sie hoffte wirklich, dass dies so bleiben würde.

Aber eines Nachts schreckte Eliana auf: Da war es wieder, dieses Meeresrauschen, dieses Surren in den Ohren. Es war zurückgekommen! Ihr Puls begann zu rasen. Mit einem Ruck setzte sie sich auf und ballte die Fäuste. Sie würde nicht zulassen, dass dieses unsichtbare Etwas sie erneut gegen ihren Willen zum Schweben brachte. Sie tastete mit ihren Augen das gesamte Zimmer ab, konnte aber nichts Außergewöhnliches feststellen. Dann blieb ihr Blick auf dem schwarzen Mädchen haften, das neben ihr im Bett lag und schlief. Und mit einem Mal traf sie der Schlag: Das Mädchen, das sie in ihrem Bett liegen sah, war sie selbst! Von Panik erfüllt sprang Eliana auf und starrte auf ihren Körper, der da in ihrem Bett lag und sich nicht rührte, so sehr sie sich auch anstrengte. Es war, als hätte sich ihre Seele selbständig gemacht, sich von ihrem Körper losgelöst und die absolute Kontrolle darüber verloren!

«Was mach ich bloß!» schrie es in ihr. «Ich muss zurück! Oh Gott! Ich muss in meinen Körper zurück!»

Ihr Blick schweifte zu Josilene hinüber. Wenn sie doch aufwachen würde!, durchfuhr es sie. Vielleicht konnte sie ihr helfen! Vielleicht konnte sie beten … In diesem Moment drehte sich Josilene um und schlug die Augen auf.

«Bete!» rief Eliana verzweifelt, obwohl sie ihre eigene Stimme nicht hören konnte. «Bete! Um Himmels willen, bete!»

Josilene blickte zu Elianas Bett hinüber, betrachtete Elianas schlafenden Körper – und dann begann sie ohne ersichtlichen Grund das Vaterunser zu beten. Im selben Moment kehrte Eliana in Blitzesschnelle in ihren eigenen Körper zurück. Mit klopfendem Herzen blieb sie liegen und wagte es ein paar Minuten lang nicht, sich von der Stelle zu rühren. Dann bewegte sie vorsichtig ihre Finger und Zehen, um zu prüfen, ob sie wirklich wieder die Kontrolle über ihren Körper erlangt hatte. Vorsichtig schlug sie die Augen auf und schielte als Erstes auf den Schrank neben ihrem Bett. Die Kerze flackerte friedlich vor sich hin, als wäre nichts geschehen. Auch Josilene schlief tief und fest, als hätte sie nichts von dem Spuk mitbekommen.

Eliana stutzte. Ob sie am Ende alles nur geträumt hatte? Nein, das war doch kein Traum gewesen! Es konnte kein Traum gewesen sein. Unmöglich. Dieses grausige Erlebnis war doch nackte Realität gewesen! Es schauerte sie jetzt noch bis in die Knochen! Sie warf die Bettdecke zurück und tappte zu Josilene hinüber.

«Josilene!» sagte sie und rüttelte das Mädchen wach. «Josilene. Es spukt!»

Josilene drehte sich auf die andere Seite und brummte nur müde: «Schon wieder? Lass mich schlafen.»

«Du musst mir glauben», flüsterte Eliana. «Es geht hier nicht mit rechten Dingen zu. Ich habe mich von meinem Körper gelöst!»

«Wie bitte?!» Josilene rieb sich die Augen und blinzelte Eliana ungläubig an. «Wie war das?»

«Ich weiß nicht, wie das passieren konnte», erklärte Eliana, «mein Geist oder meine Seele oder was auch immer hat sich selbständig gemacht. Ich konnte fühlen, sehen und denken, aber ich war nicht in meinem Körper drin, verstehst du?»

«Kein Wort», brummte Josilene. «Wahrscheinlich hast du vergessen, deine Kerze anzuzünden.»

«Das ist es ja», rief Eliana und deutete mit dem Kopf auf die brennende Kerze auf ihrem Schrank, «sieh doch: Die Kerze brennt! Wie konnte so was mit mir passieren, wo doch die Kerze die ganze Zeit gebrannt hat? Kannst du mir das erklären?»

Josilene richtete sich auf und kratzte sich nachdenklich am Kopf. Ihr Schweigen verriet, dass sie darauf keine befriedigende Antwort wusste.

«Vielleicht suchst du in Brasilien ein spiritistisches Zentrum auf», schlug sie achselzuckend vor. «Die haben mehr Erfahrung mit solchen Dingen.»

«Vielleicht», nickte Eliana nicht sehr überzeugt von Josilenes Idee. «Ich möchte bloß wissen, wie das passieren konnte trotz brennender Kerze, Honig und Whisky. Ich stand da drüben an der Wand und hab mir selbst beim Schlafen zugesehen. Ich bin in Panik geraten, wollte dich um Hilfe bitten, wusste aber nicht, wie.»

Josilene runzelte die Stirn.

«Wann war das?»

«Gerade eben. Vor fünf Minuten vielleicht.»

«Seltsam», meinte Josilene. «Vor einigen Minuten bin ich aufgewacht, und als ich zu dir rüberschaute, hatte ich ganz plötzlich das Bedürfnis, das Vaterunser zu beten. Frag mich nicht, warum.»

Eliana nickte.

«Ich weiß. Ich hab dich dabei beobachtet.»

«Beobachtet? Du hast tief geschlafen!»

«Ich hab dich trotzdem beobachtet. Und als du begonnen hast zu beten, bin ich in meinen Körper zurückgekehrt.»

«Im Ernst?»

«Du glaubst mir wohl nicht.»

Josilene sah Eliana zweifelnd an.

«Klingt einfach alles ziemlich verrückt, wenn du mich fragst.»

«Ich frage mich bloß, wo mein Schutzengel war, als dies passierte», murmelte Eliana wie zu sich selbst. «Wenn es ihn überhaupt gibt, diesen Schutzengel.»

«Natürlich gibt es ihn», meinte Josilene, doch ihre Worte hatten bereits jegliche Überzeugungskraft verloren. Eliana schüttelte nur den Kopf und kletterte in ihr Bett zurück. Lange starrte sie mit klopfendem Herzen auf ihre Kerze und fragte sich ernsthaft, worauf in dieser Welt überhaupt noch Verlass war, wenn selbst die Schutzengel zu streiken begannen. Das eben Erlebte – oder war es doch nur ein Traum gewesen??? – hatte sie total durcheinander gebracht und innerlich aufgewühlt. Es war alles so verworren, so beängstigend, so erdrückend. Sie fühlte sich elend, klein und verlassen. Sie sehnte sich nach einem Halt in dieser konfusen Welt, in der sie sich jetzt seit längerer Zeit befand. Es musste doch etwas Stärkeres geben als das schwache Licht einer Kerze, das bei jedem Windhauch zu erlöschen drohte. Es musste doch eine Antwort geben auf alle ihre nagenden Fragen. Irgendwo auf dieser Welt musste es doch ein Licht geben, ein wirkliches Licht. Aber wo?

11. Bestohlen

Pedro erkannte sie zuerst.

«Tante Eliana!» Mit ausgebreiteten Ärmchen und einem Lachen von einem Ohr bis zum anderen stürmte der Fünfjährige auf sie zu. Eliana hob den Kleinen hoch und wirbelte ihn freudig herum. Sie drückte ihm einen dicken Kuss auf die knuddeligen Wangen.

«Bist du aber gewachsen, Pedro!» stellte sie fest, während sie ihren Blick über das Flughafenareal schweifen ließ. Ihre Mutter, Cristina und Marlene standen etwas abseits und winkten ihr bereits energisch zu. Eliana ließ den Gepäckwagen kurzerhand stehen, eilte ihren Geliebten entgegen und umarmte sie der Reihe nach. Ihre Mutter begann vor Rührung zu weinen, und Cristina bemerkte strahlend:

«Willkommen zu Hause, kleines Schwesterchen! Du siehst phantastisch aus!» Und Marlene fügte begeistert hinzu:

«Mein Gott, wir hätten dich kaum wiedererkannt! Lass dich ansehen!» Sie nahm Eliana an der Hand und drehte sie um ihre eigene Achse, um sie von allen Seiten zu betrachten. Sie sah in der Tat aus wie eine Lady. Sie hatte sich extra für ihre Rückkehr schick gemacht. Sie trug ein graues Kleid mit schwarzen Schuhen, einem schwarzen Handtäschchen und einem dazu passenden Hut. Ihr Haar hatte sie in feine Zöpfchen geflochten und im Nacken zusammengebunden. Sie war wirklich ein ganz besonderer Anblick.

«Eliana!» sagte Marlene beeindruckt. «Ich bin sprachlos. Ganz einfach sprachlos.» Und Cristina konnte es nicht länger unterlassen, ihre jüngere Schwester zu necken:

«Wer hätte gedacht, dass aus dem hässlichen kleinen Entchen noch mal was Anständiges würde.»

Eliana kniff sie in die Seite und grinste.

«Ich hoffe doch sehr, dass du in meiner Abwesenheit auch etwas reifer geworden bist.»

«Meine liebe Schwester», entgegnete Cristina in altgewohnter Überlegenheit. «Ich bin so reif, da kannst du selbst mit einem halben Jahr Italien nicht mithalten.»

«Also praktisch schon am Verfaulen», gab Eliana schlagfertig zurück.

«Das macht die frische Meeresluft», fügte Marlene hinzu, worauf Eliana erstaunt feststellte:

«Ach, du wohnst noch immer in der Vila dos Pescadores?»

«Sobald wir im Lotto eine Million gewinnen, kaufen wir uns eine Villa an der Copacabana», brummte Cristina ironisch und fasste den kleinen Pedro an der Hand. «Es haben nicht alle solches Glück wie du, Schwesterchen. Wollen wir nicht gehen?»

Wegen Elianas vielem Gepäck nahmen sie ein Taxi bis zu Marlenes Wohnung. Marlene setzte Wasser für einen Kaffee auf, während Eliana ihre Koffer auspackte. Dann machten es sich die beiden jungen Frauen auf dem Sofa im Wohnzimmer bequem, und Eliana begann zu erzählen. Es sprudelte nur so aus ihr heraus. Es war viel geschehen in den vergangenen Monaten. Eliana hatte sich verändert. Und auch wenn weder sie noch Marlene es sich eingestehen wollten, wurden sie doch beide das Gefühl nicht los, dass ihre Freundschaft nicht mehr so sein würde wie früher. Leise und unbemerkt hatte sich etwas zwischen sie gestellt; etwas, das sie nicht mit einem Namen hätten benennen können, obwohl sie spürten, dass es da war. Und es dauerte keine vier Wochen, bis dieses Etwas aufplatzte wie eine Eiterbeule ...

Eliana bewahrte ihr gesamtes, in Italien zusammengespartes Geld in der untersten Schublade ihres Kleiderschrankes auf. Es waren ungefähr zweitausend Dollar, und Eliana hatte eine Menge Pläne und Träume, die sie mit diesem Geld zu verwirklichen gedachte. Sie wollte sich eine eigene Wohnung mieten, ein Motorrad kaufen und das Leben in vollen Zügen genießen wie in Italien. Und für ein talentiertes Mädchen wie sie sollte das nicht weiter schwierig sein. Schließlich besaß sie alles, was sie zu einem erfolgreichen Leben brauchte: Schönheit, Beziehungen – und das nötige Kleingeld.

Eines Abends, als Eliana von einem Einkaufsbummel zurückkam und sich vergewissern wollte, wie viel Geld sie noch hatte, traf sie der Schlag: Die Brieftasche, die sie fein säuberlich unter ihren Kleidern versteckt hatte, war leer! Das gesamte Geld war weg! Es lief ihr kalt den Rücken hinunter.

«Das ist doch nicht möglich», murmelte sie entsetzt und räumte die gesamte Schublade aus, um sicherzugehen, dass sie das Geld nicht irrtümlicherweise anderswo aufbewahrt hatte. Aber es bestand kein Zweifel: Jemand hatte sich an ihrem Geld vergriffen, jemand, der genau gewusst hatte, wo er suchen musste! Jemand, der freien Zugang zu dieser Wohnung hatte. Jemand, den sie kannte!

«Nein», stammelte Eliana und schüttelte den Kopf. «Nein, nein, nein!»

«Guten Abend, Eliana.» Gilberto, Marlenes älterer Bruder – den Motorradhelm in der einen, einen schwarzen Rucksack in der anderen Hand –, streckte soeben seinen Kopf zur Tür herein. Als er das Mädchen mitten in einem Haufen Kleider am Boden sitzen sah, wurde er stutzig.

«Irgendein Problem?»

«Mein Geld ist weg», sagte Eliana matt. Gilberto ließ seinen Rucksack zu Boden fallen.

«Nein», sagte er.

«Doch», antwortete Eliana und streckte dem jungen

Mann zum Beweis die leere Brieftasche hin. «Es ist weg. Das ganze Geld. Zweitausend Dollar.»

«Zweitausend Dollar?!» Gilberto trat näher. «Warum, um Himmels willen, hast du so viel Geld bei dir?»

«Ich hatte es nicht bei mir. Es war unter meinen Kleidern versteckt. Hier in der untersten Schublade. Aber es ist nicht mehr da! Zweitausend Dollar! Mein ganzes erspartes Geld aus Italien! Weg! Einfach weg!»

Gilberto schüttelte fassungslos den Kopf und setzte sich rittlings auf einen Stuhl. Normalerweise war er nicht gerade gut auf Eliana zu sprechen – sie waren sich schon früher oft in die Haare geraten. Doch angesichts der Situation konnte er sie nicht gut alleine lassen.

«Kein Grund zur Panik», sagte er, um die verstörte junge Frau einigermaßen zu beruhigen. «Lass uns überlegen. Der Dieb war kein Unbekannter, sonst hätte er die Wohnungstür aufgebrochen. Und er wusste offensichtlich ganz genau, wo er dein Geld finden würde, sonst hätte er das ganze Zimmer durchsucht. Die Frage ist also: Wer wusste von diesem Versteck im Kleiderschrank?»

«Nur Marlene und ich», erklärte Eliana.

«Bist du sicher?»

«Nun ja, ich denke schon.»

«Hat dich nie jemand beobachtet, wenn du Geld aus der Schublade nahmst? Vielleicht unsere Putzfrau? Oder mein kleiner Bruder? Oder einer der Handwerker, die Marlene eingestellt hat?»

«Nicht, dass ich wüsste», sagte Eliana achselzuckend.

«Bestimmt nicht?»

Eliana runzelte die Stirn «Nein. Das heißt ...» Sie dachte angestrengt nach, und plötzlich fiel es ihr wieder ein. Sie hatte Marlene Geld ausgeliehen und die Tür dabei offen gelassen.

«Mensch, der Handwerker!» rief sie, und ihr Herz begann augenblicklich höher zu schlagen. «Natürlich. Er muss uns beobachtet haben! Er muss es gewesen sein! Dieser Schuft! Zweitausend Dollar! Mein ganzes Geld!» Sie ballte ihre Hände zu Fäusten. Ihre anfängliche Verzweiflung wich jäh einer glühenden Wut.

«Weißt du, wo er wohnt?» fragte Gilberto.

Eliana nickte.

«Seine Adresse steht auf dem Kostenvoranschlag.»

Gilberto schnippte mit den Fingern.

«Bingo! Wenn du willst, fahren wir hin.»

«Das will ich allerdings», knirschte Eliana, und in ihrer Stimme lag eine Entschlossenheit, die Gilberto beinahe etwas unheimlich war. Das Mädchen erhob sich und stapfte an ihm vorbei in die Küche. Er hörte Eliana in einer Schublade herumwühlen, und als sie zurückkam, betrachtete er sie misstrauisch von der Seite. Ihr Gesichtsausdruck hatte sich verfinstert wie der Himmel vor einem kurz bevorstehenden Gewitter. Eine tiefe Falte hatte sich zwischen ihre Augen gegraben. So hatte er Eliana noch nie gesehen. Er ahnte nichts Gutes.

«Was hast du denn in der Küche gesucht?»

«Nichts», entgegnete Eliana kurz. «Gehn wir?» Sie rückte ihren Pullover zurecht, und im selben Moment stieg eine dunkle Ahnung in Gilberto auf, ein Verdacht, den er aber sogleich wieder verwarf. Nein, dazu wäre Eliana nicht fähig, nicht Eliana. Zugegeben, sie war manchmal unerträglich widerspenstig seit ihrer Rückkehr aus Italien, aber zwischen Beharrlichkeit und Wahnsinn lag immer noch ein großer Unterschied. Nein, er musste sich wohl getäuscht haben.

Sie gingen das Treppenhaus hinunter zu seinem Motorrad. Eliana schwang sich hinter ihm auf den Sitz, er setzte sich den Helm auf, gab Gas, und mit hoher Geschwindigkeit brausten sie über den Asphalt. Keine Viertelstunde später erreichten sie die bescheidene Hütte des Handwerkers, die aussah, als würde sie beim nächsten Windhauch in sich zusammenstürzen. Die Fensterläden waren verriegelt, und obwohl Eliana ein paar Mal kräftig an die Tür polterte, rührte sich nichts. Sie warteten eine halbe Stunde vergeblich, dann schlug Gilberto vor, umzukehren.

«Ich denke, es ist besser, du versuchst es morgen früh nochmals. Darauf wird er kaum vorbereitet sein.»

Eliana nickte.

«Ich werd ihn kriegen», sagte sie mit geballter Faust und spuckte auf den Boden. «Und wenn ich morgen den ganzen Tag vor seiner Hütte Wache schieben muss.»

Am nächsten Tag kehrte sie tatsächlich zurück, zusammen mit Marlene, die ihrerseits untröstlich war über den Vorfall und sich tausend Vorwürfe machte, weil sie den Handwerker als eine vertrauenswürdige Person angesehen hatte. Eliana vibrierte innerlich, als sie an jenem Vormittag an die Tür klopfte, hinter der sie ihr gesamtes gestohlenes Vermögen vermutete. Die ganze Nacht hatte sie deswegen kein Auge zugetan, und Wut und Verzweiflung hatten in ihrem Herzen Wurzeln geschlagen. Sie wollte ihr Geld zurück, um jeden Preis.

Eine vielleicht dreißigjährige, hochschwangere Frau öffnete, und ehe sie sich's versah, schob Eliana sie grob zur Seite und betrat ungefragt das Haus. Marlene blieb am Eingang stehen und war genauso sprachlos über Elianas rüpelhaftes Benehmen wie die schwangere Frau.

«Moment mal!» rief diese. «Mit welchem Recht ...»

«Wo ist mein Geld?» fragte Eliana.

«Wer sind Sie?»

«Ich bin die Frau, die dein Mann bestohlen hat!»

«Wovon reden Sie? Was wollen Sie?»

Eliana sah sich suchend um. Die Wohnung bestand aus einem einzigen Raum, der durch eine Wolldecke in Küche und Schlafzimmer unterteilt war. Auf einem Tisch stand eine Vase mit vertrockneten Blumen. Im Abwaschtrog türmte sich eine Menge Geschirr. Auf dem Herd befand sich eine verbeulte Bratpfanne mit eingetrocknetem Öl. Eliana wandte sich mit finsterer Miene der Frau zu. Ihre Nasenflügel bebten.

«Wo ist dein Mann?»

«Ich ... ich weiß es nicht», stammelte die Frau und fuhr sich verwirrt über ihr frisch gefärbtes Haar. Auch ihre Fingernägel schienen neu lackiert zu sein, und um ihren Hals hing eine ziemlich teuer aussehende Kette. «Er ist gestern nicht nach Hause gekommen. Ich habe mir schon Sorgen um ihn gemacht.»

«Du lügst!» rief Eliana entlarvend und fegte mit einer heftigen Handbewegung die Vase vom Tisch. Die Frau sprang erschrocken zurück, und Marlene fiel die Kinnlade herunter.

«Eliana! Was tust du da, Eliana?!»

Doch Eliana war nicht zu bremsen. «Ich will mein Geld», knurrte sie heftig atmend. «Wo habt ihr es versteckt?»

«Ich weiß nicht, wovon Sie reden. Wir haben Ihr Geld nicht. Wirklich nicht.»

Eliana stieß mit dem Fuß einen Stuhl um. Ihre Augen glühten vor Zorn.

«Ich werde es finden, verlass dich drauf», sagte sie,

während sie auf den einzigen Schrank zuging, der sich in dem Häuschen befand, und ihn kurzerhand auszuräumen begann. Bücher und Kleider flogen durch die Luft.

«Eliana! Hör auf, Eliana!» hielt Marlene sie an. «Lass uns die Polizei rufen. Die werden sich um den Diebstahl kümmern.»

«Aber natürlich», tat Eliana abschätzig. «Die würden sich rührend um das viele Geld kümmern. Sei nicht albern. Das regeln wir selbst. Das Geld ist hier. Es muss hier sein. Es ...» Sie hielt inne. Zwischen ein paar Leibchen kamen ein paar lose Banknoten zum Vorschein. Eliana grapschte die Noten zusammen und zählte sie fieberhaft. Es waren über vierhundert Reais.

«Vierhundert Reais», murmelte Eliana und streckte der schwangeren Frau das Bündel unter die Nase. «Und jetzt sag mir bloß, dass du davon nichts gewusst hast.»

Die Frau schluckte.

«Ich weiß von nichts. Ich schwör es.»

«Wem gehört dieses Geld? Dir? Deinem Mann?»

«Ich weiß es nicht.»

«Ich werd dir sagen, wem es gehört: Es gehört mir! Und ich würde zu gerne wissen, was ihr mit dem Rest gemacht habt, außer zum Frisör zu gehen, die Fingernägel zu lackieren und teuren Schmuck zu kaufen.»

Die Frau wich zurück. Marlene fasste Eliana am Arm.

«Steck die vierhundert Reais ein und lass uns verschwinden», sagte sie mit besorgter Stimme. «Es bringt doch nichts, wenn du alles kurz und klein schlägst.»

Eliana riss sich von Marlene los und bearbeitete den Kleiderschrank mit ein paar heftigen Fußtritten, so dass er gefährlich ins Schwanken geriet. Eine

Schranktür löste sich vom Scharnier, und Eliana riss sie kurzerhand weg und warf sie zu Boden. Das Mädchen wirkte wie ein gereizter Stier, der mit seinen Hörnern alles durch die Luft wirbelt, was ihm in die Quere kommt.

«Eliana, bitte!» flehte Marlene. «Hör auf damit!» Eliana blieb eine Weile mit geballten Fäusten und gesenktem Kopf stehen und betrachtete die Verwüstung, die sie angerichtet hatte. Dann drehte sie sich auf dem Absatz um und trampelte zur Tür.

«Gehn wir, Marlene.»

Sie verließen die Hütte, überquerten die Straße und setzten sich wortlos in Marlenes Wagen. Auf dem ganzen Nachhauseweg redeten sie beide kein Wort. Eliana brütete dumpf vor sich hin, und Marlene hielt es für klüger, ebenfalls zu schweigen. Erst als sie in ihrer Wohnung ankamen, wagte Marlene, den Vorfall zu kommentieren.

«Was ist bloß in dich gefahren, Eliana? So habe ich dich noch nie gesehen!»

«Ich möchte dich mal sehen, wenn man dir zweitausend Dollar klaut», antwortete Eliana.

Marlene schüttelte traurig den Kopf.

«Du hast dich verändert, Eliana.»

«Ich habe gelernt, mich zu verteidigen», entgegnete Eliana. «Ich bin erwachsen geworden.»

«Erwachsen», wiederholte Marlene und machte eine abschätzige Geste, «du hast dich aufgeführt wie ein hysterisches Weib!»

«Marlene! Die haben mir zweitausend Dollar gestohlen!»

«Und wenn sie dir hunderttausend Dollar gestohlen hätten! Du hattest kein Recht, so zu handeln!»

«Ach nein? Aber mir zweitausend Dollar klauen, dazu hatten sie das Recht, ja?»

«Eliana, du hast da drin total den Kopf verloren!»

«Und hatte ich etwa keinen Grund dazu? Die können von Glück reden, dass sie gestern nicht zu Hause gewesen sind. Da wäre Blut geflossen, das garantier ich dir.»

Marlene wich einen Schritt zurück und sah Eliana entsetzt an.

«Gilberto hat sich also doch nicht getäuscht», stellte sie tonlos fest. «Du hattest ein Messer dabei.»

Eliana nickte. «Ja», sagte sie bitter und ohne jegliches Anzeichen von Reue. «Weiß Gott, was ich mit den beiden gemacht hätte. Sie haben mir mein Geld gestohlen. Mein ganzes Geld.»

Marlene lehnte sich mit dem Rücken an die Zimmerwand und starrte die Zwanzigjährige mit offenem Mund an. Sie war perplex.

«Du machst mir Angst, Eliana», gestand sie schließlich. «Das ist nicht mehr die Eliana von früher. Die Eliana, die ich gekannt habe, hätte sich nicht wegen Geld in diesen Wahnsinn treiben lassen.»

«Du hältst mich für verrückt, ja?»

«Eliana. Merkst du denn nicht, was hier abgeht? Die Gier nach deinem Geld frisst dich ja regelrecht auf!»

«Jetzt bin ich also auch noch geldgierig. Na wunderbar.»

«Ich möchte dir ja nur helfen», erwiderte Marlene. «Vergiss die zweitausend Dollar und sei wieder du selbst!»

«Ich bin ich selbst!» rief Eliana aufbrausend. «Ich bin nicht mehr das kleine, hilflose Schulmädchen, für das du mich anscheinend immer noch hältst. Ich bin Xuxu, die Samba-Tänzerin, die allen Männern den Kopf verdreht! Und ich kann meine Entscheidungen sehr wohl alleine treffen! Ich brauche deine mütterliche Hilfe nicht mehr!»

Ihre Blicke kreuzten sich, und für den Bruchteil einer Sekunde schien die Welt stillzustehen. Elianas Augen wirkten starr und gefühllos, während sich Marlenes Augen langsam mit Tränen füllten. Plötzlich rannte sie davon, und Eliana hörte die Badezimmertür zufallen. Ein leises Schluchzen war zu hören. Eliana blieb eine Weile schweigend vor der verschlossenen Tür stehen, dann wandte sie sich ab, ging in ihr Zimmer und warf sich der Länge nach auf ihr Bett.

Soll sie doch weinen, dachte sie. War schließlich auch Marlenes Schuld, dass das Geld gestohlen wurde. Hätte sie diesen Handwerker nicht eingestellt, wäre das alles nicht passiert. So viele Träume hatte sie gehabt, so viele Zukunftspläne. Und dieser Handwerker hatte ihr alles zerstört. Sie hätte weinen können vor Wut.

Sie klaubte die vierhundert Reais aus der Hosentasche und breitete sie vor sich aus. Eigentlich war es eine Menge Geld, mehr als ihre Mutter in einem ganzen Monat verdiente, aber für Eliana war es nichts weiter als der klägliche Überrest ihrer zweitausend gestohlenen Dollar. Und das schmerzte sie – mehr als das leise Schluchzen aus der Toilette, das immer schwächer wurde und schließlich ganz verstummte.

12. Sargentelli

Eliana zögerte keinen Augenblick, als sie ein Angebot erhielt, in São Paulo zu tanzen. Das war genau das, was sie jetzt brauchte: ein Szenenwechsel. Weg aus dem verschlafenen Hafenstädtchen Santos, mitten hinein in die Weltstadt São Paulo. Josilene hatte sie eingeladen, mit ihr und Rafaela zusammenzuziehen und nachts in verschiedenen Nightclubs aufzutreten, wo sie bereits seit einigen Wochen engagiert waren.

«Ich hab der Truppe von dir erzählt, Xuxu», berichtete Josilene am Telefon. «Jetzt wollen dich alle tanzen sehen! Du musst nach São Paulo kommen, Xuxu. Das Leben hier ist der absolute Wahnsinn, sag ich dir!»

Josilene hätte Eliana auch mit wesentlich weniger Begeisterung nach São Paulo locken können. So, wie Elianas Situation zur Zeit aussah, ohne Geld, ohne festen Job und mit Marlene verkracht, war ihr alles tausendmal lieber, als noch länger in Santos herumzulungern. Josilenes Angebot kam ihr wirklich mehr als gelegen. Sie hatte nur darauf gewartet, eine neue Herausforderung annehmen zu können, je schneller desto besser.

Drei Tage später packte Eliana ihre Koffer und nahm den Bus nach São Paulo. Josilene holte sie am Busbahnhof ab, und während sie ein Taxi bis zu ihrer Wohnung nahmen, schwärmte ihr Josilene vom aufregenden Nachtleben in São Paulo vor.

«Es wird dir gefallen», sagte sie, «wir sind pro Nacht in sechs verschiedenen Clubs engagiert. Dreimal die Woche: am Donnerstag, Freitag und Samstag.»

«Verdient ihr gut?»

Josilene grinste. «Meine liebe Eliana. Um drei Dinge brauchst du dir in São Paulo keine Sorgen zu machen: Erfolg, gut aussehende Männer und Geld. Wir befinden uns hier in der drittgrößten Stadt der Welt!»

Elianas erster Auftritt war in der Nacht von Donnerstag auf Freitag. Auf dem Weg zum Lokal versuchte ihr Josilene ein paar grundsätzliche Dinge klarzumachen.

«Du bist noch nie in einem Nightclub gewesen, nicht wahr?»

«Nein, wieso?»

Josilene räusperte sich. Die Angelegenheit war ihr offensichtlich etwas peinlich.

«Nun, in São Paulo funktionieren die Dinge etwas anders als in Italien. Hast du eine vage Ahnung davon, was in einem Nightclub so alles läuft?»

Eliana zuckte die Achseln. «Ich denke schon.»

«Ich will nur nicht, dass du einen Herzinfarkt kriegst, Xuxu», meinte Josilene etwas verlegen. «Es ist so: Es gibt da gewisse Darbietungen, die ... wie soll ich sagen ... manchmal werden gewisse Dinge auf der Bühne vorgeführt, die ... die du dir besser nicht ansiehst.»

«Nicht jugendfrei, verstehst du?» warf Rafaela kichernd dazwischen. Eliana fiel die Kinnlade herunter.

«Wollt ihr etwa behaupten, die machen in aller Öffentlichkeit ... Sex?!»

«Sieh einfach nicht hin, okay?» erklärte Josilene knapp, um das Thema abzuhaken. «Wir gehen so rasch wie möglich in die Garderobe, ziehen uns um, machen zusammen mit den andern Tänzerinnen und Tänzern unsere Show und gehen zum nächsten Nightclub. Ist überhaupt kein Problem. Alles klar?»

«Alles klar», nickte Eliana eifrig und versuchte, möglichst locker zu bleiben, obwohl sie doch etwas schockiert war über das Gehörte, auch wenn sie das natürlich niemals zugegeben hätte.

In dem verrauchten, in rötliches Licht getauchten Lokal, in dem sie an diesem Abend ihren ersten Auftritt hatten, befanden sich an die zweihundert Menschen. Laute Musik dröhnte aus den Boxen, so dass man sein eigenes Wort nicht mehr verstand. Gelächter, Stimmen, Qualm, schwarz gekleidete Ordnungshüter, eng umschlungene Pärchen, betrunkene Männer, klirrende Bierflaschen und spärlich bekleidete Frauen hüllten den Club in eine eigenartig obskure Atmosphäre. Es war bereits ein Uhr morgens. Ein Kellner kam mit einem silbernen Tablett auf die Mädchen zu und bot ihnen einen Drink an.

«Für mich einen Conhaque», sagte Josilene, worauf ihr der Kellner mit einer eleganten Bewegung eines der kleinen Gläschen vom Tablett reichte. Rafaela und Eliana schlossen sich ihr an und kippten das scharfe Getränk ohne abzusetzen hinunter. Elianas Blick schweifte über die vielen Köpfe, und auf einmal zuckte sie zusammen und hätte beinahe das Conhaque-Glas fallen gelassen. Auf der runden Bühne, die sich mitten in dem riesigen Saal befand, spielte sich soeben eine derart perverse Szene ab, dass ihr die Haare zu Berge standen.

«Ich habe gesagt, du sollst nicht hinsehen», bemerkte Josilene und fasste Eliana am Handgelenk. Eliana senkte den Kopf und zwang sich, nicht mehr zur Bühne zu blicken. Doch die Szene hatte sich bereits unauslöschlich in ihr Gedächtnis gebrannt, und während sie Josilene und Rafaela raschen Schrittes durch den Raum zur Garderobe folgte, überlegte sie sich, ob sie überhaupt fähig sein würde, auf derselben Bühne Samba zu tanzen.

Sie erreichten den Umkleideraum, der eng und stickig war und nach Rauch und Schweiß roch – wie gewöhnlich. Josilene klatschte in die Hände, um die Tänzerinnen und Tänzer auf sich aufmerksam zu machen.

«Leute», verkündete sie. «Darf ich euch vorstellen: die berühmte Xuxu.»

Eliana lächelte gezwungen.

«Willkommen, Xuxu», sagte ein muskulöser junger

Mann und streckte ihr seine kräftige Hand entgegen. «Josilene hat viel von dir erzählt. Du sollst anscheinend eine Afro-Einzelnummer abziehen, dass es die Leute glatt aus den Socken haut.»

«Man sagt es», murmelte Eliana nur.

«Ich hoffe doch sehr, dass diese Nummer heute eingeplant ist», meinte der Mann, ohne seinen Blick von ihr zu wenden. «Das würde ich zu gerne mit eigenen Augen sehen.»

Eliana zuckte die Achseln.

«Wenn ihr mir einen guten Trommler besorgt.»

Ein breites Grinsen zog sich über das braun gebrannte Gesicht des Burschen.

«Zu deinen Diensten, Xuxu», sagte er mit geschwellter Brust. «Es wird mir eine Ehre sein, für dich zu trommeln. Mein Name ist übrigens Sandro.»

«Sandro», nickte Eliana, «ich werde dir zeigen, was ich drauf habe. Vergiss nur einfach nicht zu trommeln, ja?»

«Und du vergiss nicht, deine Bänder gut festzubinden, Xuxu», kicherte Rafaela, und ehe Eliana sie daran hindern konnte, wandte sie sich der Truppe zu und plauderte munter drauflos: «Bei ihrer ersten Einzelshow in Italien, da hat sie ihre Bänder zu locker um den Oberkörper gewickelt. Diese afrikanische Eingeborenen-Bekleidung à la Tarzan und Jane, wisst ihr. Und ratet mal, was während der Show passierte.»

«Im Ernst?» rief eine lange Schwarze mit weit geöffneten Augen.

«Diese Geschichte gehört wirklich nicht hierher», knurrte Eliana, doch Rafaela ließ sich nicht einschüchtern und tratschte amüsiert weiter:

«Das Publikum hat natürlich getobt vor Begeisterung, wie ihr euch denken könnt.»

«Oh ja, das kann ich mir allerdings denken», bestätigte Sandro.

«Und stellt euch vor: Xuxu war derart in ihren Tanz vertieft, dass sie nicht mal bemerkte, dass sich ihre Tücher verschoben hatten. Erst als sie dem Publikum den Rücken zuwandte und sich dem Trommler zukehrte, machte dieser sie mit ein paar Blicken auf das Unglück aufmerksam, und sie rückte sich die Bänder wieder einigermaßen zurecht. Es war ihr ja sooo peinlich, sag ich euch. Und wir haben uns köstlich amüsiert.»

Die Truppe fiel in schallendes Gelächter.

«Bist du fertig?» knirschte Eliana und warf ihrer Kollegin einen vernichtenden Blick zu. Sie brauchte sie ja wirklich nicht vor allen bloßzustellen. Doch Rafaela erinnerte sich bereits an eine weitere Anekdote aus ihrer gemeinsamen Zeit in Italien.

«Ein anderes Mal ist ihr der Absatz ihres Stöckelschuhs mitten auf der Bühne in einem Spalt stecken geblieben», erzählte sie grinsend. «Und als wir die Bühne verließen, blieb der Stöckelschuh mutterseelenallein im Scheinwerferlicht stehen.»

«Und was hast du gemacht, Xuxu?» fragte ein Mädchen neugierig.

«Ich bin natürlich zurückgegangen und hab den Schuh aus dem Spalt gezerrt», sagte Eliana einfach. «Ich konnte ihn ja nicht gut dort lassen.»

«Kinder, macht euch fertig. Unser Auftritt ist in zwei Minuten!» unterbrach eine große Schwarze das Gespräch und klatschte in die Hände. Die Mädchen zupften sich nervös ihr Haar zurecht und betrachteten sich ein letztes Mal von allen Seiten im Spiegel, um zu kontrollieren, ob ihre Bikinis, die Strümpfe und die Stöckelschuhe tadellos saßen. Sandro beugte sich etwas näher zu Eliana und raunte ihr zu:

«Lass hier bloß nicht deine Textilien runterfallen, Xuxu, sonst fressen die da draußen dich auf.»

«Danke, ich werde mich hüten», antwortete Eliana, die sich unweigerlich an die Szene auf der Bühne erinnerte, die sie Minuten zuvor beobachtet hatte.

Ihr Auftritt verlief ohne Zwischenfälle. Sie tanzte sich die Seele aus dem Leib und vergaß Raum und Zeit. Das Publikum war begeistert. Als Eliana die Bühne verließ, bildeten die schwarz gekleideten Ordnungshüter eine Kette, um die Männer daran zu hindern, sie zu betatschen. Trotzdem gelang es einem Mann, ihr einen Zettel zuzustecken, auf dem er sie ohne Umschweife dazu einlud, mit ihm die Nacht zu verbringen. Eliana zerknüllte den Zettel kopfschüttelnd und warf ihn weg. Zurück in der Garderobe wurde sie von allen Seiten mit Komplimenten überschüttet. Sandro gesellte sich zu ihr und stellte anerkennend fest:

«Ich habe ja schon viele tanzen sehen, Mädchen. Aber so wie du ...» Er rückte seinen Stuhl näher. «Hättest du Interesse daran, für Sargentelli zu tanzen?»

«Sargentelli?!» Eliana blieb die Spucke weg. «*Der* Sargentelli?!»

«Ja», nickte Sandro. «Ich bin der Trommler seiner Gruppe.»

Eliana wusste nicht, wie sie reagieren sollte.

Oswaldo Sargentelli war der Inbegriff des brasilianischen Samba. Zwischen 1948 und 1964 hatte er als politischer Reporter beim Radio und Fernsehen von sich reden gemacht. Seine scharfen Bemerkungen brachten ihm vier Gefängnisstrafen ein, und schließlich wurde ihm wegen seiner indiskreten Interviews sein Fernsehprogramm durch das Militärregime gestrichen. 1969 eröffnete Sargentelli sein erstes Nachtlokal für Samba-Shows in Rio de Janeiro, direkt an der weltbekannten Copacabana. Der eigentliche Durchbruch zum Erfolg gelang ihm aber 1973 mit seinem berühmten Nightclub «Oba-Oba», in dem er die schönsten und besten Mulattinnen zum Tanzen einstellte. Es war das Ziel jeder Samba-Tänzerin, eines Tages zu Sargentellis Mulattinnen zu gehören. Wer für Sargentelli tanzte, hatte die höchste Stufe des Sambas erreicht. Für Sargentelli zu tanzen war dasselbe Hochgefühl wie für einen Fußballer an der Weltmeisterschaft teilzunehmen. Und Eliana war derart platt über Sandros Worte, dass sie sich an einer Stuhllehne festhalten musste, um nicht zu stürzen vor lauter Glück und Verwirrung.

«Du ... du trommelst für Sargentelli?» stammelte sie.

«Ja», bestätigte Sandro, als wäre es das Selbstverständlichste auf der Welt, «wenn du willst, vereinbare ich ein Treffen.»

Wieder glaubte sich Eliana verhört zu haben. «Ein Treffen? Mit Sargentelli?»

«Ich bin sicher, du wirst ihm gefallen», meinte Sandro. «Hast du Interesse?»

«Natürlich!» rief Eliana und wusste kaum, wie ihr geschah. «Natürlich habe ich Interesse!»

«Gut», sagte der Trommler, «ich gebe dir Bescheid, sobald ich mit Sargentelli geredet habe.»

Eliana hatte das Gefühl, auf Wolke sieben zu schweben. Sie konnte kaum fassen, dass ihr das wirklich geschah. Es war ganz einfach zu verrückt, um wahr zu sein.

Josilene warf ihr den Mantel über die Schultern und mahnte sie zum Aufbruch. Da die Zeit nicht ausreichte, sich nach jeder Vorführung umzuziehen, schlüpften sie lediglich in einen langen Mantel, um von einem Nightclub zum nächsten zu gehen. Schließlich war es nicht sehr ratsam, um diese Uhrzeit in Bikini und Stöckelschuhen durch die Straßen von São Paulo zu spazieren.

Als sie nach ihren sechs Auftritten gegen fünf Uhr morgens in ihre Wohnung kamen, sich abschminkten, ihre Kostüme in eine Ecke warfen, duschten und sich mit schweren Beinen und einem leichten Schwips auf ihre Betten warfen, fühlte sich Eliana so erschöpft wie schon lange nicht mehr. Doch ihre erste Nacht in den Nightclubs von São Paulo hatte ihr durchaus Spaß gemacht. Sie liebte es zu tanzen. Und die Bekanntschaft mit dem Trommler von Sargentelli hatte dem Ganzen natürlich die Krone aufgesetzt. Sargentelli. Sie konnte es kaum erwarten, diese lebende Legende des brasilianischen Sambas persönlich kennen zu lernen. Gesehen hatte sie ihn noch nie, aber sie stellte sich diesen Herrn groß und elegant vor, gut gekleidet und mit einem Charme ausgestattet wie ein amerikanischer Filmstar. Sie würde sich mit dem berühmtesten Samba-Impresario des Jahrhunderts treffen! Wenn das kein Ereignis war!

Sie kroch unter ihre Bettdecke, schloss die Augen, und mit dem Gedanken an Sargentelli schlief sie in weniger als einer Minute selig und aufgeregt zugleich ein.

Sargentelli war ein kleiner, rundlicher Mann mit spärlichem weißen Haar und einer glänzenden, eckigen Stirn. Er war 66 Jahre alt und tat nichts, um dies zu verheimlichen. Unter seinen wässrigen Augen befanden sich dunkle Ringe, die von langen, schlaflosen Nächten zeugten. Er trug ein sommerliches, buntes Hemd, das in eigenartigem Kontrast zu seiner blassrosa Hautfarbe stand.

Sargentelli saß bei einem Glas Whisky an einem kleinen runden Tischchen mitten in einer großen Halle mit Bühne und beobachtete mit verschränkten Armen die Techniker und Bühnenarbeiter, die alles für eine perfekte Show vorbereiteten. Ein paar Männer durchquerten den Raum mit Kabelrollen. Zwei von ihnen machten sich auf der Empore an den vielen Lichtkanonen zu schaffen und jagten einen dritten Burschen von einer Ecke in die andere, um die verschiedenen Lichteffekte zu testen. Plötzlich zerriss ein unerträglich schriller Piepston die Stille, worauf jemand eilends zu einem Mischpult rannte und einen entsprechenden Regler betätigte. Ein paar Frauen rückten die vielen Tische und Stühle zurecht, und wieder andere hängten Girlanden an die Seitenwände.

«Die Einweihung findet heute Abend statt», erklärte Sandro, während sie den fast menschenleeren Raum durchquerten und auf Sargentelli zusteuerten, «sie haben Sargentelli und seine Mulattinnen dazu eingeladen, das gibt mehr Publikum.» Er beugte sich zu ihr hinüber und raunte ihr ins Ohr:

«Unter uns gesagt: Ich weiß nicht, was das Publikum an ihm findet. Wir nennen ihn bloß ‹Abziehbild der Hölle›. Er ist dreimal verheiratet gewesen und hat 21 Kinder überall im ganzen Land verstreut – acht aus seinen drei Ehen und den Rest aus Beziehungen, an die er sich selbst nicht mehr erinnert. Die Frauen finden ihn hinreißend, na ja, wohl mehr seinen Status als ihn selbst. Jedenfalls werfen sie sich ihm zu Füßen, und ihm gefällt das.»

Sie erreichten seinen Tisch, und Sargentelli hob den Blick. Aus der Nähe betrachtet sah er noch hässlicher aus, als Eliana nach Sandros Beschreibungen vermutet hatte. In seinen Augen lag ein Ausdruck von Sarkasmus und Unternehmungslust.

«Sargentelli», sagte Sandro, «das ist Xuxu, die Tänzerin, von der ich dir erzählt habe.»

Eliana quetschte ein Lächeln hervor, das ziemlich flach ausfiel. Sie war unglaublich nervös. Sargentelli streckte ihr seine Hand entgegen und bot ihr einen Stuhl an.

«Nimm Platz, Xuxu», sagte er mit seltsam heiserer Stimme, während er sie so eingehend musterte, dass es ihr beinahe peinlich war.

«Whisky?» fragte er und hob die halbleere Whiskyflasche hoch.

«Nein danke», winkte Eliana höflich ab und wusste kaum, wo sie ihre Hände hintun sollte. Sie saß steif auf der Stuhlkante und gab sich große Mühe, ihre Nervosität zu verbergen.

«Ich bin vernarrt in Mulattinnen», sagte Sargentelli und fixierte Eliana mit seinen wässrigen kleinen Augen. «Sie sind meine Leidenschaft. Graziöse Schwäne, stolze Pferde, wilde Katzen. Ich mag sie in allen Farbnuancen, von weiß über karamellbraun bis zum tiefsten Schwarz. Ich könnte nicht leben ohne sie.»

Er füllte sich sein Glas mit Whisky und kippte es in einem Zug hinunter. «Es gibt nur etwas, das sie gemeinsam haben müssen, um meine Gunst zu gewinnen: Sie müssen tanzen können.» Seine Stimme vibrierte, und in seinen Augen funkelte eine feurige Besessenheit.

«Sandro behauptet, du würdest sehr gut tanzen», kam er dann auf das eigentliche Thema zu sprechen. «Wenn Sandro das sagt, dann muss was dran sein. Deshalb habe ich dich hergebeten, Xuxu. Ich will dich tanzen sehen.»

Eliana rutschte unruhig auf dem Stuhl hin und her. «Kann ich mich irgendwo umziehen?»

«Sandro, zeig ihr die Garderobe», ordnete Sargentelli an. «Aber beeilt euch, bevor die ersten Gäste kommen.»

Zehn Minuten später betrat Eliana die Bühne. Sie war barfuß und hatte sich ein weißes Band um den Kopf gebunden wie ein japanischer Karatekämpfer. Um die Hüften trug sie einen Lendenschurz aus Leopardenfell, und ihre Brust hatte sie mit weißen Leinenstreifen eng umwickelt. Sandro stellte sich mit seinen großen Trommeln hinter sie und begann den Rhythmus zu schlagen. Eliana reckte den Hals, bewegte ihre Arme wie ein sich von der Erde emporschwingender Vogel, ging gleichzeitig in die Knie, wich dann mit zuckenden Schultern zurück wie ein in Abwehrstellung gehendes Tier, stampfte, drehte sich in seltsamen Verrenkungen um ihre eigene Achse, duckte und streckte sich in rascher Folge wie eine sich vorwärts bewegende Qualle und kreierte immer neue bizarre Bewegungsabläufe, die sich in unglaublicher Präzision voneinander ablösten, um zum Schluss, in exakt dem Moment, wo Sandro aufhörte zu trommeln, ihre Position zu wechseln und in einer dynamisch abstrakten Figur, die an einen Diskuswerfer aus der griechischen Antike erinnerte, zu verharren.

Als sie ihren Kopf hob, hörte sie von allen Seiten Applaus. Sämtliche Angestellten hatten ihre Tätigkeit unterbrochen, um dem schwarzen Mädchen bei seinem Afrotanz zuzusehen.

Elianas Blick fiel auf Sargentelli, der sich von seinem Stuhl erhoben hatte und klatschend auf sie zukam.

«Mein liebes Kind», hob Sargentelli an, noch bevor

er sie erreicht hatte, «wenn du auch in Zukunft so tanzt, garantierst du mir noch mindestens zehn Jahre Arbeit.»

Eliana zerplatzte schier vor Stolz über das Urteil des großen Meisters. Sie strahlte vor Glück, als ihr der dicke Zampano anerkennend zunickte:

«Willkommen bei Sargentelli.»

13. Weit über England hinaus

Es war einer jener regnerischen, nebligen Tage, an denen man nur ungern seinen Kopf ins Freie streckt. Margaret wälzte sich gähnend aus dem Bett und fühlte sich so müde, als hätte sie die ganze Nacht wach gelegen. Kein Wunder. Der Brief, den ihr das Hauptquartier der Heilsarmee gesandt hatte, lag ihr schwer auf dem Magen und hatte sie bis in ihre Träume verfolgt.

Warum mussten sie sie ausgerechnet jetzt an diese Sache erinnern? Jetzt, wo sie endlich dabei war, sich in ihrer Rolle wohlzufühlen? Sie verlangten eine Antwort, doch Margaret wollte ihnen keine Antwort geben. Fünf Jahre hatte das Hauptquartier gebraucht, um ihre Bereitschaft zur Kenntnis zu nehmen, und jetzt, wo man endlich auf ihre Bitte einging und sie fragte, ob sie noch immer dazu bereit wäre, hatte sie kein Interesse mehr. Wirklich nicht. Ihr Leben hatte sich verändert. Sie sollten sich jemand anderes suchen! Für sie kam diese Möglichkeit nicht mehr in Betracht. Oder wollte sie sie ganz einfach nicht mehr in Betracht ziehen? Weil es zu umständlich war? Weil es viel bequemer war, das Leben weiterzuführen wie bisher?

Solche und ähnliche Gedanken hatten sie beschäftigt, als sie den Brief vergangene Nacht vor dem Zubettgehen nochmals überflog, und sie beschloss, die Anfrage des Hauptquartiers ganz einfach großzügig zu ignorieren. Und so legte sie den Brief mitsamt Umschlag in die unterste Tischschublade zwischen andere Briefe und betrachtete die Angelegenheit als erledigt.

Es war ein ganz gewöhnlicher Dienstag. Margaret suchte wie üblich nach ihrer Brille, legte ihren Morgenmantel um und tappte in die Küche. Der Duft von frischem Kaffee stieg ihr in die Nase und ließ sie die Brille für einen kurzen Moment vergessen.

«Morgen, Margaret!» begrüßte Joan sie fröhlich.

«Morgen», murmelte Margaret gequetscht. Es war ihr unbegreiflich, wie Joan es fertig brachte, in aller Herrgottsfrühe derart munter zu sein. Ein Jahr arbeiteten die beiden Frauen nun schon zusammen, und fast kein Tag verging, ohne dass Joan nicht mindestens eine Viertelstunde Vorsprung hatte.

«Falls du deine Brille suchst, sie liegt da drüben», sagte Joan, bevor Margaret überhaupt danach fragte. Margaret bedankte sich flüchtig für die prompte Information, setzte sich die Brille auf und ließ sich gähnend auf einen Stuhl fallen.

«Ein herrlicher Tag», meinte Joan, während sie genüsslich an ihrem heißen Kaffee nippte, als würde sie live für eine Fernsehreklame gefilmt.

«In der Tat», meinte Margaret mit einem Blick auf das trübe Wetter, «die Sonne scheint, die Vögel zwitschern, London zeigt sich wie immer von seiner besten Seite.»

Sie schenkte sich eine Tasse Kaffee ein und kam langsam in Schwung. Nach und nach fühlte sie sich in der Lage, an diesem Tag das Motto «Suppe – Seife – Seelenheil» einmal mehr in ihr düsteres Stadtviertel hinauszutragen, so wie es William Booth, der Gründer der Heilsarmee, vor gut hundert Jahren schon getan hatte.

Margaret liebte ihre Arbeit. Zum ersten Mal in den fünf

Jahren seit ihrem Abschluss an der Kadettenschule fühlte sie sich hundertprozentig wohl in ihrer Tätigkeit als Heilsarmee-Offizierin. So hatte sie sich ihre Berufung immer vorgestellt, so fühlte sie sich als echte Vertreterin von Gottes Barmherzigkeit, als Kämpferin für die Rechte der Bedürftigen.

Joan empfand das genauso. Sie hatte die Kadettenschule zwei Jahre vor Margaret abgeschlossen, und da sich die beiden seit ihrer Jugendzeit kannten und sich nach wie vor ausgezeichnet verstanden, war es bereits das zweite Mal, dass sie zusammenarbeiten durften. Sie leiteten ein Korps im Stadtzentrum Londons, in einem Viertel mit vielen sozialen Problemen. Sie verteilten Suppe an Bettler, organisierten Mittagessen für alleinstehende alte Leute, standen einer Jugend- und einer Frauengruppe vor, kümmerten sich um Betrunkene und versorgten die von einer Nonne geführte Herberge für Obdachlose mit gespendeten Lebensmitteln. An Weihnachten veranstalteten sie ein Fest für alle Obdachlosen jenes Stadtviertels, schmückten die Tische mit Kerzen, Tannenzweigen, Schokoladenherzen und Süßigkeiten, bereiteten ein festliches Essen vor und sangen Weihnachtslieder. Alle Männer und Frauen, die auf der Straße lebten, kannten Joan und Margaret, und wenn sie einen Rat oder eine warme Mahlzeit brauchten, kamen sie zu ihnen.

Einmal klingelte ein betrunkener Mann an der Tür und wollte etwas zu essen. An jenem Tag war ihnen so ziemlich alles ausgegangen, und Margaret erklärte dem Mann, das Einzige, was sie zur Zeit hätten, wäre Brot, und das sei tiefgefroren.

«Ich m...möchte aber etwas z...zu essen», protestierte der Mann.

«Wenn Sie zwanzig Minuten warten, werde ich das Brot für Sie auftauen», schlug Margaret vor. Doch damit war der Mann nicht einverstanden.

«Ich möchte aber j...jetzt essen!»

«Das geht nicht», versuchte ihn Margaret zu überzeugen. «Das Brot ist gefroren, und etwas anderes habe ich im Augenblick leider nicht.»

Der Besoffene wurde energischer.

«Ich h...habe H...Hunger!» sagte er mit schwerer Zunge ungeduldig. «Ich m...möchte etwas essen, auf d...der Stelle!»

«Na schön», meinte Margaret, verschwand in der Küche und kam kurz darauf mit dem tiefgefrorenen Brot zurück. «Wenn Sie darauf bestehen.»

Sie überreichte dem Betrunkenen das steinharte Brot und wartete gespannt auf seine Reaktion. Der Mann betrachtete das gefrorene Brot eingehend, und als er sich bewusst wurde, dass er es wirklich nicht essen konnte, schleuderte er es kurzerhand zurück. Margaret musste den Kopf einziehen, um es nicht ins Gesicht zu kriegen. Fluchend torkelte der Betrunkene davon, und Margaret zuckte bloß entschuldigend mit den Achseln.

Jeder Tag in diesem bedürftigen Viertel Londons war ein Abenteuer, und die Arbeit war sowohl vielfältig als auch unglaublich anspruchsvoll. Doch Margaret liebte die Herausforderung, und sie hoffte, das Hauptquartier würde sie diesmal nicht allzu schnell an einen neuen Ort versetzen. Hier fühlte sie sich in ihrem Element, hier fühlte sie sich nützlich, hier konnte sie Gott so dienen, wie sie es sich immer gewünscht hatte. Ja, sie war rundum zufrieden mit ihrer Aufgabe.

Wäre da nicht dieser lästige Brief des Hauptquartiers eingetroffen ... Sie versuchte, den Brief aus ihrer Erinnerung zu verbannen, doch es gelang ihr nicht, weder an diesem Tag noch an den darauf folgenden Tagen. Jedes Mal, wenn sie in ihr Zimmer trat, ertappte sie sich dabei, wie ihr Blick unmerklich zur untersten Tischschublade wanderte, und eine Stimme in ihrem Innern mahnte sie leise, aber unmissverständlich an ihre Pflicht ...

Eines Tages erhielt Margaret unerwarteten Besuch vom

Hauptquartier. Alice, die Sekretärin jenes Mannes, der zuständig war für die Verteilung der Offiziere an die Einsatzorte, stand an der Tür, und Margaret ahnte bereits, weswegen sie gekommen war.

«Es hat keinen Sinn, uns und dir vorzumachen, der Brief wäre nicht eingetroffen», stieg die Frau gleich ohne jede Umschweife in das heikle Thema ein, nachdem sie es sich im Wohnzimmer gemütlich gemacht hatten. «Du musst dich entscheiden.»

«Ich weiß», seufzte Margaret. «Aber es fällt mir schwer.»

«Weshalb?» fragte Alice. «Hat Gott plötzlich seinen Plan für dein Leben geändert?»

Damit hatte sie den Nagel exakt auf den Kopf getroffen. Margaret schwieg beschämt. Sie wusste, dass Gott einen außergewöhnlichen Plan für ihr Leben hatte und dass dieser Plan immer mehr Gestalt annahm – wie eine Figur, die ein Künstler in minuziöser, liebevoller Arbeit aus einem rohen Stück Stein herausmeißelt. Wie eine unsichtbare Linie hatte sich Gottes Handschrift bisher durch Margarets Leben gezogen, und die Dreißigjährige wusste, dass Gott einmal mehr auf ihr «Ja» wartete, um diese Linie weiterzuziehen – weit über England hinaus ...

Das war Gottes Plan, und Margaret trug diesen Plan bereits über sieben Jahre in ihrem Herzen herum. Damals, als sie die Formulare für die Kadettenschule ausfüllte, war ihr bereits klar, dass ihre Zukunft nicht in England lag, und beim Durchlesen der Unterlagen über die Arbeit der Heilsarmee in anderen Ländern stach ihr ein Kontinent besonders ins Auge: Südamerika. Sie hätte nicht erklären können, aus welchem Grund sie sich derart zu Südamerika hingezogen fühlte, sie wusste nur das eine mit absoluter Sicherheit:

Gott wollte sie in Südamerika haben!

In der Kadettenschule konnte sie sich nicht dazu überwinden, das irgendjemandem anzuvertrauen. Die Kadetten, die öffentlich bekannten, einen Ruf in die Mission zu *haben, waren so unglaublich reif und begabt, dass sie immer der Mut verließ. Warum sollte ausgerechnet sie in die Mission gehen, wo es doch so viele fähigere Leute gab?*

Aber die Berufung blieb, und schließlich fasste sie sich ein Herz und beschloss, Farbe zu bekennen. Sie schrieb einen Brief ans Hauptquartier, worin sie ihre Neigung zu Südamerika offen darlegte und sich bereit erklärte, einen Auslandsdienst anzutreten.

Das Hauptquartier nahm ihre Bereitschaft zur Kenntnis und versicherte ihr, sich zu melden, falls die Möglichkeit eines solchen Einsatzes aktuell würde. Aber die Jahre verstrichen, das Hauptquartier meldete sich nicht, und Margaret vermutete, dass ihr Brief längst in Vergessenheit geraten war. Und dann, nach fünfjähriger Funkstille, fragte das Hauptquartier sie plötzlich an, ob sie noch immer Interesse hätte.

Wäre diese Anfrage vor vier Jahren eingetroffen, hätte Margaret keinen Augenblick gezögert, alles stehen und liegen zu lassen. Sie hätte sofort ihre Koffer gepackt und ihren damaligen Einsatzort Dublin verlassen.

Aber die Anfrage war nicht damals, sondern jetzt eingetroffen, ausgerechnet jetzt, wo sie eine Aufgabe übernommen hatte, die ihr auf der ganzen Linie entsprach!

«Das Hauptquartier verlangt eine Antwort», sagte die Sekretärin und holte Margaret aus ihren Gedanken zurück, «ja oder nein.»

Margaret seufzte.

«Bis wann habe ich Zeit?»

Alice zog vielsagend die Augenbrauen hoch. «Warum zögerst du die Entscheidung hinaus? Hat Gott nicht schon längst zu dir gesprochen? Denk an Jona. Er wusste genau, was Gott von ihm wollte, aber er zog es vor, seine eigene Richtung einzuschlagen. Und dabei hatte Gott nichts Geringeres im Sinn, als durch Jona eine ganze Stadt für sich zu gewinnen.»

Sie machte eine Pause, um ihre Worte auf Margaret wirken zu lassen. «Was weißt du schon, wie viele Menschenleben Gott durch dich retten will – nicht in Ninive, aber in Südamerika?»

Margaret nickte. Sie wusste ja, dass es keinen Sinn hatte, sich noch länger vor Gott zu verstecken.

«Ich werde darüber beten», sagte sie.

«Tu das», spornte Alice sie an und erhob sich. «Und denk an Ninive.»

✦ ✦ ✦

Einige Tage waren vergangen …

«Rate mal, was ich hier habe!» Margaret blickte erstaunt auf. Sie war gerade dabei, ihren Bürotisch einzurichten. Alice hielt ein Papier in die Höhe und schmunzelte verheißungsvoll.

«Sie haben dich angenommen! Du wirst nach Brasilien versetzt!» Margaret war völlig baff.

«Brasilien?!?» Sie konnte nicht glauben, was sie da hörte. BRASILIEN!!! Sie glaubte zu träumen. Nachdem sie sich endlich dazu durchgerungen hatte, das Angebot des Hauptquartiers anzunehmen und sich als Missionarin zur Verfügung zu stellen, hatte sie sich immer wieder gefragt, in welches südamerikanische Land man sie wohl schicken würde. Wenn sie sich eines hätte aussuchen können, wäre ihre Wahl auf Brasilien gefallen, denn ihrer Meinung nach gab es kein Land, das so fröhlich und farbenfroh war wie Brasilien. Doch sie hätte nie gewagt, ihren geheimen Wunsch vorzubringen, und überließ es folglich Gott, das richtige Land für sie auszusuchen. Und Gott hatte sich doch tatsächlich ihr Lieblingsland ausgesucht! Das war schon stark! Echt gewaltig!

«Du hast fünf Wochen Zeit, deine Koffer zu packen!» verkündete Alice und legte das Papier auf Margarets Tisch.

«Nur fünf Wochen¿!¿» Margaret stürzte von einer Überraschung in die andere. Erst eine Woche war es her, seit sie in eine neue Wohnung in der Nähe des Hauptquartiers gezogen war. Man hatte ihr gesagt, es könne Monate dauern, bis ihr Gesuch um Versetzung ins Ausland angenommen und alle weiteren Formalitäten erledigt wären. Und bis dies alles geregelt wäre, solle sie im Hauptquartier arbeiten. Margaret hatte sich gedanklich auf eine Wartezeit von mindestens drei Monaten eingestellt, und jetzt, an ihrem ersten Arbeitstag im Hauptquartier, hieß es plötzlich, die Koffer zu packen, weil sie in fünf Wochen nach Brasilien ausreisen würde!

Margaret wusste vor lauter Glück kaum, wie ihr geschah. Alles drehte sich in ihrem Kopf wie auf einem Karussell, schneller und immer schneller, und sie wusste nicht recht, ob sie lachen oder weinen sollte. Es war ganz einfach phantastisch!

Fünf Wochen später, als sich Margaret am Zoll von ihren Eltern und Freunden verabschiedet hatte und im Flugzeug nach Brasilien saß, kam ihr alles noch immer wie ein unwirklicher Traum vor. Worauf hatte sie sich da bloß eingelassen! Was um Gottes Willen wollte sie in Brasilien¿ Sie sprach ja kein einziges Wort Portugiesisch! Sie kannte keinen einzigen Menschen! Ihr Ziel hätte genauso gut der Mond sein können! Allen sagte sie, sie hätte die absolute Gewissheit, dass es Gottes Wille für ihr Leben war, nach Brasilien zu gehen. Und jetzt saß sie im Flugzeug nach Brasilien und zweifelte an ihren eigenen Worten. Sie fragte sich ernsthaft, ob sie nicht die größte Dummheit ihres Lebens begangen hatte.

Ein mulmiges Gefühl beschlich sie bei diesem Gedanken, und sie rutschte unruhig auf ihrem Sitz hin und her. Die Ungewissheit darüber, was ihr bevorstand, raubte ihr nicht nur den Schlaf, sondern auch jeglichen Appetit.

Brasilien! Für vier Jahre hatte sie sich verpflichtet. Vier ganze Jahre! Allein diese Vorstellung verursachte bei ihr ein Würgen im Hals. Und wenn sie sich getäuscht hatte? Wenn es gar nicht Gottes Wille war, dass sie nach Brasilien ging? Vier Jahre waren eine lange Zeit, um die Konsequenzen eines solchen Irrtums zu ertragen! Und wenn sie nun Gelbfieber bekam? Oder es ihr nicht gelingen würde, sich in der neuen Kultur einzuleben? Tausend Gedanken schossen ihr durch den Kopf, während sie aus dem kleinen Bordfenster in das weiße Wolkenmeer hinausstarrte und versuchte, sich irgendwie zu beruhigen.

«Oh Gott, lass mich nicht allein!» schrie es die ganze Zeit in ihr. «Bitte, lass mich nicht allein!»

14. São Paulo

«Was möchtest du trinken, Xuxu?»

«Ein Bier.»

Der elegant gekleidete junge Mann winkte den Ober zu sich und gab die Bestellung auf.

«Ein Bier und einen Orangensaft.»

Eliana sah ihren Gefährten erstaunt an.

«Orangensaft?»

«Ich trinke keinen Alkohol», antwortete der Mann und rutschte etwas näher zu Eliana, während er ihre Hand fasste und ihr tief in die Augen schaute. «Eine Schönheit wie dich muss man nüchtern genießen.»

Sie zog die Hand zurück und lächelte.

«Schmeichler.» Sie betrachtete ihn von der Seite und war überzeugt, sich einen wahrhaftigen Traumprinzen geangelt zu haben. Er hieß Roberto, war schlank und kräftig gebaut, hatte kleine, wachsame Augen und benahm sich ihr gegenüber wie ein

Gentleman. Sie hatte ihn vor einer Stunde bei einem Tanzfest kennen gelernt, und da ihre letzte Beziehung eben erst in die Brüche gegangen war, kam ihr dieser Flirt gerade recht. Zudem schien Roberto kein Mann der langen Worte zu sein. Er nützte ihre kurze Zerstreutheit und küsste sie auf den Hals.

«Lass das», sagte Eliana und wich zurück, «wir kennen uns ja kaum.»

«Wenn's nur das ist», meinte Roberto. «Was möchtest du von mir wissen? Wie alt ich bin? 23. Familienstand: ein verzweifelter Junggeselle auf der Suche nach seiner Traumprinzessin. Reicht das, um sich in mich zu verlieben?»

Eliana schüttelte schmunzelnd den Kopf. «Na ja, ist immerhin ein Anfang.»

Es war eine warme Sommernacht. Die ganze Straße war mit Menschen gefüllt. Sämtliche Kneipen hatten den Gehsteig mit Plastiktischchen und Stühlen vollgestellt. Ein Auto versuchte sich im Schritttempo durch die Menge zu wälzen. Ein paar junge Männer saßen mit Cavaquinho, Banjo, Tamburin und anderen Instrumenten ausgerüstet lässig auf Plastikhockern in einer Runde und spielten Samba, während die Zuhörer dazu sangen und die Mädchen ihre Hüften bewegten. Einige Pärchen tanzten auf der Straße, andere sahen ihnen mit Bierflaschen in den Händen zu und pfiffen und grölten begeistert.

Auch Roberto und Eliana amüsierten sich an diesem Abend auf den Straßen von São Paulo. Eliana trug einen engen und aufreizend kurzen Mini, dazu ein weißes, ärmelloses Oberteil, das ihren flachen Bauch sehen ließ, weiße Stöckelschuhe und große runde Ohrringe. Wenn Eliana nachts nicht in den Nightclubs auftrat, verbrachte sie die meiste Zeit mit ihren

Freunden in Bars und Tanzlokalen, wo sie bis in die frühen Morgenstunden feierten, tanzten und tranken. Das war ihr Leben, und sie liebte es. Sie fingerte ein Päckchen Zigaretten aus ihrer Handtasche und hielt es Roberto entgegen. Sie staunte nicht schlecht, als der Mann verneinte.

«Danke, ich rauche nicht», sagte er.

«Du scheinst ja ein wahrer Heiliger zu sein», meinte Eliana, während sie sich eine Zigarette anzündete und den Rauch schräg in die Luft blies.

Der Kellner balancierte mit seinem Tablett um die vielen Tischchen und stellte Roberto das Bier und Eliana den Orangensaft hin. Roberto tauschte die Gläser, und der Ober machte große Augen.

«Entschuldigen Sie», murmelte er verlegen, «ich dachte ...»

«Kein Problem. Das denken alle», winkte Roberto ab und hob seinen Orangensaft hoch. «Auf uns, Xuxu.»

«Auf uns, Roberto», sagte Eliana und nahm einen großen Schluck von ihrem Bier.

«Jetzt erzähl mir von dir», forderte Roberto sie auf.

«Mein Alter und Familienstand?»

Der junge Mann fixierte sie mit seinen kleinen Augen eindringlich.

«Ich möchte alles von dir wissen», hauchte er. «Wie du lebst, wie du denkst, wie du fühlst. Alles.»

«Okay», begann Eliana und räusperte sich. «Ich bin 21, ledig, ich trinke gerne, ich rauche und ... ich tanze Samba.»

«Du tanzt Samba?!» Roberto war begeistert. «Du meinst, du nimmst an Shows teil?»

Eliana nickte.

«Ich trete fast jedes Wochenende auf», erzählte sie. «Eine Zeit lang habe ich für Sargentelli getanzt.»

Jetzt blieb Roberto definitiv das große Staunen.

«*Der* Sargentelli?!»

«Genau der», bestätigte Eliana nicht ohne Stolz und sog sich eine Dosis Nikotin aus ihrer Zigarette.

«Donnerwetter», meinte Roberto, «um für Sargentelli zu tanzen, musst du ja einiges auf dem Kasten haben. Und wie ist er so?»

«Ziemlich pervers», gestand Eliana offen. «Einmal waren wir zu einem Fest eingeladen. Ich saß mit ihm zusammen am selben Tisch, er blickte nachdenklich über die vielen Leute hinweg und stellte ganz unverblümt fest: ‹Weißt du eigentlich, dass du die Einzige bist, mit der ich noch nicht geschlafen habe, Xuxu?›»

«Das hat er gesagt?»

«Ich war total schockiert», sagte Eliana. «Nein, im Ernst. Alles, was recht ist. Der Typ ist 66, hässlich wie die Nacht. Wir nannten ihn ‹Abziehbild der Hölle›, und genau so sieht er auch aus. Es ist mir bis heute ein Rätsel, wie die Mädchen der Truppe sich auf so was einlassen konnten. Ehrlich.»

«Hast du deswegen aufgehört, für ihn zu tanzen?»

«Seine Tochter hat ihn dazu überredet, mir zu kündigen. Ich glaube, sie war eifersüchtig wegen meiner Afro-Einzelnummer. Na ja. Alle Mädchen waren eifersüchtig auf mich. Es ist immer dasselbe.»

«Und wo tanzt du jetzt?»

«In verschiedenen Clubs in São Paulo. Und tagsüber nähen wir Kostüme für Shows und Samba-Schulen.»

«Wir?»

«Angela, Tadeu und ich. Wir wohnen seit kurzem zusammen. Angela arbeitet als Maskenbildnerin für Sargentelli, und Tadeu ist Trommler. Wir haben uns in Italien kennen gelernt.»

«So», stellte Roberto misstrauisch fest, worauf Eliana rasch hinzufügte:

«Keine Sorge. Tadeu ist Transvestit und die hübschere Frau von uns beiden. Ob du's glaubst oder nicht: Wenn wir durch die Straßen gehen, pfeifen ihm die Männer nach, und von mir nehmen sie nicht mal Notiz.»

«Dann müssen sie aber Tomaten auf den Augen haben», meinte Roberto, fasste erneut Elianas Hand und küsste sie mehrmals. «Du bist die absolut schönste Frau, die mir je begegnet ist.»

Eliana lächelte. Denselben Spruch hatte sie im vergangenen Jahr mindestens fünfzehnmal von fünfzehn verschiedenen Männern gehört, denen sie ihr Herz geschenkt hatte. Und trotzdem verzauberten sie diese Worte jedes Mal aufs Neue und jagten ihren Pulsschlag in die Höhe. Wie gut es einem doch tat, mit Komplimenten und Zärtlichkeiten überschüttet zu werden. Vielleicht hielt sie es deshalb nie lange ohne Freund aus und streckte sich nach jeder zerbrochenen Beziehung sofort nach einer neuen aus.

Roberto war jedenfalls ganz ihr Typ, selbst wenn sie ihn noch keine zwei Stunden kannte.

«Und du?» fragte sie neugierig, während sie das halbe Bier in einem einzigen Zug hinunterspülte. «Was machst du so, wenn du nicht gerade unschuldigen Mädchen den Kopf verdrehst?»

«Ich? Nichts Besonderes», wich Roberto der Frage aus, hob den Kopf und wechselte ganz plötzlich das Thema. «Wollen wir tanzen?»

«Warum nicht?» meinte Eliana und drückte ihre Zigarette im Aschenbecher aus. Roberto bezahlte die Getränke und führte Eliana an der Hand auf die Straße hinaus. Die Männer mit den Instrumenten spielten eben eine romantische Melodie im Samba-Rhythmus, und Roberto zog Eliana dicht zu sich heran, so dass sich ihre Nasenspitzen beinahe berührten. Sie spürten ihren heißen Atem und verloren sich gegenseitig in ihren Blicken. Ihre Lippen berührten sich, und glühendes Feuer durchströmte Elianas Körper. Sie legte eine Hand an seine Hüfte – und wich jäh zurück.

«Was hast du?» fragte Roberto, während er ihren Hals küsste.

Eliana schluckte trocken. Sie hatte den Revolver ganz deutlich gespürt.

«Ja, ich bin bewaffnet», erklärte Roberto mit der größten Selbstverständlichkeit der Welt und fuhr ihr mit dem Finger über den Mund. «Kein Grund zur Aufregung, Xuxu. Reine Vorsichtsmaßnahme.» Er lächelte, küsste sie und hielt sie lange eng umschlungen.

«Wer bist du?» fragte Eliana.

«Lass uns erst tanzen», raunte Roberto einfach.

Nachdem die Musik zu Ende war, begaben sich die beiden zu seinem etwas abseits geparkten Auto, und Roberto öffnete die Beifahrertür.

«Hier können wir ungestört reden», meinte er, als Eliana beim Einsteigen zögerte. Er setzte sich neben sie hinters Steuer und starrte eine Weile schweigend in die Dunkelheit.

«Warum bist du bewaffnet?» flüsterte Eliana schließlich. Er legte ihr den Arm um die Schultern und suchte offensichtlich nach den richtigen Worten.

«Ich will dir nichts vormachen, Xuxu», murmelte er und suchte ihren Blick, «ich handle mit Drogen.»

Sie erstarrte.

«Du … du bist Drogenhändler?»

Roberto nickte. «Ich hab meine Leute, die die Drogen für mich abholen und an strategisch günstigen Punkten verkaufen», erklärte er leise. «Ich treffe sie jeweils nur zur Geldübergabe. Ist alles bestens organisiert.»

Elianas Entsetzen wich einer seltsamen Neugier.

«Haben sie dich nie erwischt?»

«Die Polizei?» Roberto lachte. «Die wissen nicht mal meinen Namen. Außerdem wohne ich nie länger als eine Woche am selben Ort und wechsle täglich mehrmals meine gesamte Kleidung.» Er öffnete den obersten Knopf seines Hemdes. «Zur Zeit schmieden ein Kollege und ich gerade Pläne für einen Banküberfall.»

Eliana glaubte sich verhört zu haben.

«Banküberfall?! Sagtest du Banküberfall?!»

Wieder nickte Roberto mit einer fast frechen Beiläufigkeit.

«Ja», sagte er gelassen. «Wenn es klappt, dann kaufe ich mir eine Luxusjacht und segle um die Welt.» Er atmete tief ein. «So, nun bist du eingeweiht. Wenn du jetzt Schluss machen willst, dann tu es lieber gleich, bevor es zu sehr schmerzt.»

Eliana war noch immer etwas perplex über das, was Roberto ihr anvertraut hatte. Drogenhandel, Banküberfall, das war schon etwas viel auf einmal. Andererseits: Warum sollte sie Schluss machen, ausgerechnet jetzt, wo sie begann, diesen geheimnisvollen Kerl wirklich zu mögen? Sie legte ihren Kopf auf seine Schulter und schmiegte sich an ihn wie ein kleines Kätzchen.

«Es spielt für mich keine Rolle, wie du dein Geld verdienst», raunte sie mutig und roch verträumt an seinem Rasierwasser, «ich möchte nur in deiner Nähe sein.»

Roberto schien erleichtert. Er umarmte sie lange, und sie küssten sich innig. Dann warf er plötzlich einen Blick auf seine goldene Armbanduhr.

«Ich hab noch eine Verabredung», sagte er, «willst du mitkommen?»

«Ich komm mit dir bis ans Ende der Welt», antwortete Eliana romantisch. Roberto steckte den Zündschlüssel ins Schloss und ließ den Motor anspringen. Sie brausten etwa vierzig Minuten in haarsträubendem Tempo durch die Stadt, bis sie die großen Betonwolkenkratzer gänzlich hinter sich gelassen hatten und eine etwas ländlichere Gegend erreichten. Vor einem riesigen lachsfarbenen Haus mit mächtiger Gartenanlage und einem antiken, geschmiedeten Portal parkten sie schließlich den Wagen und stiegen aus. Gedämpfte Musik und Gelächter drangen zu ihnen herüber. Lampions hingen in den Bäumen und schmückten die Fenster und den gesamten Garten.

«Wow», stieß Eliana überwältigt hervor. «Wer wohnt hier?»

«Ein Bekannter von mir», gab Roberto flüchtig Auskunft, während er sich rasch eine Krawatte umband. «Er liebt es, in seinem Haus Partys steigen zu lassen. Und ich hoffe, du liebst Partys.»

«Aber klar», sagte Eliana, hängte sich an Robertos Schulter und begleitete ihn über einen mit Steinplatten ausgelegten Weg zum Haus. Sie kam sich vor wie in Tausendundeiner Nacht. Auf der großen Terrasse hinter dem herrschaftlichen Landsitz befand sich zwischen niederen Palmen, einem Springbrunnen und einer mit Stroh überdachten Bar ein großes Schwimmbecken mit Unterwasserbeleuchtung. Ein paar Mädchen mit nackten Oberkörpern und ein eng umschlungenes Liebespärchen tummelten sich darin. Eine ganze Anzahl junger Leute schlenderte mit Sektgläsern auf dem gesamten Areal herum. Kellner mit schwarzem Schlips und weißen Handschuhen boten den Gästen ununterbrochen Getränke, salzige Snacks und süße Köstlichkeiten an. Auf einem überdimensionalen Buffet waren auserlesene Speisen hergerichtet, und über einem offenen Feuer brutzelte ein halbes Ferkel an einem Spieß. Dezente Musik erfüllte die Luft.

Eliana war mächtig beeindruckt.

«Da drüben ist Julio!» rief Roberto, und etwas leiser fügte er hinzu: «Mein Kollege, von dem ich dir erzählt habe. Du weißt schon.»

Ein drahtiger kleiner Mann kam auf sie zu. An seinem Arm hing ein hübsches junges Mädchen mit langem, gewelltem Haar und einem eleganten violetten Kleid. Eliana staunte nicht schlecht.

«Mônica!»

«Xuxu!» stieß das Mädchen fast gleichzeitig hervor.

«Ihr kennt euch?» fragte Roberto erstaunt.

«Wir haben zusammen bei Sargentelli getanzt!» erklärte Eliana. Sie löste sich von seinem Arm und begrüßte Mônica stürmisch. Von allen Tänzerinnen, die Eliana in ihrer bisherigen Karriere getroffen hatte, war Mônica eine der anständigsten und ehrlichsten gewesen. Sie war eine der wenigen Samba-Tänzerinnen, die sich nie mit Sargentelli eingelassen hatten und auch sonst kein so wildes Leben führten wie der Rest der Truppe.

«Das ist vielleicht eine Überraschung, dich hier zu treffen», rief Mônica begeistert. «Julio, das ist die berühmte Xuxu, von der ich dir erzählt habe.»

Julio schüttelte Elianas Hand.

«Sehr erfreut. Mônica erwähnt dich oft, wenn sie über die Zeit bei Sargentelli redet. Du sollst ja wahnsinnig gut tanzen.»

«Nicht besser als Mônica», schwächte Eliana das Kompliment ab.

«Komm, Xuxu, ich möchte dich ein paar Freundinnen vorstellen!» sagte Mônica und zerrte Eliana ungefragt mit sich, während die beiden Männer zurückblieben und sich in gedämpftem Ton angeregt unterhielten. Mônica plauderte munter drauflos und ließ Eliana kaum zu Wort kommen. Sie führte sie in den oberen Stock und klopfte an eine verschlossene Zimmertür.

«Wer ist da?» fragte eine Frauenstimme von drinnen.

«Ich bin's, Mônica», sagte das Mädchen, «ich hab eine Freundin mitgebracht – und was gegen die Langeweile.» Ein Schlüssel wurde gedreht, und jemand öffnete die Tür gerade so weit, dass die beiden eintreten konnten. Mehrere junge Frauen befanden sich in dem Zimmer, einige rauchten, und zwei davon saßen etwas abseits und waren dabei, sich intensiv zu küssen. Eliana wandte den Blick ab. Sie hatte sich noch nie für solche Szenen begeistern können, obwohl lesbische Beziehungen in der Welt des Sambas gang und gäbe sind. Die Mehrheit der Samba-Tänzerinnen war lesbisch, und viele verkauften sich nur an Männer, um Geld für Auslands-Aufenthalte zu verdienen.

«Leute, das ist Xuxu!» stellte Mônica ihre Freundin vor. Die Mädchen nickten ihr schläfrig zu. Sie machten keinen besonders frischen Eindruck, sahen vielmehr verbraucht und lebensmüde aus.

«Hast du den Stoff?» fragte ein langes, spindeldürres Mädchen, das mit seinen blutunterlaufenen Augen im bleichen Gesicht beinahe gespenstisch wirkte. Mônica hielt triumphierend eine durchsichtige kleine Plastiktüte in die Höhe, in der sich ein weißliches Pulver befand.

«Es ist genug für alle da!» verkündete sie und stellte die Tüte auf den kleinen Holztisch in der Mitte des

Zimmers. Eine leise Ahnung stieg in Eliana auf, sie wagte aber nichts zu sagen und beobachtete mit gerunzelter Stirn, wie Mônica das Pulver auf ein Serviertablett aus glänzendem Chromstahl streute und mit einer bereitliegenden Rasierklinge in mehrere hauchdünne Streifen teilte. Als das erste Mädchen einen der Streifen mit einem Röhrchen in die Nase hochzog, bestand nicht mehr der geringste Zweifel: Kokain!

Mit der größten Gelassenheit näherten sich die Mädchen dem Tisch und konsumierten bedenkenlos die harte Droge. Mônica war die letzte und schob dann Eliana sachte Richtung Tisch.

«Na komm schon, Xuxu. Das hilft, um zu relaxen.»

Eliana schüttelte den Kopf.

«Nun hab dich nicht so», beharrte Mônica und streckte ihr das Röhrchen hin. «Ist absolut irre.»

«Nein», winkte Eliana erneut ab. «Ich will nicht, wirklich nicht. Ich ... wir sehen uns unten.» Damit hechtete sie zur Tür und sprang auf den Korridor hinaus. Mit klopfendem Herzen warf sie sich mit dem Rücken gegen die Wand und blieb eine Weile mit geschlossenen Augen heftig atmend stehen. Es war ihr fast schwindlig vor lauter Enttäuschung und Entsetzen über das, was sie soeben erlebt hatte.

«Oh Gott», murmelte sie fassungslos, «ausgerechnet Mônica. Oh Gott! Warum ausgerechnet Mônica?»

Sie tappte die Treppe hinunter, als wäre sie soeben dabei, aus einem schlimmen Traum zu erwachen. Jemand stieß mit ihr zusammen. Sie murmelte eine Entschuldigung, ohne sich weiter um die Person zu kümmern, und schleppte sich auf die Terrasse. Ein kalter Windstoß erfasste sie und ließ sie leicht frösteln. Gedankenversunken setzte sie sich in eine Ecke und nippte an einem Glas Sekt. Es kam ihr auf einmal alles so furchtbar sinnlos und grotesk vor. So leer. Die Leute wandelten wie leblose Schatten an dem Schwimmbad entlang, ihr Gelächter klang hohl und verzerrt. Die Kellner glichen ausgestopften Marionetten, und selbst die vielen verlockenden Speisen schienen aus Plastik zu sein. Der gesamte Ort wirkte wie eine riesige Illusion: eine pompöse Inszenierung, eine schillernde Seifenblase ohne Inhalt. Hohl. Genau wie sie selbst. Das Einzige, das ihr die Gewissheit gab, überhaupt noch am Leben zu sein, war ihr Atem.

«Xuxu?»

Sie sah auf. Roberto stand neben ihr und legte ihr seine Hand auf die Schulter. Sie war seltsam kühl und schwer. «Hast du dich gut amüsiert?» Sie nickte abwesend.

«Ich bin nur etwas müde», sagte sie schwach und legte ihre Hand auf die seine.

«Es ist schon spät», meinte Roberto, «ich fahr dich nach Hause, Xuxu.»

«Danke», murmelte Eliana kraftlos.

15. Vater

Tadeu schlug die Hände über dem Kopf zusammen.

«Kinder, das ist das schönste Kostüm, das die Welt je gesehen hat!» schrie er entzückt. «Ich bin ein Genie. Kommt und seht es euch an. Ein Meisterwerk! Einfach hin-rei-ßend!!!»

Angela und Eliana sahen von ihrer Arbeit auf. Tadeu setzte sich den aus gefärbten Straußenfedern gefertigten Kopf- und Rückenschmuck auf und stolzierte durch die Wohnung wie ein Pfau.

«Gebt es zu: Wer diesen Schmuck beim Karneval trägt, wird umjubelt werden wie eine Göttin.»

«Solange *du* ihn nicht trägst», neckte ihn Angela, worauf Tadeu beleidigt das Kinn hob und meinte:

«Du bist ja bloß eifersüchtig, weil deine Kostüme schon beim Proben alle Federn verlieren. Wer meine Kostüme trägt, sieht jedenfalls nicht aus wie ein gerupftes Huhn.»

Angela schüttelte nur verständnislos den Kopf.

«Du solltest etwas weniger schwatzen und etwas mehr arbeiten, mein Bester. Wir müssen die Kostüme bis morgen fertig haben. Und die künstlichen Perlen sind uns ausgegangen.»

«Autsch!» Eliana schüttelte ihre schmerzende Hand und steckte den Zeigefinger in den Mund. Sie hatte sich mit der Nadel gestochen.

«Siehst du?» meinte Tadeu, während er sich den imposanten glitzernden Kopf- und Rückenschmuck abmontierte und sorgfältig auf den Boden legte. «Das kommt dabei heraus, wenn man sich keine Pause gönnt: zerstochene Finger. Eure Arbeitswut ist manchmal schlicht unerträglich. Ich sag's ja immer: Zu viel Arbeiten ist ungesund und zerstört die Ästhetik. Ich mache uns jetzt einen Kaffee, Kinder. Ist ja nicht auszuhalten, eure Nähwut.» Er tänzelte in die Küche und setzte Wasser auf.

Das Telefon klingelte. Als beim fünften Klingelton niemand dranging, stöckelte Tadeu in seinen rosa Pantoffeln ins Wohnzimmer und hob den Hörer ab.

«Hallo?» piepste er mit holdem Stimmchen. «Nein, mein Teuerster, wir haben zur Zeit kein solches Mädchen, tut mir leid.» Er machte eine kurze Pause. «Nun ja, vielleicht. Ich kann sie fragen. Wenn Sie in ein paar Minuten wieder anrufen möchten? Gut. Wiederhören.»

«Wer war es?» fragte Angela.

«Dieser Freund von dir, du weißt schon wer», sagte Tadeu und kehrte ins Nähzimmer zurück. «Er sucht eine Begleitperson für einen Kollegen. Xuxu, das wär doch was für dich.»

Eliana blickte verwundert auf.

«Begleitperson?»

«Ja, das ist so, Xuxu», erklärte Tadeu und spielte mit den Fingern an seinen Ohrringen herum. «Ein edler Herr ist soeben nach Brasilien gekommen und sucht ein Mädchen, das ihm etwas Gesellschaft leisten würde.»

«Das ist alles?» fragte Eliana.

Tadeu hüstelte. «Nun ja, so ziemlich. Du gehst mit ihm aus, er kauft dir schöne Kleider, ihr geht in eine Bar, du machst ihn so betrunken wie möglich, dann verbringt ihr die Nacht in einem Motel und er bezahlt dir vierhundert Dollar.»

Er klimperte Eliana mit seinen künstlichen Wimpern zu und wartete mit einem süßen Lächeln auf ihre Antwort. Eliana legte ihre Näharbeit zur Seite und sah Tadeu entsetzt an.

«Das klingt mir verdächtig nach Prostitution», stellte sie nüchtern fest, worauf Tadeu heftig gestikulierend abwehrte:

«Ach wo, Xuxu, wie kommst du darauf! Du leistest ihm lediglich etwas Gesellschaft, und er bezahlt dich dafür. Mehr nicht. Er will keines von diesen Mädchen an der Straßenecke nehmen, verstehst du?»

«Tadeu, du hast nicht im Ernst geglaubt, dass ich mich auf so was einlasse, oder?»

«Xuxu. Er bezahlt dir vierhundert Dollar für eine Nacht.»

«Ich bin keine Nutte!» rief Eliana und sprang wütend auf. «Stell dir vor, was meine Mutter denken würde, wenn sie erfahren müsste, dass ihre Tochter sich in São Paulo prostituiert. Tadeu, ich kann wirklich nicht glauben, dass du mich in ein derart schmutziges Geschäft hineinziehen willst!»

«Und ich kann nicht glauben, dass du darauf verzichtest!» meinte Tadeu und geriet ebenfalls in Fahrt. «Himmel, was ist die Welt doch ungerecht! Du hast alles, was ich haben möchte, und willst es für dich behalten? Andere Mädchen würden sich darum reißen, an deiner Stelle zu sein!»

«Lass sie doch», mischte sich nun Angela ein, «wenn sie nicht will. Ich würde auch nicht wollen.»

«Du zählst in diesem Fall nicht», meinte Tadeu und stemmte sich empört die Hände in die Seiten. «Ich versteh euch nicht, beim besten Willen nicht. Die eine treibt's nur mit Frauen, die andere will's nicht mit Männern treiben, und ich, das einzige vernünftige Geschöpf in dieser Runde, will zwar, kann aber nicht.» Er warf sein langes blondes Haar zurück und verschwand mit schwingenden Hüften in der Küche. «Kinder, es ist zum Verrücktwerden mit euch. Vierhundert Dollar für eine Nacht. Das sollte mir mal passieren.»

Das Telefon klingelte.

«Ich geh nicht ran!» rief Tadeu trotzig aus der Küche. «Regelt das unter euch Frauen oder für was auch immer ihr euch haltet.»

«Ich geh auch nicht ran», weigerte sich Eliana. «Das fehlte noch! Ich und mich prostituieren. Das ist ja wohl wirklich das Letzte.»

Angela rollte die Augen und erhob sich seufzend. Sie nahm den Hörer ab.

«Hallo? Ja, sie ist hier, einen Moment.» Sie hielt die Hand auf die Sprechmuschel. «Xuxu, es ist für dich!»

«Ich bin nicht hier!» flüsterte Eliana und fuchtelte wild mit ihren Händen in der Luft herum.

«Es ist deine Schwester», sagte Angela ruhig und streckte ihr den Hörer hin.

«Ach so», brummte Eliana und ging zum Telefon. Das Gespräch dauerte keine Minute und bestand nur aus ein paar einsilbigen Wortfetzen.

«Natürlich, ich komme», sagte Eliana schwach und legte den Hörer auf. Sie taumelte und hielt sich mit der Hand an einem Stuhl fest.

«Probleme¿» fragte Angela.

«Mein Vater ist im Krankenhaus», murmelte Eliana. «Es sieht nicht gut aus.»

«Oh ...» Angela, wusste nicht, was sie sagen sollte. «Ein Unfall¿»

Eliana schüttelte den Kopf, ohne ihre Frage zu beantworten.

«Wenn ich nicht bis Donnerstag zurück bin, entschuldigt ihr mich bei der Truppe, ja¿»

«Okay», nickte Angela und klopfte ihr aufmunternd auf die Schulter. «Mach dir keine Sorgen. Er wird bestimmt bald wieder gesund sein, wenn er so zäh ist wie seine Tochter.»

«Mein Vater ist Alkoholiker», sagte Eliana bitter und schlich dann wortlos in ihr Zimmer.

Eliana reiste noch am selben Nachmittag nach Santos und besuchte ihren Vater im Krankenhaus. Es ging ihm nicht gut. Er sah schwach aus und müde, unglaublich müde. Jegliche Farbe war aus seinem Gesicht gewichen. Seine früher so funkelnden Augen hatten sich in zwei matte Glaskugeln verwandelt, die aus tiefen Augenhöhlen ins Nichts starrten. Er hatte Mühe zu sprechen und lag unbeweglich und steif in dem weißen Krankenhausbett. Sein Anblick erschütterte Eliana bis ins Innerste. Sie hatte den Eindruck, als hätte er bereits mit dem Leben abgeschlossen und würde nur noch auf den Tod warten. Sie fasste seine kalte, knöcherne Hand mit beiden Händen und gab sich Mühe, nicht zu weinen.

«Vater», flüsterte sie. «Was machst du bloß für Sachen, Vater.»

Er drehte ihr unter großer Anstrengung den Kopf zu und atmete schwer. Eine Träne kullerte über ihre Wange, die sie sich rasch wegwischte.

«Du darfst mich nicht verlassen», sagte sie und kämpfte gegen ihre Gefühle an. «Ich brauche dich, Vater. Hörst du? Du darfst nicht sterben ... nicht jetzt, Vater ...»

Sie spürte eine Hand auf ihrer Schulter. Es war die Krankenschwester. Eliana sah flehend und mit feuchten Augen zu ihr hoch.

«Er wird doch wieder gesund werden, nicht wahr?»

«Kommen Sie morgen wieder», sagte die Schwester anstelle einer Antwort freundlich. «Er braucht jetzt Ruhe.»

Wenige Wochen später teilte man Eliana mit, dass ihr Vater gestorben war. Die Nachricht traf sie mit unbarmherziger Härte. Sie hatte ihren Vater geliebt. Oh Gott, wie hatte sie ihn geliebt! Niemand würde jemals den Platz ersetzen können, den ihr Vater in ihrem Leben eingenommen hatte. Es war, als hätte jemand gewaltsam einen Teil von ihr aus ihrem Herzen gerissen und eine klaffende Wunde zurückgelassen. Eine Wunde, die bei jedem Gedanken und jeder Erinnerung neu aufriss und schmerzte, so dass Eliana hätte schreien können vor Verzweiflung und Hilflosigkeit.

Szenen aus ihrer Kindheit zogen an ihr vorbei. Sie sah sich stolz auf Vaters Schoß sitzen und Pizza essen, sah sich an seine durchgescheuerte Latzhose geklammert durch die Straßen von Santos schlendern und rosa Zuckerwatte schlecken. Es war alles so lebhaft und farbig in ihrer Erinnerung, als wäre es erst gestern geschehen. Und jetzt war ihr Vater tot. Der verfluchte Alkohol hatte ihn ins Grab gebracht.

Am Tag seiner Beerdigung stahl sich Eliana kurz nach der Trauerzeremonie unbemerkt davon und ging zum Strand hinunter. Sie wollte allein sein, allein mit ihrem Schmerz, allein mit ihren Gedanken und den zwiespältigen Gefühlen. Sie lief rasch, die Hände in den Hosentaschen vergraben, dicht am Ufer entlang über den nassen, harten Sand und blickte mit gerunzelter Stirn aufs Meer hinaus.

Irgendwo weit draußen lag ein Frachter vor Anker. Es roch nach Sturm. Der Himmel war mit dichten grauen Wolken verhangen, ein starker Wind ließ die Palmen rauschen und jagte ein paar Blätter und leere Plastikfläschchen vor sich her. Ein Dutzend Möwen segelte haarscharf über die großen Wellen hinweg, ohne dass ihre Flügelspitzen auch nur einmal das Wasser berührten. Dann schwangen sie sich jäh in die Höhe empor und kreisten klagend über Elianas Kopf.

Santanas Tochter wischte sich ein paar Tränen aus dem Gesicht und presste die Lippen aufeinander, um ihre Gefühle unter Kontrolle zu halten. Warum war das Leben bloß so ungerecht?, dachte sie wütend und ballte ihre Fäuste so sehr, dass sich ihre Fingernägel in die Handflächen gruben. Warum hatte es ihr das Liebste und Teuerste weggenommen, das sie jemals besessen hatte? Wie sollte das Leben weitergehen ohne ihren Vater? Was hatte es überhaupt noch für einen Sinn zu leben? Es wäre besser gewesen, er hätte sie mit sich ins Grab genommen, dachte Eliana. Ja, es wäre weitaus besser gewesen, sie wäre gleich mit ihm gestorben.

Sie blieb stehen. Ein schrecklicher Gedanke schoss ihr durch den Kopf und verankerte sich wie ein tödlicher Pfeil in ihrem Hirn. Ihr Vater hatte sich in den Tod getrunken, und sie würde dasselbe tun. Ja, sie war entschlossen, ihr Leben im Alkohol zu ertränken, genau wie ihr Vater es getan hatte. Wenn er nicht mehr lebte, dann wollte sie auch nicht mehr leben. Sie würde ihr Dasein zerstören, wie er das seine zerstört hatte.

Nachdem der Entschluss gefasst war, sah Eliana sich um. Der Strand war fast menschenleer. Nur ein paar barfüßige Jungs spielten im Sand Fußball, ein junger Mann joggte mit seinem Hund vorbei, und ein Badegast saß verloren auf einem mitgebrachten Liegestuhl und war in ein Buch vertieft. Etwas weiter vorne waren ein paar Leute um einen schlanken Herrn in Anzug und Krawatte versammelt und lauschten aufmerksam seinen Ausführungen. Eliana vermutete, dass es sich um eine Art Gottesdienst einer Freikirche handelte. Seit Jahren hatte sie keinen Gottesdienst mehr besucht. Nur als Kind war sie zur Sonntagsschule in die Heilsarmee gegangen, und die Sonntagsschullehrerin hatte all die vielen biblischen Geschichten erzählt und gesagt, dass Gott jeden einzelnen Menschen liebe, ganz unabhängig davon, wie sein Leben aussähe. Nun ja ...

Als sie sich dem Grüppchen am Strand näherte, stimmten die Leute soeben ein fröhliches Lied an, und während sie aus voller Kehle den Refrain sangen mit den Worten: «Umarme deinen Bruder und deine Schwester vor dir, neben dir und hinter dir», umarmten sie sich gegenseitig und schüttelten einander die Hände.

Elianas Herz begann höher zu schlagen. Wie sehr sehnte sie sich nach einer solchen Umarmung! Wie sehr wünschte sie sich, jemand würde auf sie zukommen und sie umarmen! Gerade jetzt! Oh, wie sehnte sie sich danach! Aber wer würde sich von diesen frommen Kirchgängern schon nach ihr umdrehen und sie überhaupt eines Blickes würdigen, geschweige denn umarmen? Sie redeten wohl von Liebe und davon, dass Gott alle Menschen liebt, aber in der Praxis reichte ihre Liebe bestimmt nur gerade für die eigenen Leute aus und nicht für die großen Sünder außerhalb ihrer Gemeinschaft. Das kennt man ja.

Sie beschloss, die frommen Brüder und Schwestern zu testen. Sie wollte sehen, ob jemand fähig wäre, sie mit ihren großen Ohrringen, dem schwarzen Filzhut und der dunklen Sonnenbrille zu umarmen. Sie stellte sich unmittelbar hinter eine korpulente Frau und wartete gespannt den Refrain ab. Und dann geschah das Unglaubliche: Die stämmige Frau vor ihr drehte sich um, lächelte sie an, und ehe Eliana wusste, wie ihr geschah, drückte die unbekannte Frau sie so stark an ihre Brust, dass sie beinahe keine Luft mehr bekam.

Es war die herzlichste und innigste Umarmung, an die Eliana sich erinnern konnte. Wohlige Wärme durchströmte ihren ganzen Körper und jagte ihr die Tränen in die Augen. Sie hätte sich so gerne ausgeweint an der Schulter dieser fremden Frau; sie wäre so gerne hier stehen geblieben, um einfach loszuheulen wie ein kleines Kind in den Armen seiner Mutter. Doch sie schluckte die Tränen hinunter und zwang sich, stark zu bleiben. Sie würde sich nicht die Blöße geben, in aller Öffentlichkeit zu weinen. Nicht sie! Sie war Xuxu, die Unantastbare. Sie war Xuxu, die sich keinesfalls irgendwelchen theatralischen Gefühlsausbrüchen hingab, Xuxu, deren Herz längst aufgehört hatte, über sich selbst zu trauern. Auf einmal kam sie sich ziemlich lächerlich vor mit ihrem verweinten Gesicht und wollte so schnell wie möglich fort.

«Danke», murmelte sie verlegen und schluckte ihre Verzweiflung hinunter, so gut es eben ging. «Vielen Dank.»

Ehe die ziemlich verdutzte Frau etwas sagen konnte, wandte sich Eliana ab und entfernte sich raschen Schrittes. Erst als sie weit genug gelaufen und sicher war, dass niemand sie beobachtete, brach sie im weichen Sand zusammen. Sie fühlte sich so einsam, so furchtbar einsam und verlassen. Es schien ihr, als würde die ganze Welt um sie herum zusammenstürzen wie ein Kartenhaus. Sie füllte ihre Hände mit Sand und beobachtete, wie er langsam zwischen ihren Fingern zerrann. Genau wie all ihre Träume und Zukunftspläne. Genau wie alles, an das sie sich in ihrem jungen Leben jemals zu klammern versucht hatte. Sie hatte den Eindruck, dass in ihrem Herzen nie mehr auch nur ein Funke von Freude oder Hoffnung wachsen würde.

Das Leben hatte keinen Sinn. So viel stand inzwischen definitiv fest.

Teil II:

Blut und Feuer – jetzt geht's erst richtig los!

16. Die Begegnung

«Blut und Feuer – Die Heilsarmee» stand in dem großen Wappen, das über dem Eingang der kleinen Kirche an die Wand gemalt worden war. Eliana nahm einen tiefen Zug von ihrer Zigarette und klopfte mit pochendem Herzen an die Tür.

Es war Jahre her, seit sie sich das letzte Mal hier hatte blicken lassen. Vieles war geschehen seither, zu viel. Eliana hatte sich verändert. Damals, als sie noch Tante Eunices Sonntagsschule besuchte, war sie ein naives, unentschlossenes Mädchen gewesen, jetzt war sie eine reife junge Dame, die sich nicht mehr so schnell einschüchtern ließ. Und doch war es ihr mulmig zumute, als sie vor dem großen Tor stand, durch das sie als Kind so oft gegangen war. Sie hatte den Eindruck, als wäre sie im Grunde noch immer jenes unsichere, orientierungslose Mädchen von damals, und sie fühlte sich auf einmal seltsam beschämt.

Der Schlüssel drehte sich im Schloss, die schwere Flügeltür öffnete sich knarrend. Eliana warf rasch ihre Zigarette zu Boden und zerdrückte sie mit dem rechten Schuh. Eine ältere Frau mit weißem, zu einem Knoten geschlungenen Haar, umgebundener Schürze und Strandschuhen erschien in der Türöffnung. Eliana kannte sie. Die sympathische, wohlbeleibte Frau hatte schon früher immer überall Hand angelegt, wo es nötig war. Und offensichtlich tat sie dies auch heute noch. Als sie die schlanke Schwarze vor der Tür stehen sah, stieß sie einen Freudenschrei aus.

«Eliana! Ich glaube, ich träume. Bist du's wirklich?»

«Hallo Luisa», murmelte Eliana verlegen. «Ich dachte, ich schau mal kurz vorbei.»

Die ältere Frau stürmte auf sie zu und nahm sie in

die Arme. Sie hat sich überhaupt nicht verändert, dachte Eliana bei sich selbst.

«Mein Gott, ist das eine Überraschung!» rief Luisa und trat einen Schritt zurück. «Lass dich ansehen!» Sie legte Eliana ihre Hände auf die Schultern und musterte sie eingehend von Kopf bis Fuß. Elianas krauses Haar war so gleichmäßig rund geschnitten wie die Zierbäume eines englischen Gartens. Sie trug einen schwarzen Filzhut, kurze Hosen und Turnschuhe, und mit ihrer dunklen Sonnenbrille wirkte sie wie ein Filmstar.

«Ist das schön, dass du gekommen bist!» rief Luisa begeistert. «Komm herein. Ich mach uns einen Kaffee. Du hast doch ein paar Minuten Zeit, hoffe ich.»

Bevor Eliana sich anders entscheiden konnte, schob Luisa sie bereits vor sich her in die Kirche und schloss die schwere Holztür hinter sich. Ein merkwürdiges Gefühl stieg in Eliana hoch, als sie den Versammlungssaal durchquerten. Es sah alles noch genauso aus wie früher: die Kirchenbänke, das Rednerpult, das uralte Klavier, die brasilianische Flagge in der einen, die gelb-rot-blaue Flagge der Heilsarmee in der anderen Ecke des Podiums. Nichts schien sich verändert zu haben – nur sie selbst.

Luisa führte Eliana in den Gemeinschaftsraum und bot ihr einen Stuhl an. Dann schob sie ihr ein paar Kekse zu und setzte Wasser für einen Kaffee auf.

«Nun erzähl, mein Kind. Wo wohnst du? Was machst du? Wo hast du dich all die Jahre herumgetrieben?»

«Nun, ich wohne mal hier, mal dort», erzählte Eliana. «Eigentlich habe ich mir mit ein paar Kolleginnen eine Wohnung in Campinas gemietet, wo ich über das Wochenende arbeite. Ansonsten wohne ich bei meiner Schwester in der Vila dos Pescadores. Und manchmal auch bei meiner Mutter. Dort haben mir meine Cousinen gesagt, du würdest mich offenbar gerne sehen.»

«Dann hast du also meine Nachricht bekommen. Wie gut, dass du gekommen bist, Eliana. Erzähl weiter. Ich habe gehört, dass du in Italien gewesen bist.»

«Ja», bestätigte Eliana. «Und wenn alles klappt, reise ich in einigen Wochen mit meiner neuen Truppe nach Japan und anschließend nach Deutschland.»

«Nein!» staunte Luisa. «Und was machst du da?»

Eliana räusperte sich. «Na ja. Ich tanze Samba.»

Die ältere Frau wich unmerklich etwas zurück, und Eliana merkte, dass sie sich Mühe gab, ihr Entsetzen zu verbergen. Sie lenkte das Gespräch dann auch rasch auf ein anderes Thema und erkundigte sich nach ihrer Familie. Doch es war offensichtlich, dass Elianas Beruf sie zutiefst schockiert hatte, und Eliana beschloss, in Zukunft nicht mehr darüber zu reden. Sie schlürfte den Kaffee in raschen Zügen, verabschiedete sich von Luisa und versprach, ein andermal wieder vorbeizuschauen.

«Komm am Sonntag zum Gottesdienst», sagte Luisa und sah dem Mädchen tief in die Augen. «Du bist jederzeit herzlich willkommen, Eliana. Wirklich.»

Eliana murmelte ein leises «Danke für den Kaffee» und hatte es plötzlich sehr eilig zu gehen.

Am darauf folgenden Sonntag erschien sie tatsächlich zum Gottesdienst. Sie setzte sich mit ihrer schwarzen Sonnenbrille in die hinterste Bank und hatte vor, gleich nach dem Schlussgebet unbemerkt zu verschwinden, um keine peinlichen Fragen beantworten zu müssen.

Elianas Gedanken schweiften ab, noch bevor der

Gottesdienst richtig begonnen hatte. Ihr Blick fiel auf die gelb-rot-blaue Flagge der Heilsarmee. Tante Eunice hatte ihnen damals in der Sonntagsschule erklärt, was die drei Farben bedeuten. Eliana erinnerte sich an jedes ihrer Worte:

«Gelb steht für das Feuer des Heiligen Geistes. Rot steht für das Blut Jesu. Blau steht für ein reines Leben, das wir mit Gottes Hilfe führen sollen.»

Ein reines Leben führen?, dachte Eliana bitter. Die Welt des Sambas, in der sie lebte, war mit hoher Sicherheit das absolute Gegenteil von edel und rein. Eliana hatte in einem Jahr mehr Liebschaften gehabt, als das Jahr Monate hat. Ihre besten Freunde waren Transvestiten, Schwule, Lesben, Prostituierte, Drogenhändler und Kriminelle, zum Teil Menschen ohne Moral und Skrupel, Menschen, die für Geld und Erfolg bereit waren, über Leichen zu gehen. Sie selbst tanzte, rauchte und trieb sich nachts mit ihren Freunden in den Bars herum, und seit dem Tod ihres Vaters hatte sich Eliana endgültig dem Alkohol verschrieben und trank mit Genugtuung sämtliche Männer unter den Tisch. Nein, ihr Leben war alles andere als «Gott wohlgefällig», wie sich die Christen ausdrückten. Ob Gott überhaupt jemanden wie sie lieben konnte?

Am Ende des Gottesdienstes, als sie sich möglichst rasch und unauffällig davonstehlen wollte, legte ihr jemand die Hand auf die Schulter. Sie drehte sich um und stand einer Frau gegenüber, an die sie sich noch vage aus ihrer Kindheit erinnern konnte.

«Eliana!» begrüßte die Frau sie mit einem frommen Lächeln auf den Lippen. «Schön, dass du gekommen bist.» Und in kritischem Ton fügte sie gleich hinzu: «Luisa sagte, du würdest Samba tanzen. Ist das wahr?»

Na toll, dachte Eliana, jetzt weiß bereits die ganze Kirche, was für ein unmoralisches Leben ich führe.

«Ich nehme an, du weißt, dass Samba tanzen Sünde ist», fuhr die Frau mit großen Augen weiter. «Du kannst nicht gleichzeitig dem Teufel und Gott dienen.»

Eliana hätte der Frau am liebsten die Augen ausgekratzt. Für wen hielt sie sich eigentlich, sich in ihr Leben einzumischen und ihr Ratschläge zu erteilen, ohne sie wirklich zu kennen?

«Ich kann nicht aufhören, Samba zu tanzen», entgegnete Eliana höflich und provozierend zugleich. «Mit Samba verdiene ich mir meinen Lebensunterhalt.»

«Du musst dich entscheiden, mein Kind», sagte die Frau belehrend und klimperte so honigsüß mit den Wimpern, dass es Eliana beinahe ekelte. «Entweder Samba oder die Kirche! Einen anderen Weg gibt es nicht.»

«Wenn das die Wahl ist», meinte Eliana gereizt, «dann komme ich nicht mehr zur Kirche und behalte meine Arbeit!» Sie war zutiefst enttäuscht und verletzt. Sie hätte es ja wissen müssen. Sie war zu schlecht für diese Gesellschaft. Es gab gewisse Sünden, die anscheinend schlimmer waren als andere!

Wütend wandte sie sich ab und wollte bereits das Weite suchen, als sich ihr jemand in den Weg stellte und ihre Hand fasste. Es war Walter, ein Mann, den Eliana ebenfalls seit ihrer Kindheit kannte und schon damals ziemlich wunderlich gefunden hatte. Sie und die anderen Kinder hatten oft hinter seinem Rücken über ihn getuschelt und sich über seine schrullige, unbeholfene Art lustig gemacht. Er war mager, hatte eine schiefe Nase, genauso schiefe Zähne und lispelte leicht. Doch das, was er Eliana an diesem Sonntag sagte, traf sie mitten ins Herz.

«Komm wieder», sagte er, ohne ihre Hand loszulassen und seinen Blick von ihr abzuwenden, «ich bete für dich.»

Beschämt senkte Eliana den Kopf, murmelte ein kaum hörbares Danke, löste sich von seinem kräftigen Händedruck und verließ die Kirche raschen Schrittes, um mit niemandem mehr über ihr Leben diskutieren zu müssen. Die scharfe Kritik jener Frau hatte ihr jegliche Lust auf Kirche verdorben. Aber Walters schlichte Worte brannten noch Stunden später wie Feuer in ihrer Brust. Ausgerechnet derjenige, den sie als Kind immer verachtet hatte, betete für sie? Wie war so etwas möglich? Interessierte sich Gott am Ende doch für ihr verpfuschtes Leben? Sie wurde den Eindruck nicht los, dass die Antwort auf all ihre Fragen in diesem Gott verborgen lag, von dem Tante Eunice in der Sonntagsschule erzählt hatte und Luisa in der Predigt im Gottesdienst. Sie brauchte diesen Gott; sie wusste, dass sie ihn brauchte. Und dennoch hatte sie nicht den Mut dazu, ihn weiter zu suchen, jedenfalls nicht, solange ihr fromme Kirchgänger eine Moralpredigt über ihren unsittlichen Lebenswandel hielten.

Mehrere Monate vergingen, ohne dass sich Eliana nochmals in der Heilsarmee blicken ließ. Zu tief saß die Verletzung, die jene Worte verursacht hatten. Doch jedes Mal, wenn sie auf dem Weg zum Tanztraining an der kleinen Kirche vorbeikam, zog es sie wie ein Magnet zum Eingang, und eines Tages nahm sie ihren ganzen Mut zusammen und klopfte erneut an. Luisa empfing sie herzlich.

«Eliana! Eben dachte ich, es wäre Zeit für eine Kaffeepause. Komm rein.»

«Ich habe aber nur wenig Zeit», sagte Eliana, worauf Luisa sie ungefragt am Arm packte und Richtung Gemeinschaftsraum schleppte.

«Wie gut, dass du gekommen bist. Da ist jemand, den du unbedingt kennen lernen musst.»

«Wen?»

«Unsere neue Offizierin!» verkündete Luisa. «Endlich muss ich den Laden nicht mehr alleine schmeißen. Gott hat unsere Gebete erhört und uns eine Pastorin geschickt!»

Eliana blieb augenblicklich stehen. Allein das Wort Pastorin ließ sie innerlich zusammenzucken. Wenn schon ein gewöhnliches Kirchenmitglied sie derart kritisiert hatte, wie viel mehr würde ihr eine Offizierin die Leviten lesen!

«Ich glaube, es ist besser, ich komme ein andermal wieder», suchte sie verzweifelt nach einem Ausweg. «Ich wollte ja nur schnell Hallo sagen.»

«Eliana, unsere Offizierin beißt nicht», sagte Luisa, «du wirst sie mögen.»

«Ich hab keine Zeit, wirklich!»

Luisa ließ sich nicht beeindrucken. Sie schritt zur Treppe, die in den oberen Stock führte, und rief in unbarmherziger Lautstärke:

«Margaret! Besuch für dich!»

Eliana wäre am liebsten im Boden versunken.

«Luisa, bitte nicht!»

«Nun hab dich nicht so», erwiderte die weißhaarige Frau, «Margaret ist eine durchaus liebenswürdige Person. Sie ist Engländerin.»

Die Tür im oberen Stock ging auf, und eine etwa 35-jährige Frau streckte neugierig den Kopf zur Tür hinaus.

«Margaret!» rief Luisa und winkte sie herunter. «Ich möchte dir jemanden vorstellen!»

«Wenn mich diese Frau kritisiert, weil ich Samba tanze, siehst du mich hier nie wieder!» raunte ihr Eliana zu, während die Engländerin namens Margaret die Treppe herunterkam. Sie hatte kleine blaue Augen, war mittelgroß, schlank und etwas blass im Gesicht.

«Hello!» begrüßte sie Eliana mit englischem Akzent und streckte ihr mit einem breiten Lächeln die Hand entgegen. «Ich bin Margaret, die neue Offizierin.»

«Eliana», brummte die Angesprochene höflich und vermied den direkten Augenkontakt.

Und dann tat Luisa genau das, wovor Eliana sich so sehr gefürchtet hatte. Sie wandte sich ihr zu und forderte sie gnadenlos auf:

«Nun sag Margaret, wie du dir deinen Lebensunterhalt verdienst, Eliana. Sag ihr, was deine Arbeit ist.»

Eliana wusste nicht, ob sie davonlaufen, Luisa an den Hals springen oder sich in Schweigen hüllen sollte. Sie wusste nur das eine: Das war das Ende. Sobald diese Pastorin sie wie alle andern für ihre Todsünde verdammen würde, würde sie sich wortlos zurückziehen und nie mehr zurückkommen. Nie mehr.

«Na, was machst du denn?» nahm Margaret Luisas Frage auf.

Eliana senkte den Kopf. Traurig und im Wissen, dass dies das letzte Mal sein würde, dass sie ihren Fuß in die Heilsarmee-Räume setzte, sagte sie leise und schuldbewusst:

«Ich tanze Samba.»

Jetzt war es ausgesprochen. Sie hatte es mit ihren eigenen Lippen bekannt. Zitternd wie ein Schaf, wenn der Wolf kommt, wartete Eliana mit gesenkten

Schultern auf ihr Urteil. Sie wusste ja, dass ihre Sünde unverzeihlich war und dass eine Heilsarmee-Offizierin als Vertreterin Gottes eine derart gotteslästerliche Tätigkeit niemals gutheißen konnte. Sie war die schlimmste aller Sünderinnen und verdiente die schlimmste aller Strafen.

Aber was dann geschah, war ganz einfach unglaublich.

«Du tanzt Samba¿!» Die blasse Engländerin hüpfte in die Höhe vor Begeisterung und fuchtelte wie wild mit den Armen in der Luft herum. «Eliana, dich hat der Himmel geschickt! Ich wollte schon immer jemanden kennen lernen, der Samba tanzt! Kannst du es mir beibringen¿!»

Eliana durchzuckte ein Schock, und Luisa wäre vor Schreck beinahe in Ohnmacht gefallen.

«M…Margaret!» stammelte sie. «Du scheinst nicht zu verstehen. Eliana tanzt Samba in Nightclubs und so.»

Margaret schenkte ihr keinerlei Beachtung. Sie war offensichtlich derart fasziniert vom Gedanken, jemandem gegenüberzustehen, der Samba tanzte, dass sie nicht mehr zu bremsen war.

«Seit fünf Jahren bin ich in Brasilien und wollte mehr über diesen brasilianischen Tanz erfahren», schwatzte sie munter drauflos, «aber niemand aus den christlichen Kreisen wollte mir meine Fragen beantworten. Alle denken, was mit brasilianischer Kultur zusammenhänge, sei grundsätzlich Sünde. Und da lerne ich endlich jemanden kennen, der mittendrin steht! Das ist Wahnsinn!»

Eliana wusste nicht, wie ihr geschah. Sie war ganz einfach sprachlos. Auf alles war sie gefasst gewesen, nur nicht darauf.

Luisa bekam einen Hustenanfall. Sie hielt es für

ihre Pflicht, Margaret auf ihren gewaltigen Irrtum aufmerksam zu machen.

«Die Bibel sagt uns ganz klar, wir sollen nicht am Joch mit den Ungläubigen ziehen», meinte sie streng.

«Samba gehört doch zur brasilianischen Kultur!» protestierte Margaret.

«Und was ist mit dem Karneval, wo Samba-Tänzerinnen halbnackt durch die Straßen tanzen?» ereiferte sich Luisa, die es schlicht schockierend fand, dass eine Heilsarmee-Offizierin sich für Samba interessieren konnte. «Meinst du, Gott habe Gefallen an diesem … diesem obszönen Schauspiel?»

«Warum ist es so schwierig, Samba, Karneval und Sex getrennt voneinander zu betrachten?» gab die Engländerin schlagfertig zurück. «Für dich mag alles ein und dasselbe sein, doch ich sehe im Samba einen kulturellen Wert, und für diesen interessiere ich mich. Das ist alles. Ich weiß beim besten Willen nicht, warum immer alle gleich rot anlaufen, wenn ich auf dieses Thema zu sprechen komme.»

Luisa wandte sich kopfschüttelnd ab, und Margaret fasste Elianas Hände und bat sie erneut:

«Zeig mir, wie man Samba tanzt, Eliana. Bitte!»

«Nun, ich …», murmelte Eliana verlegen und warf einen skeptischen Blick auf Luisa, «ich weiß nicht …»

«Bitte! Ich wollte schon als Kind immer tanzen lernen, aber meine Eltern steckten mich damals in den Klavierunterricht. Und ich hätte es nie gewagt, meinen geheimen Wunsch vorzubringen. Dabei liebe ich es, mich zum Rhythmus von Musik zu bewegen.»

«Ich liebe es auch», sagte Eliana und merkte auf einmal, dass ein entspanntes Lächeln über ihr eigenes Gesicht huschte. Zum ersten Mal in ihrem Leben hatte sie das Gefühl, jemanden getroffen zu haben, der dasselbe empfand wie sie. Und dass diese Person ausgerechnet eine Heilsarmee-Offizierin war, machte das Ganze noch viel bedeutungsvoller.

«Fünf Jahre hab ich auf einen solchen Moment gewartet!» sagte Margaret wieder und zerplatzte schier vor Wissbegier. «Zeig mir ein paar Schritte, Eliana!»

«Ich soll dir wirklich zeigen, wie man Samba tanzt?» fragte Eliana, die es immer noch nicht ganz fassen konnte, dass die bleiche Engländerin es tatsächlich ernst meinte.

«Natürlich!» rief Margaret. «Oder glaubst du, nur Brasilianerinnen könnten ihre Hüften schwingen?» Sie machte ein paar zuckende Bewegungen mit ihrem Becken, und Eliana konnte sich das Lachen nicht verkneifen.

«Okay», meinte sie amüsiert, «ich zeig's dir. Folge einfach meinem Beispiel, Margaret.»

Als Eliana mitten im Heilsarmee-Saal zu tanzen begann und Margaret sie folgsam und in absoluter Konzentration nachahmte, hätte Luisa beinahe einen Herzinfarkt bekommen vor Empörung. Das war dann doch zu viel für ihren Geschmack. Eine Heilsarmee-Offizierin, die Samba tanzte, und das mitten in der Kirche! Es war ein absoluter Skandal!

Luisa sah den beiden Frauen eine Weile bestürzt zu, und schließlich verließ sie hoch erhobenen Hauptes demonstrativ den Saal. Aber Eliana und Margaret waren derart in den Samba vertieft, dass sie nicht weiter darauf achteten. Und als Eliana endlich einen Blick auf ihre Armbanduhr warf, stellte sie fest, dass es bereits nach sieben Uhr abends war. Sie hatten den ganzen Nachmittag getanzt! Es war einfach unglaublich!

«Mein Gott, hat das gut getan!» stellte Margaret atemlos fest. «Du musst unbedingt wiederkommen,

Eliana. Ich will mehr über Samba erfahren. Du musst mir alles beibringen, was du weißt.»

«Okay», willigte Eliana ein. «Wann hast du denn Zeit?»

«Wie wär's morgen Nachmittag? So gegen drei Uhr?»

«Ich werde kommen», versprach Eliana mit fester Stimme. Sie fühlte sich leicht und beschwingt, als sie an diesem Abend die Heilsarmee verließ, und freute sich bereits wie ein kleines Kind auf das vereinbarte Treffen. Diese Engländerin hatte sie beeindruckt, wirklich. Sie war so anders als die immerzu moralisierenden Christen, denen sie bis jetzt begegnet war; so erfrischend anders! Und sie hatte in einem einzigen Nachmittag erobert, was andere über Jahre nicht erobern konnten: Elianas Herz.

17. Die Wende

Pünktlich um drei Uhr nachmittags stand Eliana vor der Heilsarmee-Tür. Margaret empfing sie mit einem freundlichen Lächeln.

«Komm rein, Eliana. Ich mache uns einen Kaffee.»

Während Margaret Wasser aufsetzte, schlenderte Eliana durch die kleine Wohnung und betrachtete neugierig alle Gegenstände, Bücher, Bilder und Fotos, die sie in die Hände kriegen konnte.

«Deine Eltern?» Sie deutete auf ein eingerahmtes Foto, das auf einer Kommode stand und eine freundliche kleine Frau und einen genauso sympathischen, großen, grauhaarigen Mann hinter einem Blumenstrauß zeigte. Margaret nickte.

«Leben sie noch?»

Wieder nickte Margaret.

«Mein Vater ist gestorben», stellte Eliana trocken fest.

«Das tut mir leid», meinte Margaret.

«Mir auch», sagte Eliana bitter. «Ich habe ihn sehr geliebt.»

«Woran starb er?»

«Er war Alkoholiker.» Sie ließ sich auf dem Sofa nieder und nahm eine englische CD vom Couch-Tischchen.

«Hast du kein Heimweh nach England?»

«Ehrlich gesagt nein», erklärte Margaret. «Als ich vor fünf Jahren herkam, da war es mir schon etwas mulmig zumute. Ich konnte kein einziges Wort Portugiesisch, weißt du. Das war für mich der absolute Horror. Die ersten Wochen hab ich nur Käsesandwiches gegessen, weil ich meiner Gastgeberin nicht klarmachen konnte, dass ich Käsesandwiches verabscheue. Und dann diese ekligen Küchenschaben überall! Tja, aber dann habe ich mich daran gewöhnt, habe die Sprache gelernt, und hier bin ich. Ich wüsste keinen anderen Ort auf dieser Welt, wo ich lieber wäre.» Sie nahm das kochende Wasser vom Herd und füllte zwei große Tassen bis zum Rand. Dann machte auch sie es sich auf dem Sofa bequem.

«Und was meint deine Familie dazu?» fragte Eliana.

«Sie haben sich damit abgefunden, dass ihre Tochter definitiv den Verstand verloren hat.» Die Engländerin grinste verschmitzt. «In der Zwischenzeit hab ich meine beste Freundin auch schon mit meinem Brasilien-Fieber angesteckt. Sie kam mich besuchen und hatte plötzlich den Eindruck, dass Gott sie ebenfalls in Brasilien wollte. Jetzt arbeitet sie in einer Kirche in Campinas.»

«Campinas?» fragte Eliana überrascht. «Ich tanze in Campinas!»

«Ach ja? Dann musst du sie unbedingt mal besuchen. Sie heißt Joan und ist Heilsarmee-Offizierin wie ich. Du wirst sie mögen.» Margaret nahm einen Schluck von ihrem Kaffee und stellte die heiße Tasse auf den Tisch.

«Nun erzähl mir etwas von dir, Eliana. Was ist das so für ein Gefühl, vor so vielen Menschen zu tanzen?»

Eliana überlegte nicht lange.

«Ich liebe es zu tanzen», erklärte sie enthusiastisch. «Wenn ich tanze, dann tauche ich in eine total andere Welt ein, dann vergesse ich alles um mich herum, sogar mich selbst.»

«Und die Zuschauer? Lieben die den Samba genauso wie du?»

«Na ja», meinte Eliana mit sichtlich weniger Begeisterung und kratzte sich etwas verlegen am Ohr, «sie sehen sich die Show eher unseretwegen an als wegen des Sambas, wenn du verstehst, was ich damit meine. Manchmal sind die Männer auch ganz schön unverschämt und pervers.»

«Denkst du nicht, dass sie damit im Grunde die brasilianische Kultur in den Schmutz ziehen? Den reinen Samba?»

Eliana stutzte. Aus dieser Perspektive hatte sie die Sache noch nie gesehen. Dabei war es im Grunde so einleuchtend: Nicht der Samba war schlecht, sondern das, was die Menschen daraus gemacht hatten! Der Haken bestand nicht darin, *dass* sie Samba tanzte, sondern *in welcher Umgebung* sie Samba tanzte! Margarets einfache Überlegungen trafen Eliana mehr als tausend Zurechtweisungen, und selbst wenn sie sich dessen noch nicht bewusst war: Margarets Worte begannen sich in ihrem Herzen zu bewegen wie kleine Steine in einer Wassermühle und waren dabei, in aller Stille die harte Schale ihrer Unantastbarkeit abzuschleifen.

Von nun an tauchte Eliana fast jeden Tag bei der Heilsarmee auf, um mit Margaret zu reden. Es faszinierte sie, mit welcher Natürlichkeit diese Frau mit ihr über Samba diskutierte. Endlich hatte sie jemanden gefunden, dem sie sich anvertrauen konnte; jemanden, der sich wirklich für sie interessierte, in jeder Beziehung. Sie schwänzte sogar zwischendurch ihren Afro-Jazz-Tanzkurs, um mehr Zeit mit Margaret zu verbringen, und das wollte etwas heißen.

An einem Sonntagmorgen im Gottesdienst lernte sie Joan kennen, Margarets langjährige Freundin. Joan glich Margaret, als wäre sie ihre leibliche Schwester. Sie hatte dieselben blauen Augen, dieselbe blasse Hautfarbe, denselben englischen Akzent. Sie war nur ein bisschen hektischer als Margaret und trug keine Brille. Eliana fand sie vom ersten Moment an sehr sympathisch, und als sie ins Gespräch kamen, lud Joan sie ein, ihr in Campinas einen Besuch abzustatten.

«Besuch mich diesen Sonntag, wenn du von der Arbeit kommst», schlug sie spontan vor, worauf Eliana verlegen meinte:

«Ich glaube kaum, dass du um diese Uhrzeit wach bist. Ich verlasse das Lokal um halb fünf Uhr morgens.»

«Kein Problem», sagte Joan mit der größten Selbstverständlichkeit. «Ich werde auf dich warten.»

Eliana hielt dies für ziemlich abwegig. Joan würde sich bestimmt nicht extra für Eliana zu so früher Stunde aus dem Bett wälzen. Erst recht nicht, weil sie nun wusste, welcher Beschäftigung Eliana in den grauen Morgenstunden von Samstag auf Sonntag nachging.

Trotzdem nahm Eliana an dem vereinbarten Sonntagmorgen gleich nach ihrem Auftritt ein Taxi zu der Adresse, die ihr Joan notiert hatte. Die Straßen waren menschenleer, der Mond hing als silberne Sichel am Horizont, der Himmel färbte sich von den Enden her bereits etwas rötlich. Vereinzelt heulte ein Hund. Als das Taxi vor Joans Haus hielt, sah Eliana zu ihrer großen Überraschung das hinterste Fenster erleuchtet. Sie bezahlte den Taxifahrer, und kaum war sie ausgestiegen, öffnete sich eine Hintertür. Joan erschien im Morgenmantel vor dem Haus.

«Du hast auf mich gewartet?!» stieß Eliana verblüfft hervor.

«Aber natürlich», bestätigte Joan und begrüßte das Mädchen mit einer kräftigen Umarmung. «Hast du Hunger?»

«Ich bin nur unendlich müde», gestand Eliana.

«Möchtest du duschen?»

«Ja, das wär schön.»

Sie traten ein. Joan überreichte ihr einen Pyjama, einen Morgenrock und ein Badetuch und zeigte ihr das Bad. Nachdem Eliana eine ausgiebige Dusche genommen hatte, führte Joan sie in ihr eigenes Zimmer und deutete auf ihr Bett. Eliana wusste kaum, wie ihr geschah. Sie kam sich beinahe vor wie eine Prinzessin.

«Joan. Du stellst mir deinen Pyjama, deinen Morgenrock und dein eigenes Bett zur Verfügung? Ich kann doch auf dem Sofa schlafen.»

Joan winkte energisch ab.

«Das kommt überhaupt nicht in Frage. Schlaf dich aus. Und morgen, das heißt heute, wenn du wieder wach bist, haben wir Zeit, um miteinander zu plaudern.»

«Aber …»

«Keine Diskussion», schnitt ihr Joan das Wort ab und zwinkerte heftig mit den Augen. «Ich bin sowieso schon wach und habe noch eine Menge für den Gottesdienst vorzubereiten. Also, bis später. Schlaf gut.» Damit stapfte sie mit großen Schritten aus dem Zimmer, und Eliana, völlig überwältigt von Joans Gastfreundschaft, ließ sich erschöpft auf deren Bett fallen und schlief schon nach wenigen Minuten ein.

Der Duft nach Reis, Bohnen und gebratenem Fleisch weckte sie gegen Mittag. Verschlafen schlüpfte sie in ihre Kleider und streckte den Kopf vor die Zimmertür. Der Tisch war bereits liebevoll gedeckt, und Joan stand am Herd und summte ein Liedchen vor sich hin.

«Guten Morgen», brummelte Eliana müde und schlurfte, die Hände in den Hosentaschen vergraben, ins Wohnzimmer, das nur durch eine schmale Theke von der Küche abgetrennt war. Joan drehte sich nach ihr um und lächelte ihr freundlich zu.

«Guten Mittag», sagte sie und deutete mit dem Kopf zum Tisch, «setz dich. Das Essen ist gleich fertig.»

Eliana glaubte zu träumen. So viel Gutes an einem einzigen Tag, das konnte ganz einfach nicht wahr sein. Sie aßen zu Mittag, setzten sich danach bei Kaffee und Kuchen ins Wohnzimmer und plauderten miteinander bis in den späten Nachmittag. Dann besuchte Eliana den Gottesdienst, und anschließend begleitete Joan sie bis zur Bushaltestelle, wo sie den Überlandbus nach Santos nahm.

Eliana winkte der Offizierin zu, bis sie hinter einem Häuserblock verschwand, und ließ sich glücklich in den gepolsterten Sitz fallen. Sie konnte sich nicht erinnern, jemals einen derart erfüllten und schönen Tag verbracht zu haben. Joans Gastfreundschaft hatte all ihre Erwartungen übertroffen. Diese Frau hatte ihr eine Liebe gezeigt, die sie bisher nicht gekannt hatte, eine Liebe, von der sie nicht einmal gewusst hatte, dass es sie gibt. Und zum ersten Mal seit dem Tod ihres Vaters hatte Eliana den Eindruck, das Leben könne doch noch lebenswert sein. Zum ersten Mal hatte sie das Gefühl, am Horizont ihrer Einsamkeit flamme ein kleines Licht auf, ein Hoffnungsschimmer, der ihrem grauen Alltag endlich einen Sinn geben könnte. Ja, sie hatte auf einmal Lust darauf, mit allen Fasern ihres Seins zu leben!

✦ ✦ ✦

Eliana schwitzte. Sie war so nervös wie schon lange nicht mehr. Margaret führte sie in ihr Büro und bot ihr einen Stuhl an. Sie selbst setzte sich ihr gegenüber auf einen anderen Stuhl, stützte den Kopf in ihre Hände und betrachtete die 22-Jährige eingehend.

«Du kannst beginnen, Eliana. Ich bin ganz Ohr.»

Es war Montag, der 11. Juni 1990, abends um sieben Uhr. Sie hatten dieses Treffen eine Woche zuvor vereinbart, als sie zusammen im Linienbus von einer Gebetsstunde zurückkamen. Margaret hatte ihr völlig unverhofft die Hand auf die Schulter gelegt und gesagt:

«Hör mal, Eliana, wir beide müssen uns bald einmal zusammensetzen, und dann erzählst du mir alles aus deinem Leben, aber wirklich *alles*!»

Eliana winkte ab. «Wenn du alles aus meinem Leben erfährst, kriegst du einen Herzinfarkt.»

«Ich möchte trotzdem, dass du es mir erzählst»,

beharrte Margaret und sah Eliana mit ihren blauen Augen unmissverständlich an.

«Du willst wirklich alles wissen?» zweifelte Eliana. «Ich meine: *alles*?»

«Montagabend um sieben Uhr in meinem Büro», sagte die Offizierin und lächelte. «Und wenn es die ganze Nacht dauern sollte.»

Die ganze Woche hatte Eliana kein Auge zugetan vor Aufregung. Jetzt saß sie Margaret gegenüber und wusste nicht, womit sie beginnen sollte. Margarets sanfter, erwartungsvoller Blick machte sie nur umso quirliger. Unruhig rutschte sie auf ihrem Stuhl hin und her und suchte nach den richtigen Worten.

«Beginn einfach von vorne», schlug ihr Margaret vor.

«Also gut», sagte Eliana, atmete tief ein und begann zu erzählen. Sie erzählte von ihrer Kindheit, von ihrem Selbstmordversuch, davon, wie sie in die Welt des Sambas rutschte, von ihren Erfahrungen in Italien, in São Paulo, in der Truppe von Sargentelli, sie erzählte vom Tod ihres Vaters und ihrem Entschluss, ihr Leben genauso zu beenden wie er.

Margaret hörte ihr einfach nur zu, ohne sie ein einziges Mal zu unterbrechen. Eliana redete und redete. Es sprudelte nur so aus ihr heraus. Bittere Erfahrungen und nie verheilte Wunden kamen an die Oberfläche, die tief in ihrer Seele vergraben gewesen waren. Sie ließ nichts unerwähnt. Sie ließ Margaret in die tiefsten Tiefen ihres Herzens blicken wie in ein offenes Buch, das über Jahre mit dem Siegel der Vergessenheit verschlossen gewesen war, um sich vor sich selbst zu schützen. Als sie alles erzählt hatte, was es zu sagen gab, sah Margaret sie lange schweigend an.

«Eliana», sagte sie einfach. «Wie möchtest du dich gerne fühlen?»

Eliana zögerte keinen Augenblick mit der Antwort.

«Ich möchte glücklich sein», sagte sie, «*wirklich* glücklich.»

Margaret lächelte.

«Dann bitte Gott darum», meinte sie schlicht und nickte Eliana aufmunternd zu.

Eliana schluckte. Ob Margaret jetzt von ihr wollte, dass sie beten sollte? Sie spürte, wie ihr Puls schneller ging. Sie wusste doch nicht, wie man betet! Als Margaret den Blick nicht von ihr löste, faltete sie nervös die Hände, senkte den Kopf, schloss die Augen und murmelte etwas unbeholfen, nur um irgendetwas gesagt zu haben: «Herr, vergib mir meine Sünden.»

Mehr brachte sie nicht über ihre Lippen. Aber in Gedanken schrie sie zum Himmel: *Gott, wenn es dich wirklich gibt, dann mach, dass ich jetzt weine!*

Sie hatte lange nicht mehr geweint, nachdem ihr Vater gestorben war. Im Gegenteil. Sein Tod hatte ihr Herz noch härter gemacht, noch verstockter. Niemals hätte sie zugelassen, dass jemand ihre Schwäche aufdecken würde. Niemals hätte sie vor ihren Freunden geweint oder auch nur andeutungsweise zugegeben, dass auch sie verletzlich war. Sie hatte sich selbst geschworen, nie die Kontrolle über sich selbst zu verlieren, was auch immer geschehen würde.

Auch jetzt, nachdem sie Margaret alles über sich erzählt hatte, war sie fest entschlossen, nicht sentimental zu werden. Wenn es diesen Gott wirklich gab, so müsste er ihr erst beweisen, dass er stärker war als ihr eigener Wille. Er müsste ihr steinernes Herz zum Weinen bringen, müsste das schaffen, was seit langem niemand mehr geschafft hatte: ihren ausgetrockneten Augen eine einzige Träne zu entlocken. Nur eine einzige Träne, um ihr zu beweisen, dass er Gott war.

Keine fünf Sekunden waren vergangen, seit Eliana Gott dazu aufgefordert hatte, sie zum Weinen zu bringen, als ihr die erste Träne über die Wange kullerte. Ihre Augen füllten sich mit Tränen wie ein längst versiegter Brunnen, aus dessen Grund wie durch ein Wunder neues Wasser quillt, und dann begann sie zu weinen. Sie weinte, wie sie noch nie in ihrem Leben geweint hatte. Sie weinte, ohne sich dagegen wehren zu können. Sie weinte den Frust ihres ganzen Lebens hinaus, alle Enttäuschungen, alle Verletzungen, alle Schuld, die sie in sich hineingefressen hatte.

Es brach aus ihr hervor wie ein Strom bitteren Wassers, der sich über Jahre in ihr angestaut hatte, um endlich aus ihr weggespült zu werden. Sie spürte, wie Margaret ihr die Hände auf die Schultern legte und leise für sie zu beten begann, während sich ihr Weinen plötzlich in Lachen verwandelte. Sie lachte und weinte zugleich, und ihr Herz wurde auf einmal mit einer derart gewaltigen Freude erfüllt, dass ihr vor lauter Glück wieder Tränen in die Augen traten.

Ein unbeschreibliches Gefühl ergriff von ihr Besitz. Eine Wärme durchströmte ihren Körper, die wie Feuer durch ihre Adern floss. Sie erhob sich und riss das Fenster auf vor lauter Hitze. Sie wollte es in die Welt hinausschreien. Sie wollte, dass die ganze Menschheit erführe, dass Gott soeben ihre Sünden vergeben hatte. Niemand hatte ihr das je erklärt, und doch wusste sie in ihrem Herzen mit absoluter Gewissheit, dass soeben genau das mit ihr geschehen war.

Freudestrahlend und noch immer mit Tränen in den Augen sah sie zu Margaret, die sie einfach nur still und glücklich beobachtete.

«Ich muss es jemandem erzählen!» rief Eliana plötzlich. «Wem erzähle ich es denn bloß?»

Ihr Herz explodierte beinahe vor Glückseligkeit, und sie hatte den Eindruck, einige Zentimeter über dem Boden zu schweben. Ohne Margaret um ihre Meinung zu fragen, verließ sie das Büro und rannte die Treppe hinunter in den Gemeinschaftsraum, wo sie trotz später Stunde tatsächlich noch eine Mitarbeiterin antraf, die sich durch einen Stapel Papiere kämpfte.

«Stell dir vor, ich hab Jesus kennen gelernt!» platzte sie heraus.

Die Frau sah mit müden Augen von ihrer Arbeit auf und meinte etwas verwirrt:

«Wie gut.»

Eliana wirbelte durch den Versammlungssaal, stolperte nach draußen, hetzte die Straße hinunter, bis sie bei Luisas Haus anlangte. Es war halb zwölf Uhr nachts, doch das kümmerte Eliana jetzt nicht. Sie klopfte so stürmisch an die Tür, dass Luisa ziemlich rasch im Morgenmantel an derselbigen erschien.

«Was ist denn los?!» fragte sie mit schläfrigem Blick.

Eliana war völlig außer Atem.

«Ich bin nur gekommen, um dir zu sagen, dass Gott mir vergeben hat!»

«Ach ...» Luisa stand mit offenem Mund da.

«Ist das nicht großartig?!» rief Eliana und strahlte bis über beide Ohren.

«Ja, sicher», murmelte Luisa und gähnte müde.

«Ich bin der glücklichste Mensch auf der Welt!»

«Bestimmt», brummte die weißhaarige Frau und strich sich eine lose Haarsträhne aus dem Gesicht. «Aber darf ich dich daran erinnern, dass es bald Mitternacht ist? Normale Menschen wie ich pflegen um diese Uhrzeit zu schlafen. Lass uns morgen darüber reden, ja?»

«Ich konnte damit unmöglich bis morgen warten. Es ist einfach zu phantastisch!» erklärte Eliana und umarmte die kleine Frau so heftig, dass sie beinahe das Gleichgewicht verlor. Dann wünschte sie ihr eine gute Nachtruhe und tanzte durch die fast menschenleere Straße zurück zur Heilsarmee.

18. Eine neue Herausforderung

Gleich am nächsten Morgen besuchte Eliana ihre Mutter, um ihr alles brühwarm zu erzählen. Sie musste ihr einfach berichten, was passiert war. Ihre Mutter hörte sich ihre Geschichte schweigend an, dann nickte sie bedächtig mit dem Kopf und meinte einfach:

«Nun, wenn du überzeugt bist, dass dies dein Weg ist, dann geh vorwärts.»

Eliana war so glücklich, dass sie die ganze Welt hätte umarmen können. Das Leben war auf einmal so unbeschreiblich schön und aufregend. Der Himmel schien blauer, die Sonne heller, das Grün der Bäume intensiver, alles schien über Nacht mehr Farbe und Intensität bekommen zu haben.

Am Donnerstagmittag, als Eliana in Margarets Wohnung Geschirr spülte, zuckte sie plötzlich zusammen. Jäh fiel es ihr ein: ihr Auftritt Freitagnacht!

Margaret, die daneben stand und abtrocknete, sah sie besorgt an.

«Was hast du?»

«Mein Auftritt», sagte Eliana steif. «Morgen Nacht ist mein Auftritt in Campinas.»

«Oh», meinte Margaret. «Und was gedenkst du zu tun?»

Eliana zuckte nur mit den Achseln.

«Ich weiß nicht. Ich kann nicht mehr tanzen. Ich … ich werde die Gruppenchefin informieren, dass ich nicht mehr auftreten will.» Sie spülte das Geschirr zu Ende, dann ging sie entschlossen zum Telefon und wählte die Nummer ihrer Gruppenchefin.

«Luciana?» sagte sie mit fester Stimme, obwohl sie innerlich ziemlich nervös und aufgewühlt war. «Ich bin's, Xuxu. Ich wollte dir nur mitteilen, dass ich morgen nicht tanzen kann.»

«Warum?» klang es erschrocken am anderen Ende. «Bist du krank?»

«Nein, ich … ich habe Jesus kennen gelernt. Ich bin Christin geworden. Deshalb.»

Jetzt wurde es ein paar Sekunden still.

«Was hat das damit zu tun?» hörte sie dann Luciana sagen. «Verbietet dir die Kirche etwa zu arbeiten?»

«Das ist ganz allein *meine* Entscheidung», sagte Eliana. «Ich will ganz einfach nicht mehr tanzen. Ich fühle mich nicht wohl dabei, verstehst du?»

«Nein, das verstehe ich nicht», entgegnete Luciana. «Ich bin ja selbst auch Sonntagsschullehrerin. Und das geht wunderbar zusammen.»

«Ich will trotzdem nicht tanzen.»

Wieder war es einen Moment still in der Leitung. Dann kam das Donnerwetter.

«Xuxu. Du gehörst zur Truppe! Du bist der Höhepunkt des Abends! Du kannst nicht einfach in letzter Minute kommen und bestimmen, dass du nicht auftreten willst, nur weil du diesen Jesus kennen gelernt hast oder was auch immer! Du hast eine Verantwortung der Truppe gegenüber! Wo soll ich in so kurzer Zeit jemanden hernehmen, der dich ersetzt? Du weißt genau, dass deine Nummer nicht von irgendjemandem getanzt werden kann! Also spare dir deinen Jesus für die Kirche auf und erledige deinen Job!»

«Luciana, so versteh doch ...»

«Ich erwarte dich morgen Abend in Campinas.» Luciana hängte auf.

Eliana seufzte tief und biss sich auf die Lippen.

«Und?» fragte Margaret.

«Sie sagt, sie könne mich nicht ersetzen.» Sie sah Margaret flehend an. «Was soll ich jetzt bloß tun? Ich *will* nicht gehen!»

«Ich fürchte, du hast keine andere Wahl», meinte die Offizierin. «Du kannst deine Truppe nicht einfach hängen lassen. Das wäre nicht fair.»

«Aber Margaret!» Eliana war verzweifelt. «Ich *kann* nicht!»

Margarets blaue Augen begegneten Elianas schwarzen Augen und ließen keinen Zweifel übrig, was Eliana zu tun hatte: Sie musste da durch. Schweren Herzens und mit hängenden Schultern fügte sie sich in ihr Schicksal.

Freitag, drei Uhr morgens. Noch nie war Eliana so nervös gewesen vor einem Auftritt. Ihr Herz pochte zum Zerspringen. Ihr ganzer Körper vibrierte. Ihre schwarze Haut glänzte, als wäre sie mit einer Ölschicht überzogen, obwohl sie sich noch nicht einmal hinter der Bühne warm getanzt hatte, wie sie es sonst immer machte. Der glitzernde Bikini schien nicht zu sitzen, und die Stöckelschuhe mit den zehn Zentimeter hohen, bleistiftdünnen Absätzen drückten beim Gehen. Dabei hatte sie denselben Bikini und dieselben Stöckelschuhe schon hundertmal getragen und sich darin wohlgefühlt.

Sie hörte das Publikum Beifall klatschen und laut pfeifen. Die Mädchen hatten ihre Show beendet. Jetzt war Eliana an der Reihe. Sie betrachtete sich im Spiegel und hatte das Gefühl, einer Fremden zu begegnen: Xuxu, die erfolgreiche Samba-Tänzerin, die den Männern den Atem raubte. Xuxu, 175 Zentimeter groß, eine Topfigur, kaffeebraune Haut, funkelnde schwarze Augen und das Feuer afrikanischer Vorfahren im Blut. Xuxu, die mit 22 Jahren das geschafft hatte, wovon andere Brasilianerinnen ein Leben lang träumen: die Bühne für sich allein zu haben. Xuxu, die jeweils von Bodyguards gegen das rasende Publikum abgeschirmt wurde, wenn sie die Bühne verließ. Xuxu, deren Gage so hoch war, dass sie pro Woche lediglich zweimal eine halbe Stunde tanzen musste, um davon leben zu können. Das war die Berühmtheit im Spiegel, die so lange ihr Leben bestimmt hatte und doch nie sie selbst gewesen war.

Sie lächelte sich mit ihren großen, blendend weißen Zähnen im Spiegel an, doch es wirkte wie aufgeklebt. Noch nie hatte ihr Lächeln derart künstlich gewirkt. Das Lächeln einer Samba-Tänzerin muss genauso perfekt sitzen wie ihr Kostüm und ihr Make-up. Selbst wenn dein Vater oder deine Mutter stirbt: Dein Lächeln muss sympathisch bleiben, so lautet der Slogan in diesem Bereich des Showbusiness. Und bis zu ihrem letzten Auftritt vor einer Woche war Elianas Lächeln wohl eines der sympathischsten Lächeln der Welt gewesen. Daran war nichts auszusetzen. Doch heute war es so unecht, dass sie sich beinahe vor sich selbst schämte. Sie wusste nur das eine: Sie hätte alles darum gegeben, diese Nacht nicht tanzen zu müssen.

Die anderen Tänzerinnen kamen soeben schweißüberströmt in den ungemütlich engen Umkleideraum zurück, machten ein paar flüchtige Bemerkungen über das Publikum und tratschten dann wie immer in ungeschminkter Offenheit über ihre neusten Liebesabenteuer, während sie sich abschminkten und aus den glitzernden Kostümen schlüpften. Luciana wandte sich an Eliana:

«Na, Xuxu, hast du deinen Kirchenkomplex inzwischen überwunden?»

«Ich fühle mich zum Kotzen», entgegnete Eliana, was die Leiterin jedoch nicht groß beeindruckte.

«Jeder hat mal eine Krise», meinte sie lediglich und gab ihr einen leichten Stoß Richtung Tür, «the show must go on, meine Liebe. Also, nimm dich zusammen. Kopf hoch, aufrechte Haltung. Bühne frei für Xuxu!»

Eliana stolperte zum Eingang. Über ein paar Stufen erreichte sie den schweren Bühnenvorhang. Nur noch zwei Schritte und einige Sekunden trennten sie von ihrem gefürchteten Auftritt. Aus den Boxen ertönte heiße Musik und ließ den Boden erzittern. Trommeln, Glocken und Rasseln erfüllten die Luft mit jenem lebendigen, fröhlichen Rhythmus, der in den vergangenen Jahren ihr Leben bestimmt hatte: Samba. Wie liebte sie diesen brasilianischen Tanz! Wie liebte sie diesen Rhythmus, diese Vibration, dieses Gefühl, mit Geist, Leib und Seele in die Dynamik dieser Musik hineingespült zu werden. Sie spürte, wie ihr Pulsschlag schneller wurde und mit dem Zwei-Viertel-Takt des Sambas zu verschmelzen schien. Über Lautsprecher wurde sie, die Attraktion der Nacht, angesagt. Eliana teilte, wie von einer unsichtbaren Kraft angezogen, den Vorhang und betrat tanzend und strahlend die hell beleuchtete Bühne.

Das Publikum klatschte begeistert wie immer. Einige erhoben sich von ihren Sitzen. Elianas ebenholzschwarzer Körper wirkte biegsam wie Schilfrohr im Wind und floss während des rhythmischen Federns ihrer raschen Schritte fast wie von selbst weiter.

Angetrieben vom Feuer des Sambas schwang sie ihr Becken, bewegte ihre Arme, als wären sie aus Gummi, drehte sich dynamisch um ihre eigene Achse, lächelte – und hielt auf einmal mitten im Tanz inne.

Für den Bruchteil einer Sekunde schien die ganze Welt stillzustehen. Die Vorführung hatte keine dreißig Sekunden gedauert. Ein Murmeln ging durch die Menge. Keiner schien zu verstehen, was da vor sich ging. Normalerweise tanzte sie eine halbe Stunde lang ununterbrochen, ohne zu ermüden. Noch nie hatte sie mittendrin aufgehört.

Eliana starrte ins Publikum. Es waren vorwiegend Männer jeden Alters, die an den kleinen runden Tischchen saßen und sich die ganze Nacht mit Schnaps, Whisky und Frauen um die Ohren schlugen. Sie konnte ihre begehrlichen Blicke förmlich auf sich spüren, und sie fragte sich, warum ihr das bislang nichts ausgemacht hatte. Denn jetzt fand sie es geradezu abscheulich, abscheulich wie überhaupt alles an diesem Abend: der verrauchte Nightclub, die Blicke, das Scheinwerferlicht, ihre Schminke, ihr Lächeln, alles. Sie kam sich nackt und ekelerregend vor in ihrem aufreizenden Kostüm.

Was um alles in der Welt tat sie hier eigentlich? Sie ganz allein im Rampenlicht? Vor so vielen Männern, in deren Augen sie nichts weiter als ein Lustobjekt war?

Wie lange sie so dagestanden hatte, im grellen Licht der Scheinwerfer, unbeweglich wie eine Marmorsäule, alle Augen auf sie gerichtet, hätte sie nicht sagen können. Doch eines wusste sie plötzlich mit absoluter Gewissheit: Das hier war nicht ihre Welt – nicht mehr. Sie wollte nicht mehr begafft und umjubelt werden. Sie wollte nicht mehr im Mittelpunkt stehen. Sie hatte es satt. Sie wollte nicht mehr das sein, was die Szene aus ihr gemacht hatte: ein Star. Damit war es endgültig vorbei. Sie musste aussteigen, und zwar jetzt.

Mit einem Male drehte sie sich auf dem Absatz um und verließ zum großen Erstaunen aller Anwesenden aufrechten Ganges die Bühne. Pfiffe wurden laut, Buh-Rufe kamen auf, jemand schrie sogar laut durch den Saal:

«Komm zurück, Xuxu!»

Doch sie sah sich nicht um. Der Schlussstrich war gezogen. Endlich wusste sie, was sie wirklich wollte. Endlich wusste sie, wer sie wirklich war! Sie war nicht mehr Xuxu. Von heute an war sie Eliana. Die Eliana, die sie immer hatte sein wollen und doch nie gewesen war. Sie drehte der Bühne den Rücken zu – endgültig.

Als sie am nächsten Morgen zur Heilsarmee ging, berichtete sie Margaret voller Begeisterung, wie die Nacht verlaufen war.

«Die Truppe hat schon ziemlich dumm aus der Wäsche geguckt, als ich zu Beginn einen Orangensaft bestellte und keinen Whisky. Und dann mein Auftritt. Stell dir vor, ich brachte kein Lächeln zustande, mein Make-up saß nicht, ich konnte mich nicht mal auf den Absätzen meiner Stöckelschuhe halten. Ich hielt es keine dreißig Sekunden auf der Bühne aus. Dann sagte ich Luciana, dass ich nicht mehr tanzen würde. Sie hat es mir natürlich nicht geglaubt. Sie meinte, in spätestens zwei Wochen würde ich Vernunft annehmen und zurückkommen. Aber ich werde nicht zurückgehen, nie mehr. Margaret, ich bin ja so glücklich, dass ich mich so mies gefühlt habe bei meinem Auftritt.»

Margaret nickte.

«Weißt du auch, *warum* du dich so mies gefühlt

hast, kein Lächeln zustande brachtest, dich nicht auf den Stöckelschuhen halten konntest und die Bühne verlassen musstest?»

«Na ja, ich denke, weil ich ein neuer Mensch geworden bin.»

Margaret lächelte geheimnisvoll.

«Um welche Uhrzeit war dein Auftritt?»

«Drei Uhr morgens. Warum?»

Margaret schmunzelte, sah Eliana mit schiefgelegtem Kopf an und erklärte ihr schlicht:

«Um drei Uhr morgens bin ich aufgestanden und habe für dich gebetet.»

✦ ✦ ✦

Einige Zeit war vergangen …

«Cristina!»

Eliana winkte ihrer Schwester freudig zu. Cristina hatte sich die Sonnenbrille abgenommen, stand mit offenem Mund am Eingang des Gemeinschaftsraumes und traute wohl ihren Augen nicht. Das war nicht ihre Schwester, nein, das konnte nicht ihre Schwester sein!

Eliana trug Jeans und ein T-Shirt, befand sich mitten in einer wilden Horde schmutziger Jungs und verteilte Hotdogs! Margaret füllte Plastikbecher mit kaltem Tee. Die Jungs setzten sich unter Zanken und lautem Rufen auf die Stühle, Eliana bat um Ruhe und stimmte ein kurzes Lied an, um Gott – so erklärte sie – für das Essen zu danken.

Cristina stand kopfschüttelnd an der Tür und verstand offensichtlich die Welt nicht mehr. *Ihre* Schwester dankte *Gott* für das *Essen*?!? Die Kinder begannen ihre Hotdogs zu verschlingen wie hungrige Löwen, und Eliana nützte die allgemeine Zufriedenheit der Jungs, um ihre Schwester zu begrüßen. Mit einem breiten Lachen ging sie auf Cristina zu und umarmte sie stürmisch.

«Schwesterchen! Was tust du denn hier?»

«Na, was glaubst du wohl, was ich hier tue», sagte Cristina und rollte vorwurfsvoll die Augen. «Du hast dich eine Woche lang nicht mehr in der Vila blicken lassen und fragst mich allen Ernstes, was ich hier tue?»

«Ich hatte viel zu tun», erklärte Eliana rasch und ohne sich der geringsten Schuld bewusst zu sein. «Komm, ich möchte dich jemandem vorstellen.» Ungefragt fasste sie ihre Schwester am Arm und schleppte sie durch den Saal.

«Margaret! Sieh mal, wer gekommen ist: Das ist meine Schwester Cristina!»

«Hello!» begrüßte Margaret Cristina und nahm ihre Hand. «Deine Schwester hat mir viel von dir erzählt.»

«Ach, tatsächlich?» meinte Cristina mit einem drohenden Blick zu ihrer Schwester.

«Setz dich», sagte Margaret. «Möchtest du auch einen Hotdog?»

«Nein danke», murmelte Cristina kurz angebunden und zog Eliana etwas zur Seite. Sie blickte ihre Schwester verständnislos an.

«Eliana, was um alles in der Welt hat das hier zu bedeuten? Was hast du inmitten einer Meute von Straßenkindern verloren? Und warum hast du dich nicht mehr in der Vila blicken lassen?»

Eliana schmunzelte. Sie konnte sich durchaus denken, wie viele Fragen ihrer Schwester durch den Kopf gehen mussten.

«Na ja, Cristina. Mein Leben hat eine radikale Wende genommen. Ich habe mich verändert. Ich habe aufgehört zu rauchen, ich habe aufgehört zu trinken.»

«Und das soll ich dir glauben?» platzte Cristina gleich heraus. «Erzähl einen andern Witz. Schon heute Abend wirst du mindestens zehn Leute unter den Tisch trinken. Und alles auf Kosten des Hauses. Ich kenne dich, Eliana.»

«Du hast *Xuxu* gekannt, Cristina. Aber heute steht *Eliana* vor dir, eine neue Eliana. Und ich habe wirklich aufgehört zu rauchen und zu trinken.»

Natürlich glaubte ihr Cristina kein Wort, und das war auch nicht weiter verwunderlich. Schon vor dem Tod ihres Vaters hatte Eliana viel geraucht, aber nach seinem Tod verbrauchte sie pro Tag immer ein bis zwei Päckchen Zigaretten. Ganz zu schweigen von den alkoholischen Getränken, die sie längst aufgehört hatte zu zählen. Sie nahm es im Trinken mit sämtlichen Männern von Santos und der Vila dos Pescadores auf. Ein Nachbar hatte erst kürzlich eine Kiste Bier besorgt, um Eliana einmal in betrunkenem Zustand zu erleben. Als Eliana nach der letzten Flasche grinsend und scheinbar noch völlig nüchtern nach mehr Bier verlangte, zog der Mann einigermaßen blamiert und selbst ziemlich betrunken ab.

Abgesehen vom Rauchen und Trinken hatte Eliana zusammen mit ihrer Schwester auch sonst immer wieder für Aufruhr gesorgt. In der Vila bezeichnete man die beiden als «die Mächtigen», wenn sie mit ihren schwarzen Sonnenbrillen und den knappen Bikinis durch die Straßen wedelten auf der Suche nach Streit oder nach Männern, die ihnen Getränke bezahlten. Einmal kamen sie an einem zehnjährigen Jungen vorbei, der seinen Drachen steigen ließ.

«Aasgeier!» rief er ihnen mehrmals nach. «Aasgeier!» Cristina und Eliana warfen sich gegenseitig einen bedeutsamen Blick zu und waren sich einig, was zu tun war. Sie kannten den Jungen und suchten unverzüglich dessen Mutter auf.

«Hör zu, dein Junge hat uns soeben als Aasgeier bezeichnet», berichtete Eliana und schielte über ihre schwarze Brille hinweg wie eine Agentin in einem Spionagefilm. «Kann ja sein, dass wir aussehen wie Aasgeier, aber das gibt deinem Jungen noch lange nicht das Recht, uns als solche zu bezeichnen. Es wäre ratsam, ihm das irgendwie zu verklickern. Immerhin bist du seine Mutter.»

Die Frau zuckte entschuldigend die Achseln.

«Was soll ich ihm schon sagen? Er hört ja nicht auf mich, wenn ich mit ihm schimpfe.»

«Dann erlaube, dass *wir* ihm beibringen, wie man Fremde zu behandeln hat», sagte Cristina. Sie schob die Frau zur Seite, und bevor die Mutter etwas dagegen unternehmen konnte, drehten sich die beiden großen schwarzen Frauen auf den Absätzen ihrer hohen Stöckelschuhe um, steuerten auf den Jungen mit dem Drachen zu und verabreichten ihm mitten auf der Straße eine derartige Tracht Prügel, dass er weinend nach Hause rannte.

Das war Eliana, wie Cristina sie kannte. Und nun ernsthaft zu glauben, dass sich ihre Schwester durch ein magisches Fingerschnipsen plötzlich in eine Heilige verwandelt hätte, war doch etwas zu viel verlangt.

«So so, du hast also aufgehört zu rauchen und zu trinken», spöttelte Cristina ungläubig. «Und wie soll das passiert sein? In so kurzer Zeit?»

«Mit dem Rauchen kämpfe ich manchmal noch», gestand Eliana. «Wenn ich eine Zigarettenwerbung sehe, muss ich weggehen. Und wenn jemand in meiner Nähe raucht, beginne ich ein Lied zu singen, um mein Verlangen nach einer Zigarette zu besiegen. Aber mit dem Verlangen nach Alkohol ist es anders: Ich glaube, Gott hat meine Geschmackssinne verändert. Es ist ganz unglaublich. Sobald ich ein Bier sehe, dreht sich mir der Magen um. Und weißt du, was ich mit dem letzten Bier gemacht habe, das mir jemand angeboten hatte, um mich zu testen? Ich habe mich dafür bedankt und es dann langsam aus dem Fenster geleert.»

Cristina schüttelte noch immer ziemlich skeptisch den Kopf.

«Und was meinen deine Tanzkollegen dazu?»

«Die kapieren überhaupt nichts mehr», schmunzelte Eliana und verkündete feierlich die nächste Neuigkeit: «Umso mehr, als ich gekündigt habe.»

«Du hast gekündigt? Warum?»

«Ich tanze nicht mehr», erklärte Eliana munter.

Cristina verstand definitiv die Welt nicht mehr.

«Nein?! Das kann doch nicht sein!»

«Doch!»

Cristina brauchte einige Sekunden, um diese Nachricht zu verdauen und ihren offenen Mund wieder zu schließen.

«Eliana!» brachte sie schließlich hervor. «Wie kannst du so etwas tun? Du bist die Beste in deiner Gruppe! Du weißt, dass du gut bist! Und was ist mit deiner geplanten Reise nach Deutschland und Japan? Lässt du die etwa auch platzen?»

Elianas Augen funkelten wie zwei kleine Sterne, und mit strahlend weißem Lachen sagte sie:

«Ich habe ein viel besseres Los gezogen, Schwesterchen. Ich habe mein Leben Jesus übergeben.»

Cristina stürzte von einer Überraschung in die andere. Ihre Schwester musste den Verstand verloren haben.

«Moment», sagte sie mit erhobenen Handflächen. «Du rauchst nicht mehr, du trinkst nicht mehr, du tanzt nicht mehr. Heißt das, du bist jetzt eine von diesen frommen Fanatikerinnen geworden, die einem mit der Bibel den Schädel einschlagen?»

Eliana lachte. «Nun, ganz so gemeingefährlich bin ich wohl nicht geworden. Und ich glaube kaum, dass Jesus an so was Gefallen hätte.»

«Und dieser … dieser Jesus bietet dir mehr, als der Samba dir bieten konnte?» zweifelte Cristina. «Gibt's bei ihm was zu essen? Ein Dach über dem Kopf? Ein Einkommen?»

Eliana legte ihrer Schwester die Hand auf die Schulter und sah sie direkt an.

«Ich weiß, es klingt verrückt. Aber Jesus bietet mir tatsächlich mehr, als der Samba mir jemals bieten konnte: eine Aufgabe, einen Lebenssinn, eine tiefe Freude bei dem, was ich tue. Und es gibt ja so viel zu tun hier! Margaret und ich haben begonnen, unter den Straßenjungs in Santos zu arbeiten. Sie kommen hierher, duschen, essen, spielen Fußball, und wir erzählen ihnen von Jesus.»

«Ich verstehe dich nicht, Eliana. Tanzen ist dein Leben!»

«Nicht mehr, Cristina. *Jesus* ist mein Leben!»

Cristina schüttelte verwirrt den Kopf. Ihre Schwester war verrückt, vollkommen verrückt! Wie konnte sie von einem Tag auf den andern das Tanzen aufgeben und sich einer Bande schmutziger Straßenjungs widmen?

«Und was ist mit deiner Wohnung in Campinas?»

«Die habe ich den anderen beiden Mädchen meiner Gruppe überlassen, die mit mir zusammenwohnten.»

«Eliana! Wie konntest du das tun? Hast du wenigstens dein Fahrrad und all deine teuren italienischen Kleider mitgenommen?»

Eliana schüttelte den Kopf, und Cristinas Augen wurden immer größer. «*Eliana*!!! Du hast alles zurückgelassen? *Alles*?!?»

«Gott hat mir hier viel mehr gegeben», sagte Eliana und deutete auf die Kinder, die wie die Weltmeister ihre Hotdogs verschlangen. «Sieh dir diese Straßenjungs an. Schau nur, wie glücklich sie darüber sind, dass sich jemand um sie kümmert. Und es gibt noch so viele andere Kinder, die unsere Hilfe brauchen. Cristina, das Lächeln eines solchen Kindes entschädigt mich für alles, was ich in Campinas zurückgelassen habe, und macht mich tausendmal glücklicher als die perversen Blicke der Männer, vor denen ich getanzt habe. Das kannst du mir glauben.»

Cristina schwieg nachdenklich. Verrückt oder nicht, in Elianas Worten lag eine unglaubliche Überzeugungskraft. Der Mut und die Entschlossenheit ihrer Schwester schienen ihr langsam aber sicher zu imponieren. Einem Leben in Luxus und Erfolg den Rücken zu kehren, um sich einer Arbeit wie dieser zu widmen, das brauchte etwas mehr als pure Abenteuerlust oder Aussteigerdenken. Und allem Anschein nach fühlte sich Eliana dabei wie der glücklichste Mensch auf Erden!

Es gab keinen Zweifel: Etwas war geschehen im Leben ihrer Schwester; etwas, das Cristina sich zwar nicht erklären konnte, das sie aber beeindruckte.

Nachdem alle Hotdogs in den gierigen Rachen der Kinder verschwunden waren, forderte Eliana die Jungs auf, sich in einen Kreis zu setzen, was natürlich nicht ohne Zanken vor sich ging und deswegen mehrere Minuten dauerte. Es folgte eine Art Sonntagsschule mit Liedern, einer biblischen Geschichte und Gebet, und zum Schluss gab es ein Fußballspiel auf dem geteerten Platz vor der Kirche. Cristina war mächtig angetan von dem ganzen Programm – und natürlich noch mehr von ihrer Schwester, was sie aber selbstverständlich niemals zugegeben hätte. Während Margaret das Geschirr spülte und Eliana Schiedsrichterin spielte, näherte Cristina sich ihr etwas betreten.

«Sag mal», begann sie vorsichtig und suchte nach den richtigen Worten, «ich weiß ja, dass ihr hier alle Hände voll zu tun habt. Aber meinst du nicht, es wäre möglich – ich meine, rein theoretisch –, dass ihr auch in der Vila dos Pescadores etwas für die Kinder tun könntet? Ein Kinderprogramm einmal die Woche oder so?»

Eliana drehte sich ihrer Schwester mit funkelnden Augen zu. Wie immer hatte Cristina ihre eigene Art, ihre Anerkennung auszudrücken.

«Schwesterchen, so gefällst du mir. Dein Hirn ist also doch noch nicht eingerostet, wie ich sehe.»

«Na, was meinst du?» sponn Cristina ihren Gedanken weiter. «Ob so was ginge? Du weißt ja, dass die Jugend in der Vila den ganzen Tag nur herumhängt und keinerlei Alternativen zu Kriminalität und Drogen hat.»

Eliana nickte eifrig.

«Ich bin sofort dabei, Cristina. Die Frage ist bloß: Wo könnten wir ein solches Programm durchziehen?»

«Nun», überlegte Cristina und kratzte sich am Kinn, «vielleicht bei mir zu Hause?»

«Oh Gloria!» rief Eliana begeistert und drückte ihrer Schwester einen dicken Kuss auf die Wange. «Ich liebe dich, Schwesterchen! Ich liebe dich! Wann können wir mit der Kinderstunde beginnen?»

«Am nächsten Freitag?» schlug Cristina vor, obwohl ihr im Grunde alles etwas zu schnell ging. Eliana strahlte wie ein Honigkuchenpferd.

«Schwesterchen, dies ist ein historischer Augenblick!» rief sie voller Enthusiasmus. «Wenn ich das Margaret sage, wird sie ausflippen vor Freude. Sie träumt schon lange davon, in einer Favela zu arbeiten. Und wenn Gott eine Tür öffnet, dann nie, weil er kleine Pläne hat, sondern große. Davon bin ich einfach überzeugt. Du wirst sehen, Cristina. Das wird der Grundstein sein zu was ganz Großem!»

Wie Recht Eliana mit dieser Aussage bekommen würde, das wusste sie zu diesem Zeitpunkt selbst noch nicht. Und das war wohl auch besser so. Sonst hätte sie vielleicht noch weiche Knie gekriegt ...

19. Die Vila dos Pescadores

Die wenigsten Bewohner der Vila dos Pescadores ahnten, welche Geschichte sich hinter dieser gefürchteten Favela verbirgt. Adelia, eine entfernte Nachbarin von Cristina, erinnerte sich mit einer Mischung aus Wehmut und Stolz an die Abenteuer, die sie als Kind hier erlebt hatte.

Sie war sieben Jahre alt gewesen, als ihr Vater, Senhor Edson, beschloss, mit seiner Familie in die Vila dos Pescadores zu ziehen. Früher hatten sie im Stadtviertel «Casqueiro» jenseits der Bahnlinie gewohnt, doch das wenige Geld, das ihr Vater als Beamter verdiente, reichte kaum, um das Nötigste zum Leben zu kaufen, geschweige denn die Miete zu bezahlen.

Die wenigen Fischer, die sich in den vergangenen

zehn Jahren mit ihren Familien am Flussufer angesiedelt hatten, empfingen die Neuzuzügler freundlich. Sie lebten in bescheidenen Holzhütten, einer Art Pfahlbauten, die sie auf Pflöcken errichtet hatten, um die vom Meer hereinkommende Flut daran zu hindern, in ihre Häuser einzudringen. Das Land gehörte der Marine, aber da die wenigen Fischer keine Bedrohung darstellten, erteilte man ihnen offiziell die Erlaubnis, sich kostenlos auf diesem Gebiet niederzulassen.

Für die Marine war diese undurchdringliche Sumpflandschaft mit Schlangen, Krabben und Moskitos ohnehin nicht von Interesse. Für Adelia jedoch war sie ein Paradies. Sie liebte es, an dem idyllischen weißen Sandstrand entlangzuspazieren oder im kristallklaren, salzigen Flusswasser herumzuplanschen. Auf einer ihrer Erkundungstouren entdeckte sie sogar eine Steinruine aus der Zeit des Sklavenhandels und einen mit Kerben versehenen Marterpfahl, an dem sie damals die Sklaven angekettet und mit einer aus dem Schwanz des Gürteltieres gefertigten Geißel ausgepeitscht hatten.

Es gab weder Strom noch fließendes Wasser in der Vila. Das Trinkwasser holten sich die Bewohner in Kanistern bei den Bahnangestellten, die an der Bahnlinie wohnten und das Wasser gratis von der Bahngesellschaft bekamen. Die Züge, die hier verkehrten, waren ausschließlich kilometerlange Transportzüge, die mit Exportgütern wie Zucker, Soja, Salz und Schwefel beladen zum Hafen von Santos unterwegs waren. Manchmal gelang es den Kindern, sich an einem der Wagen festzuhalten und unbemerkt ein Stück mitzufahren. Das fand Adelia besonders aufregend. Eine andere ihrer Freizeitbeschäftigungen war es, Autos mit Steinen zu bewerfen oder im Schlamm Hütten zu bauen.

Was Adelia aber am liebsten tat, war, mit ihrem Vater fischen zu gehen. Schon als sie noch im Casqueiro gewohnt hatten, war Vater jeden Abend nach der Arbeit mit dem Kanu fischen gegangen, und manchmal hatte sie ihn begleiten dürfen. Der labyrinthartige Fluss, der unmittelbar in den Atlantik mündete, war reich an Fischen, und in dem schlammigen Untergrund wimmelte es zudem von Siri, einer bläulichen Krabbenart, die die Fischer an der «Anchieta», der Hauptstraße nach São Paulo, zu verkaufen pflegten. Der Siri war es auch, der dem Fischerdorf den lieblichen Namen «Vila Siri», «Dorf Siri», gegeben hatte, und der Siri war es, der den Familien des Fischerdorfes das Überleben garantierte.

Sie brauchten nicht viel zum Krabbenfang: einen Korb, zwei lange Bambusstangen, einen Kescher, einen Stiefel und eine hundert Meter lange Schnur, die in regelmäßigen Abständen mit kleinen Bleigewichten und eiergroßen Fleischködern versehen war, die der Vater aus einer Kalbslunge schnitt. So ausgerüstet paddelten Vater und Tochter jeweils los.

Die Abendstimmung sowie die Landschaft dieser Gegend war nach Adelias Ansicht etwas vom Schönsten, das es geben konnte: die Sonne, die wie ein roter Feuerball tief über dem Horizont stand und ihre goldenen Strahlen auf die Bäume am Ufer warf, der milde Abendwind, der das Wasser kräuselte, die niedrigen Bäume mit ihren Luftwurzeln, die das sumpfige Ufer zu beiden Seiten des Flusses säumten. Weiße und rosafarbene Vögel ließen sich in ihren Kronen nieder und schwangen sich elegant über ihre Köpfe hinweg, sobald Senhor Edson und seine Tochter zu nah ans Ufer kamen. Kleine Fische sprangen unmittelbar neben dem Kanu aus dem Wasser, als wollten sie die abendlichen Gäste auf ihre Weise begrüßen. Der Fluss verbreiterte sich rasch und verwandelte sich in ein riesiges Labyrinth aus Meer und Inseln. Über die flachen Inseln hinweg konnte man große Frachtschiffe ausmachen, die im Hafen von Santos vor Anker lagen.

Meistens paddelten sie über eine Stunde, um die Stelle zu erreichen, die der Vater zum Krabbenfang ausgesucht hatte. Das Meer durfte an dieser Stelle nicht tiefer als zwei Meter sein. Edson befestigte das eine Ende der hundert Meter langen Schnur an der ersten Bambusstange und bohrte diese in den schlammigen Grund. Dann paddelte er am Ufer entlang, Adelia ließ die Schnur aus dem Boot gleiten, und die Bleigewichte zogen die Schnur mit den Ködern in die Tiefe. Wenn sie die gesamte Schnur versenkt hatten, befestigte der Vater das andere Ende an der zweiten Bambusstange, die er ebenfalls in den Boden bohrte. Nun ruderten sie zur ersten Stange zurück und konnten mit dem eigentlichen Krabbenfang beginnen.

Edson stülpte sich den rechten Stiefel über und tauchte ihn steuerbord ins Wasser. Dann zerrte er die Bambusstange so weit aus dem Schlamm, bis er die Schnur mit dem Stiefel zu fassen bekam. Die Bambusstange steckte er in den Boden zurück, und während Adelia das Kanu mit leichten Paddelschlägen der Schnur entlang vorwärtstrieb, glitt die Schnur mit den Fleischklumpen langsam über Edsons Stiefel. Die Krabben, die sich auf dem Meeresgrund mit ihren Scheren an den Ködern festgeklammert hatten, um die leckere Speise zu kosten, tauchten mitsamt Schnur und Köder an der Wasseroberfläche auf, und Edson brauchte sie nur noch mit dem Kescher einzusammeln. An jedem Köder hielten sich ein bis zwei

Siri fest, doch nur die größten fischte Edson aus dem Wasser und verstaute sie in dem mitgebrachten Korb. Wenn sie das Ende der hundert Meter langen Schnur erreicht hatten, hatte er normalerweise über zwanzig große Siri gefangen, und wenn er die Schnur ein zweites und ein drittes Mal in derselben Weise über seinen rechten Stiefel gleiten ließ, war der Korb beinahe jedes Mal randvoll mit Siri.

Adelias Mutter kochte einen Teil der Siri immer gleich zum Abendessen, und den Rest der Krabben banden Adelia und ihre Geschwister im spärlichen Licht des Herdfeuers mit Schnur zusammen, um sie am nächsten Tag – noch lebend! – an der Straße zu verkaufen.

Die Vila dos Pescadores war wie eine große Familie, wo jeder jeden kannte und man alles miteinander teilte. Manchmal saßen alle Dorfbewohner am Abend um ein großes Feuer vereint, das sie abseits ihrer Hütten entfacht hatten, erzählten sich Heldengeschichten aus alten Zeiten, spielten Gitarre und sangen dazu sehnsüchtige Lieder.

Adelia erinnerte sich noch an die allgemeine Freude über den ersten batteriebetriebenen Fernseher im Dorf. Fast die ganze Dorfbevölkerung hatte sich vor das Fenster der Familie mit dem Fernseher geschart, um an dieser weltbewegenden Errungenschaft teilzuhaben. Sie erinnerte sich auch an all die Weihnachtsfeste, die sie gemeinsam gefeiert hatten, wie sie alle Tische aneinander gereiht und die einzige Straße im Dorf in ein riesiges Festbuffet verwandelt hatten. Die Frauen kochten die leckersten Speisen, und die Männer schmückten die Straße mit Lampions, die sie an langen Bambusstangen in die Erde steckten.

Das Leben in der Vila dos Pescadores hatte trotz harter Arbeit und trotz vieler Entbehrungen jenen Hauch von wilder Romantik, die man sonst nur noch auf der Leinwand im Kino sieht. Doch leider hielt die Idylle jener ersten unbeschwerten Jahre nicht lange an. Der Ruf, dass es sich in der Vila dos Pescadores billig und gut leben ließ, verbreitete sich rasch wie ein Lauffeuer. Arme, kinderreiche Familien kamen aus dem Nordosten Brasiliens in der Hoffnung auf ein besseres Leben. Wie Pilze schossen neue Hütten aus dem Boden, und langsam wurde die Situation bedrohlich – jedenfalls aus Sicht der Bahngesellschaft, deren Wasser die Bewohner der Vila tranken, ohne dafür zu bezahlen. Sie war nicht gewillt, dies länger zu tolerieren, und erklärte den «Schmarotzern» ihres Trinkwassers den Krieg.

Zuerst hielt die Firma ihre Angestellten an der Bahnlinie dazu an, den Bewohnern des Fischerdorfes jegliches Wasser zu verweigern, was allerdings nichts nützte, denn ein paar kluge Kerle schlugen kurzerhand ein Leck in die Wasserleitung. Die Bahngesellschaft ließ das Loch zuschweißen, aber wenig später zapften die Dorfbewohner das Rohr trotz verschärfter Wachpatrouillen wieder an.

Daraufhin änderte der Konzern seine Taktik: Damit keine neuen Familien in die Vila einwandern und sein Wasser trinken konnten, verbot er das Einführen jeglichen Baumaterials. Dennoch weitete sich das Dorf wie eine unkontrollierbare Seuche weiter aus, und bald besaß es auch einen eigenen Pater, Pater Antonio, der sich mit unglaublicher Hingabe für die Interessen der Dorfgemeinschaft einsetzte.

Als Nächstes marschierten uniformierte Vertreter der Bahngesellschaft in die Vila und nagelten metallene Schilder an alle Häuser, sogar an die Kirche, mit der Aufschrift: «Besitz der Bahngesellschaft». Doch kaum hatten die Männer den Bewohnern den Rücken zugekehrt, rissen die Jugendlichen die Platten von den Türen und warfen sie in den Schlamm.

Schließlich sah sich die Firma gezwungen, zu härteren Methoden zu greifen. Man gab der Bevölkerung genau fünfzehn Tage, um sich aus dem Gebiet zurückzuziehen. Nach abgelaufener Frist würde das Dorf mit Traktoren und Dampfwalzen dem Erdboden gleichgemacht. Jetzt war die Situation wirklich alarmierend, und Pater Antonio berief eine Sitzung mit den Dorfältesten ein. Sie beschlossen, die Regierung in São Paulo um Hilfe zu bitten.

Am 30. Mai 1978 fand das wohl spektakulärste Ereignis in der Geschichte der Vila dos Pescadores statt: Über hundert einfach gekleidete Männer, Frauen und Kinder fanden sich vor dem zuständigen Gerichtsgebäude in São Paulo ein und warteten mit klopfenden Herzen auf die Entscheidung des Richters. Einer der ältesten Fischer hatte eine vergilbte Karte der Marine mitgebracht, auf der die Landesgrenzen zwischen Marine und Bahngesellschaft eingezeichnet waren, und da sich die Vila dos Pescadores laut dieser Karte zum größten Teil auf Marinegebiet befand, wurde die Bahngesellschaft elegant schachmatt gesetzt. Später schickte die Stadtregierung von Santos zweimal täglich zwei Tanklastwagen mit Trinkwasser in die Vila, dann ließ sie einen Brunnen bauen, und um das Energie- und Wasserproblem endgültig zu lösen, wurde 1982 endlich die erste Wasserleitung gelegt und das ganze Dorf mit Strom versorgt.

Viele Jahre waren seither vergangen. Die Vila dos Pescadores war explosionsartig gewachsen, und da Richtung Bahn bereits alles Land vollständig verbaut war, hatte man begonnen, die Häuser auf hohen Pfählen direkt über dem Wasser zu errichten. Wer die letzte Hütte besaß und von der Küche aus freie Sicht auf den Fluss hatte, genoss dieses Vorrecht nur so lange, bis eine neue Familie zuwanderte, die den wackeligen Holzsteg um ein Stück erweiterte und ihre Hütte direkt vor die Nase der Vorgänger setzte. Auf dem schmalen Landstreifen zwischen Eisenbahnlinie und Fluss wohnten in der Zwischenzeit über 16 000 Menschen auf engstem Raum zusammen.

Die Zeiten, als noch der Pater und die Dorfältesten die wichtigen Beschlüsse fassten, waren endgültig vorbei, und nur noch der Straßenname «Pater Antonio» erinnert an jene glorreichen Zeiten. Seit 1985 hatten andere Männer das Kommando übernommen; Männer, deren Namen nicht auf Straßenschildern standen, sondern auf der Fahndungsliste der Polizei, und die nur eines wollten: die Macht über die Vila dos Pescadores, das *Herzstück des Drogenhandels*.

Die gesamte Region um Santos wurde auf dem Seeweg mit Drogen beliefert, was die Vila dos Pescadores durch ihre Lage am Meer zu einem strategisch einmaligen Knotenpunkt machte. Von der Vila aus erreichte man über den Fluss und das Meer nicht nur in wenigen Minuten São Vicente oder Santos, die beiden wichtigsten Ausgangspunkte in der Weiterverteilung der Drogen, sondern damit auch sämtliche Orte an der ganzen Atlantikküste! Verbotene Fracht in dem weit verzweigten Flusssystem zwischen den verschiedenen Küstenstädten ausfindig zu machen, glich der berühmten Suche nach der Stecknadel im Heuhaufen, was die Polizei im Kampf gegen das Drogengeschäft praktisch außer Gefecht setzte. Neben dieser ausgezeichneten «Infrastruktur» kam den Drogenhändlern noch ein weiterer entscheidender

Faktor zugute: die ständig wachsende Bevölkerung und die dadurch regelmäßig ansteigende Kundschaft.

Wer die Vila dos Pescadores unter Kontrolle hatte, konnte damit automatisch den gesamten Drogenhandel der ganzen Region steuern!

Wer die Vila dos Pescadores mit Drogen versorgte, hatte die Macht. Und um an diese Macht zu gelangen, waren viele bereit, Blut zu vergießen – wenn es sein musste, auch unschuldiges Blut ...

20. Das Abenteuer beginnt

«Warum sollen wir *nicht* in die Vila dos Pescadores ziehen? Vielleicht weil es zu gefährlich ist? Und was ist mit den Grundsätzen von William Booth, dem Gründer der Heilsarmee, als er sagte: ‹Geht zu den verlorenen Seelen – und geht zu den schlimmsten›?»

Margaret lief aufgeregt im Wohnzimmer auf und ab und unterstrich ihr Telefongespräch mit leidenschaftlichen Gebärden und Handbewegungen. Eliana stand mit verschränkten Armen und gerunzelter Stirn daneben und folgte der Offizierin mit ihren Blicken. So energisch hatte sie die Engländerin noch nie erlebt. Sie war richtig rot im Gesicht.

«Dass ich Ausländerin bin, tut überhaupt nichts zur Sache!» donnerte die sonst so ruhige und zurückhaltende Frau weiter. «Und um meine Gesundheit braucht ihr euch auch keine Sorgen zu machen! Kann ich nicht wohnen, wo ich möchte? Immerhin wohnen 16 000 Menschen in solchen Pfahlhütten!» Sie warf Eliana einen vielsagenden Blick zu und schüttelte den Kopf.

«Es ist die Aufgabe der Heilsarmee, sich um die Geringsten der Geringen zu kümmern, die Randgruppen, die Verstoßenen, die Unterdrückten, die Benachteiligten, Menschen wie die Bewohner der Vila dos Pescadores! Ich will ja bloß meine Arbeit tun! Ist das so schwer zu begreifen?» Sie rollte mit den Augen und stapfte nervös durch den Raum, während sie den Redeschwall am andern Drahtende über sich ergehen ließ. Dann brummte sie ein nicht sehr überzeugendes «Danke» und legte auf.

«Und?» fragte Eliana gespannt.

Margaret atmete tief durch und ließ sich auf einen Stuhl fallen.

«Meine Vorgesetzten finden die Idee nicht gerade sehr brillant», sagte sie.

«Hast du etwas anderes erwartet?»

«Eigentlich nicht. Aber wenn Gott will, dass wir in der Vila dos Pescadores wohnen, dann wird er das schon irgendwie hinkriegen, wie ich ihn kenne.» Ein Anflug von Triumph huschte über ihr Gesicht. «So leicht geben wir uns nicht geschlagen!»

Eliana schmunzelte. Der Kampfgeist dieser Engländerin faszinierte sie jedes Mal aufs Neue. In der kurzen Zeit, in der sie Margaret nun kannte, hatte sie eine Menge von ihr gelernt, und jeden Tag kam etwas Neues dazu.

Das Leben mit Gott war unglaublich abwechslungsreich und aufregend. Und seit sie mit der Kinderstunde in der Vila dos Pescadores begonnen hatten, war ihr Herz in Flammen aufgegangen aus Liebe zu diesem brasilianischen Volk. Und dasselbe war mit der Engländerin Margaret geschehen: Der Besuch in der Vila dos Pescadores hatte ein Feuer in ihr entfacht, das nicht mehr zu löschen war.

Cristina hatte so viele Kinder zur Kinderstunde

eingeladen, dass ihre Pfahlhütte an jenem Freitagnachmittag beinahe aus allen Nähten platzte. Als Eliana den Kindern das erste Lied beibrachte, bei dem man an einer gewissen Stelle aufspringen musste, wackelte die ganze Hütte bedenklich, und Margaret konnte gerade noch rechtzeitig einen Porzellanhund auf einer Kommode festhalten, der beim Hüpfen der Kinder beinahe zu Boden gefallen wäre. Auf dem Nachhauseweg hatte Margaret vibriert vor Begeisterung.

«Eliana, *hier* müsste die Heilsarmee sein! *Hier* in der *Vila dos Pescadores*!»

Eliana schmunzelte. Sie kannte Margaret und ihren Wunsch, irgendwo auf der Welt zu arbeiten, wo sonst niemand mehr hin will. Und eine Favela, deren Bewohner in einfachsten Pfahlhütten über ihrem eigenen Müll wohnen, ausgeklammert von der Gesellschaft, als Menschen zweiter Klasse abgestempelt, eine Favela, wo sich Gewalt und Kriminalität vor der eigenen Haustür abspielen – das war die Art von Herausforderung, die Margaret liebte. Und Eliana war bereit, sich mit derselben Hingabe ins Abenteuer zu stürzen.

«Wir müssen ja nichts Großes aufziehen. Nur das, was es braucht, um den Kindern zu helfen», schlug Margaret bescheiden vor, und Eliana verkündete voller Tatendrang:

«Margaret, für Gott scheue ich keine Arbeit. Ich bin dabei!»

Am nächsten Freitag strömten die Kinder erneut in Scharen herbei, um an der Kinderstunde bei Tante Cristina teilzunehmen. Schon nach wenigen Wochen war es notwendig, die vielen Kinder vom Wohnzimmer ins Schlafzimmer zu verlagern, denn durch das Gewicht der beinahe siebzig Kinder hatte sich das ganze Haus zur Seite geneigt. Jede Woche stand der Porzellanhund an einem anderen Ort, und die Kinderstunde wurde in einem anderen Raum abgehalten, um das Haus einigermaßen gleichmäßig in den Schlamm zu stampfen.

Schließlich wurde die Sache sowohl für die Kinder als auch für Cristinas Haus zu gefährlich, und Margaret und Eliana beschlossen, das Kinderprogramm von nun an auf der Straße durchzuführen.

Natürlich blieb es nicht bei der wöchentlichen Kinderstunde. Schon bald wurden sie von den Müttern bestürmt, es nicht bei dieser einen Kinderversammlung bewenden zu lassen. Die meisten Favela-Kinder hatten große Mühe, in der Schule mitzukommen. Sie mussten häufig mehrere Male dasselbe Schuljahr wiederholen, und die Eltern, die ihrerseits keine gute Schulbildung genossen hatten, fühlten sich darin überfordert, ihren Kindern bei den Aufgaben zu helfen.

«Wäre es euch nicht möglich, unsern Kindern eine Schulhilfe anzubieten?» wurden Margaret und Eliana immer wieder gefragt. Die beiden überlegten nicht lange, krempelten die Ärmel hoch und stürzten sich in die Arbeit.

Eine Frau stellte ihre kleine Veranda zur Verfügung, eine Bar lieh ihnen Stühle aus, sie bekamen Schreibunterlagen, Computerpapier und Bleistift-Stummel – und damit starteten sie ihr Schulhilfe-Programm. Die Kinder standen, mit ihren Schulheften unter den Arm geklemmt, auf der Straße Schlange und warteten geduldig, bis sie an die Reihe kamen.

«Ein Tag ist viel zu wenig», stellte Margaret jedes Mal fest, wenn sie den Bus nach Santos zurück nahmen. «Wir müssten die Kinder *jeden* Tag betreuen können.»

«Aber wie?» überlegte Eliana.

«Ich könnte mich versetzen lassen!»

«In die Vila?»

«Warum nicht?»

«Und wo willst du wohnen?»

«Ich könnte mir eine Hütte kaufen.»

«Eine *Pfahlhütte*?!?»

«Deine Schwester wohnt auch in einer Pfahlhütte.»

«Na ja, das schon, aber ...»

«Ich werde mit meinen Vorgesetzten reden.»

«Du bist komplett verrückt, Margaret.» Eliana legte der Engländerin die Hand auf die Schulter und sah sie spitzbübisch von der Seite an. «Aber wenn es klappen sollte: Ich find's cool!»

Die Vorgesetzten waren natürlich mehr als schockiert über Margarets Bitte, aber nach mehreren endlosen Diskussionen und Sitzungen gaben sie ihr schließlich grünes Licht. Sie kaufte ein rustikales Häuschen an der Hauptstraße, das sogar aus Stein war und auf festem Boden stand. Es fehlten zwar einige Fenster, der Boden war aus fest gestampfter Erde, die Wände aus rohen Backsteinen, und überall guckten Drähte und Kabel heraus. Aber das war nichts gegen die überschwängliche Freude der beiden Frauen, sich endlich der Jugend der Vila widmen zu können. Mit Leib und Seele. Sieben Tage in der Woche. *Hundertprozentig!*

✦ ✦ ✦

«Auf unsere Arbeit in der Vila dos Pescadores!»

Die Gläser klirrten, und die vier Frauen sahen sich zufrieden an. Es waren bereits einige Monate verstrichen, seit Margaret und Eliana in die Vila gezogen waren, und Eliana staunte, wie Gott es geschafft hatte, ausgerechnet die wertvollsten Personen in ihrem Leben zu einem Arbeitsteam zu vereinen: Cristina, Margaret und Joan. Joan war von Campinas nach São Paulo versetzt worden, und fast jedes Wochenende nahm sie mit ihrem kleinen feuerroten VW-Käfer die eineinhalbstündige Fahrt in die Vila dos Pescadores unter die Räder, um Eliana, Cristina und Margaret beim Aufbau dieser neuen Arbeit zu unterstützen.

Cristina, deren Hütte weniger als fünfzig Meter Luftlinie hinter dem Blockhaus der Heilsarmee aus dem sumpfigen Wasser ragte, arbeitete nach wie vor in der Krankenhausküche, nutzte aber jede freie Minute, um ihrer Schwester und Margaret zu helfen. Und Margaret und Eliana hatten alle Hände voll zu tun, um den vielen Bedürfnissen der Kinder und Jugendlichen einigermaßen gerecht zu werden.

«Wir müssen dringend das Haus umbauen», stellte Margaret fest, während sie Reis und Bohnen auf die Teller schöpfte. «Vorgestern mussten wir das Schulhilfe-Programm schon wieder ausfallen lassen, weil es überall hineinregnete.»

«Ach, das kenne ich», winkte Cristina ab. «Wenn es nachts regnet, dann verschiebe ich meine Matratze mindestens dreimal, damit es mir nicht direkt auf den Kopf tropft. Aber solange uns das Wasser nicht von unten überrascht und mitsamt Hütte aufs Meer hinausspült, kann ich mich eigentlich nicht beklagen.»

«Haben die Leute eigentlich immer noch Angst, ihr würdet ihre Kinder ins Ausland verschleppen?» erkundigte sich Joan und nagte an einem Hühnerbein herum.

«Im Gegenteil», erzählte Eliana, «die Mütter rennen uns die Bude ein, um ihre Kinder ins Schulhilfe-Programm einzuschreiben. Neuerdings stehen wir sogar unter dem persönlichen Schutz des Drogenbosses, weil jetzt auch *seine* Kinder zum Nachhilfe-Unterricht kommen.»

«Im Ernst?» staunte Joan.

«Du wirst ihn kennen lernen», sagte Margaret. «Er ist eigentlich ganz sympathisch, wenn man bedenkt, dass er kaltblütig Leute ermorden lässt.»

Joan verschluckte sich.

«Ach, das tut er?» brachte sie mit einem gequetschten Lächeln hervor.

Cristina klopfte ihr grinsend auf die Schulter.

«Keine Sorge. Er erschießt nur die Bösen, die Guten lässt er leben. Und wir gehören zu den Guten.»

«Äußerst beruhigend», meinte Joan. In diesem Augenblick hörten sie draußen das Klirren einer Scheibe. Sie schreckten auf, warfen sich ein paar vielsagende Blicke zu, ließen das Essen stehen und begaben sich nach draußen. Und da sahen sie die Bescherung: Jemand hatte sich an Joans Wagen zu schaffen gemacht und eine Scheibe eingeschlagen.

«Haben sie dir was gestohlen?» erkundigte sich Eliana gleich. Joan spähte in ihr Auto und schüttelte den Kopf.

«Ich glaube nicht. War ja auch nichts drin, das man hätte stehlen können.»

Neugierig lugten ein paar Leute aus ihren Hütten, die das Geräusch ebenfalls gehört hatten, dann zupfte Eliana Joan am Ärmel ihrer Uniformbluse und deutete die Straße hinauf.

«Rate mal, wer da kommt!» raunte sie ihr zu. Ein großer, kräftiger Mann näherte sich ihnen breitbeinig. Joan schluckte.

«Der … der …»

«Höchstpersönlich. Er heißt Alfredo. Sei einfach ganz natürlich.»

«Das sagst du so leicht», flüsterte Joan. «Und dann ist es auch noch *mein* Auto, an dem sie sich zu schaffen gemacht haben. Oh Gott!»

Alfredo demonstrierte seine Macht allein durch seinen aufrechten, furchtlosen Gang. Seit sein Vorgänger Charuto im Gefängnis gelandet war, hatte Alfredo in der Vila dos Pescadores das Kommando übernommen. Sein Wort hatte hier sogar mehr Gewicht als das des Papstes. Nach seinem Gutdünken wurden Menschen umgebracht oder auch verschont. Sich mit ihm anzulegen war purer Selbstmord, aber wer unter seinem Schutz stand, brauchte nichts und niemanden zu fürchten. So war das Gesetz der Favela. Töten hier und leben lassen dort, und selbst die Polizei vermied es, sich in die Angelegenheiten der Drogendealer einzumischen. Überhaupt wagte sich die Polizei nur im äußersten Notfall in die Vila dos Pescadores ...

Alfredo steuerte direkt auf die vier Frauen zu und betrachtete die zerschlagene Scheibe eingehend.

«Wem gehört dieses Auto?»

«Mir», piepste Joan kleinlaut. Alfredos Stimme hatte etwas an sich, das keine Widerrede duldete.

«Ist etwas gestohlen worden?»

«Nein, ich glaube nicht.»

«Wer hat das getan?»

«Wir wissen es nicht», sagte Cristina.

Alfredo spuckte auf den Boden.

«Das werden wir herauskriegen», meinte er ruhig, aber bestimmt, «jetzt gleich.»

Ehe die Frauen etwas dagegen einwenden konnten, ging der selbst ernannte Sheriff ein Stück weit die Straße zurück und wechselte ein paar Worte mit zwei großen, dunkelhäutigen Burschen, die einen selbst gebastelten Drachen steigen ließen. Die beiden nickten, baten ein kleines Mädchen, auf ihren Drachen aufzupassen, und verschwanden in zwei verschiedenen Seitengässchen.

Wenig später kamen sie zurück und trieben ein Dutzend Jungs vor sich her wie zwei Schäferhunde ihre Schafherde. Ziemlich unsanft zwangen sie die Jugendlichen, sich vor dem Haus der Heilsarmee in Reih und Glied an die Wand zu stellen. Alfredo zog in aller Ruhe und mit der größten Selbstverständlichkeit seine Waffe unter dem Hemd hervor, und Eliana zuckte kaum merklich zusammen.

Der Sheriff war bekannt dafür, kein Mann der vielen Worte zu sein, und die Waffe in seiner Hand sprach für sich. Barmherzigkeit und Gnade waren in seinen Augen nicht nur Zeichen der Schwäche, sondern reine Zeitverschwendung.

Die Atmosphäre war gespannt. Die vorher so neugierigen Nachbarn verkrochen sich rasch in ihre Hütten, um im Falle eines Mordes nicht Augenzeugen sein zu müssen. Wer in der Pfahlhüttensiedlung überleben wollte, tat gut daran, sich an das berühmte Bild der drei Affen zu halten: nichts sehen, nichts hören und vor allem nichts sagen. Denn wer das Schweigen brach, musste damit rechnen, das nächste Opfer zu sein. So war das Gesetz der Favela. Schweigen, um nicht zum Schweigen gebracht zu werden.

Alfredo spazierte vor den Jungs auf und ab wie ein Offizier vor seinen Soldaten. Allein seine Präsenz schüchterte die Teenager derart ein, dass sie sich duckten wie Hunde, die zitternd auf die Prügel ihres Meisters warten.

«Jemand hat die Scheibe dieses Autos eingeschlagen», stellte der Big Boss bedächtig fest, «und ich möchte gerne wissen, wer das gewesen ist.»

Die Jungen wagten es nicht, ihm in die Augen zu

sehen, und senkten ihre Köpfe. Joan war die Situation äußerst unangenehm. Sie nahm allen Mut zusammen und räusperte sich.

«Alfredo, du brauchst dich nicht zu bemühen, den Schuldigen zu finden», erklärte sie und brachte sogar ein Lächeln zustande. «Es wurde ja nichts entwendet. Ist wirklich nicht so schlimm.»

«Oh doch, das ist es», wandte Alfredo ein, und als seine kleinen, scharfen Augen aufblitzten, wusste jeder, dass es sich nicht lohnte, mit diesem Mann zu diskutieren. Er würde nicht eher ruhen, bis diese Angelegenheit geregelt war – und zwar auf seine Art.

«Wer hat das getan?» fragte er streng und durchbohrte jeden Einzelnen der Verdächtigten mit einem Blick, der durch Mark und Bein ging. Dann spuckte er auf den Boden und machte sich an seinem Revolver zu schaffen, während er fortfuhr:

«Ich habe euch schon tausendmal gesagt: Ihr könnt stehlen und Autos knacken, wo immer ihr wollt, aber nicht hier. Nicht in der Vila, und erst recht nicht bei der Heilsarmee! Meine Kinder nehmen am Schulhilfe-Programm der Heilsarmee teil, und ich sage der Offizierin immer wieder: Wenn meine Kinder Probleme machen, braucht sie mich bloß zu rufen. Ich verlange, dass sich meine Jungs anständig benehmen, und für euch gilt dasselbe! Die Heilsarmee ist hier, um unseren Kindern zu helfen, und niemand, *niemand* hat das Recht, sie auf irgendeine Weise zu belästigen! Habe ich mich klar ausgedrückt?!»

Seine Stimme dröhnte, seine Nasenflügel bebten.

«Wer ist für diese zerschlagene Scheibe hier verantwortlich?»

Ein vielleicht vierzehnjähriger Junge hob zitternd seine Hand. Alfredo stellte sich breitbeinig vor ihn hin, musterte ihn mit zusammengekniffenen Augen und hielt ihm mit einer jähen Bewegung die Waffe an den Kopf. Den vier Frauen stockte der Atem. Sie starrten wie gelähmt auf die Szene.

«Du warst es also», stellte der Sheriff fest, während der Junge ihn mit vor Schreck geweiteten Augen ansah und sich vor Angst kaum aufrecht halten konnte.

«Bitte», hauchte er mit bebenden Lippen, «ich tu's nie wieder. Bitte!»

Der Boss fixierte den Übeltäter lange, ohne mit der Wimper zu zucken, und ließ ihn und alle Umstehenden seine ganze Autorität spüren. Dann lächelte er plötzlich flüchtig und steckte die Waffe zurück in den Gürtel. Ein Seufzer der Erleichterung ging durch die Reihen.

«Ich werde dich nicht töten», beschloss er großmütig, «aber ich werde veranlassen, dass du eine gehörige Tracht Prügel beziehst, damit du Scherze wie diese in Zukunft bleiben lässt. Und das gilt für euch alle! Hände weg von der Heilsarmee!» Er hob drohend den Zeigefinger. «Die Heilsarmee kann ihr Auto parken, wann immer und wo immer sie will, und niemand von euch wird auch nur *ein* Staubkörnchen davon wegpusten! Ist das klar?»

Die Jungen nickten mit gesenkten Köpfen.

Alfredo gab seinen beiden Helfern ein Zeichen, und diese packten den Jungen, der die Tat gestanden hatte, unsanft an beiden Armen und schleppten ihn fort, während der Boss allen andern gestattete abzutreten. Innerhalb weniger Sekunden waren die Jungen in den vielen Seitengässchen verschwunden wie Küchenschaben, die vom Licht überrascht werden, und der Chef wandte sich zufrieden und mit vorgewölbter Brust an Joan:

«Der Junge wird seine gerechte Strafe erhalten»,

versicherte er würdevoll. «Und in Zukunft wirst du deinen Wagen in meine Garage stellen, wenn du herkommst. Das ist weitaus sicherer.»

Joan wusste nicht so recht, was sie darauf sagen sollte, und bedankte sich etwas unbeholfen. Der Big Boss hatte gesprochen, und es wäre eine absolute Beleidigung gewesen, das Angebot auszuschlagen.

Es gibt verrostete Klapperkisten mit der Aufschrift: «Wenn ich einmal groß bin, überhole ich euch alle.» Doch Joans Auto, so klein und unbedeutend es bis jetzt auch gewesen war, hatte diese Aufschrift nicht mehr nötig. Es war über Nacht in die edelste Klasse aufgestiegen, und das Einzige, was noch fehlte, wenn Joan von da an samstags in die Vila tuckerte, war ein ausgebreiteter roter Teppich bis zur Garage des großen Häuptlings ...

21. Sex and Crime

«Eliana! Sieh mal, was mir meine Mutter gestern vom ‹Shops› mitgebracht hat!»

Das kleine dunkelhäutige Mädchen streckte Eliana stolz eine schmutzige Puppe mit nur einem Bein und zerfetztem Kleidchen entgegen. «Ich glaube, ich werde sie Eliana nennen!»

Eliana lächelte gezwungen.

«Eine ausgezeichnete Idee», meinte sie, um das Mädchen nicht zu enttäuschen, «aber bevor du ihr einen so wunderschönen Namen gibst, wirst du ihr erst einmal ein tüchtiges Bad verabreichen mit Chlor, Waschpulver, Seife und allem, was dazugehört, ja?»

Das Mädchen nickte, setzte die einbeinige Puppe

zufrieden auf ihren Schoß, und während Eliana mit dem Unterricht begann, kämmte es mit seinen Händchen das zerzauste Haar der Puppe, die seine Mutter auf dem «Shops» gefunden hatte.

Als «Shops» bezeichneten die Bewohner der Vila die Mülldeponie, die sich als großer, abgeflachter Berg auf der anderen Seite des Flusses befand. Täglich brachten Lastwagen den Müll der gesamten umliegenden Städte dorthin, und nicht wenige Leute aus der Vila dos Pescadores und aus anderen Favelas hatten es sich zur Gewohnheit gemacht, in diesem kostenlosen «Shopping-Center» ihre «Einkäufe» zu tätigen. Schon die kleinsten Kinder lernten, in dem riesigen, miefenden Müllberg zwischen Aasgeiern und Fliegen nach Essen und noch brauchbaren Gegenständen zu wühlen.

Wenn ein neuer Lastwagen ankam, stürmten die Leute von allen Seiten mit ihren Säcken herbei, und während der Lastwagenführer seinen Müll auskippte, stürzten sich die Menschen wie hungrige Wölfe auf alles, was ihnen irgendwie brauchbar erschien. Dabei war jede Sekunde wertvoll, denn sobald sich der Lastwagen entfernte, kam ein Traktor, um den neuen Müllberg mit seiner Schaufel gleichmäßig auf dem Boden zu verteilen. Wer nicht schnell genug war, lief Gefahr, von den riesigen Rädern erfasst zu werden. Einmal war eine Frau beim Erhaschen einer Blechbüchse ausgerutscht. Sie entschwand dadurch dem Blickfeld des Fahrers, und bevor sie sich wieder aufraffen konnte, wurde sie von dem gewaltigen Trecker überrollt und in den Müll gepresst. Sie starb noch am Unfallort.

Doch weder Unfälle wie dieser noch die warnenden Schilder am Fuß des Berges hielten die Leute davon ab, ihre menschenunwürdige Tätigkeit fortzusetzen. Der Kampf um den Abfall war mörderisch, vor allem wenn es um Essbares ging. Dann galt es nicht nur, sich so rasch wie möglich das Beste unter den Nagel zu reißen, sondern auch, das Eroberte gegen die aggressiven Angriffe der Aasgeier zu verteidigen. Einmal hatte sich Cristina einen ganzen Sack voller Hühnerfleisch mit abgelaufenem Verfallsdatum erkämpft und musste sich mit ihrem ganzen Körper auf den Sack werfen, um die schwarzen Vögel daran zu hindern, ihr diese Beute zu klauen.

Die Leute, die häufig zum Shops gingen, erkannten die lohnenswerten Lastwagen schon von weitem. Traf eine gute Fracht ein, dauerte es nie lange, bis das halbe Dorf herbeiströmte, um von dem Sonderangebot zu profitieren, und wenn die Aufseher sie mit Warnschüssen zu vertreiben versuchten, erstürmten sie den Müllberg einfach von einer anderen Seite. Das Angebot reichte von Früchten und Gemüse über Fleisch, Hamburger und Käse bis zu Joghurt und Speiseeis. Wegen des abgelaufenen Verfallsdatums kam es vor, dass sich zwischen faulen Essensresten tote Ratten befanden, doch die Leute warfen die Ratten einfach fort und nahmen sich, was noch zu verwerten war.

Außer Lebensmitteln fand man im Shops auch Betten, Sofas, Schränke, Teppiche und Kleider, und es gab Lumpensammler, die sich ihren Lebensunterhalt damit verdienten, die besten Stücke herauszusuchen und weiterzuverkaufen. Einige von ihnen hatten sogar ihr Lager auf dem Müll aufgeschlagen, um ja keine Ladung zu verpassen. Andere wohnten mit ihren gesamten Familien in Holzhütten am Fuße der enormen Müllhalde, und obwohl ihnen die Stadt wegen unzulänglicher Wohnverhältnisse gratis Wohnungen zur Verfügung stellen wollte, zogen sie es vor, den Abfallberg mehrerer Städte vor der Haustür zu haben, statt von dort wegzuziehen. So menschenunwürdig ihr Leben auch war, sie hatten sich doch bereits zu sehr an die Abhängigkeit vom Müll gewöhnt, als dass sie darauf noch hätten verzichten wollen.

Einige hofften vielleicht sogar, eines Tages das große Los zu ziehen wie jene Frau, die in der Brusttasche einer fortgeworfenen Bluse 1500 Reais fand. Doch in der Regel waren außergewöhnliche Entdeckungen auf der Mülldeponie eher anderer Natur, denn nebst Lebensmitteln, Kleidern und Möbeln wurde häufig auch ganz anderer «Müll» auf den hohen Berg gebracht. Nicht nur Tierleichen fanden hier ihre letzte Ruhestätte, sondern auch Menschen. Einmal brachte ein Lastwagen mehrere Särge mit Leichen, und die Leute öffneten die Schreine bedenkenlos, nur um die metallenen Griffe abzuschrauben und zu verkaufen. Wer auf der Müllhalde lebte, ließ sich durch nichts so leicht abschrecken, erst recht nicht von Toten, denn es war keine Seltenheit, dass die Banditen den Schrottplatz als Exekutierstätte benutzten ...

Eliana war immer wieder zutiefst erschüttert darüber, was für ein armseliges Leben die Bewohner der Vila dos Pescadores führten – und das in jeder Hinsicht: gesundheitlich, beruflich und moralisch. Sie redeten über sexuelle Perversitäten, Kriminalität und den Tod wie andere Leute über das Wetter.

«Gestern haben sie eine Leiche unter unserer Hütte gefunden», erzählte ein vielleicht sechsjähriges Mädchen Eliana in der Sonntagsschule.

«Und das sagst du einfach so?» fragte Eliana geschockt.

Das Mädchen zuckte die Achseln und meinte mit der größten Natürlichkeit der Welt:

«Ist ja nicht das erste Mal.»

Auch in Bezug auf Sex erlebte Eliana manche Überraschung. Ein dreizehnjähriges Mädchen verkündete im Nachhilfe-Unterricht schnippisch:

«Tante, die Frage über die Jungfräulichkeit ist längst veraltet! Wer heute mit fünfzehn noch Jungfrau ist, hat irgendein Problem!»

Und ein zehnjähriger Junge protzte mit keckem Blick:

«Sobald ich zwölf bin, werde ich mir ein Mädchen schnappen und ihm zeigen, dass ich ein Mann bin. Die Mädchen fühlen sich schwach, wenn sie keinen Macho an der Seite haben.»

Die Ansichten ihrer Schützlinge gaben Eliana zu denken. Doch sie wusste, dass die Kinder in einer Welt lebten, in der Mädchen mit zwölf, dreizehn Jahren schon die wildesten Abenteuer hinter sich hatten und dies absolut normal fanden. Ein Mädchen aus dem Schulhilfe-Programm hatte mit fünfzehn Jahren bereits die fünfte Abtreibung hinter sich. Und meistens hatten die Eltern keine Ahnung, was sich im Leben ihrer Kinder abspielte – und wenn sie es doch einmal erfuhren, war es in der Regel schon zu spät.

Viele der Jungen verließen mit vierzehn, fünfzehn Jahren die Schule und rutschten in die Kriminalität und den Drogenhandel ab. «Krabbe» war einer von ihnen. Sie nannten ihn so, weil er ein ausgezeichneter Krabbenfänger gewesen war. Doch seit er sich ins Drogengeschäft verwickelt hatte, war der Achtzehnjährige ständig auf der Flucht.

Die meisten Jugendlichen, die in den Jugendclub kamen, den Margaret und Eliana neu eröffnet hatten, waren genauso kriminell wie Krabbe. Doch Krabbe war es auch gewesen, der die Jungs auf der Straße zusammentrommelte und in die Heilsarmee einlud. Die Jugendlichen ließen ihre Waffen beim Barkeeper an der Ecke, und Krabbe stand am Eingang und ermahnte alle, sich ordentlich zu benehmen.

«Hört zu, Jungs: Hier drinnen wird weder geflucht noch Radau gemacht!»

Eliana mochte den Jungen und ermahnte ihn immer wieder:

«Steig aus, Krabbe. Ich habe schon zu viele Jungs sterben sehen. Ich möchte nicht eines Tages die Nachricht erhalten, es hätte auch dich erwischt.»

Dasselbe sagten ihm Margaret und Cristina, doch er hörte nicht auf sie. Und eines Tages geschah das Unabwendbare. Cristina kam eben vom Strand zurück und traf den Jungen in der Bar.

«Hey, Krabbe! Mitten am Tag auf der faulen Haut herumliegen? Geh arbeiten, Junge!»

«Ich arbeite nicht, Mann», grinste der Bursche zurück.

«Solltest du aber! Such dir eine Arbeit, Krabbe, bevor deine Knochen einrosten! Und komm mal wieder in den Jugendclub», sagte sie, während sie sich entfernte.

«Klar», antwortete Krabbe und hielt den Daumen in die Höhe.

Und dann geschah es. Cristina hatte sich noch keine zwanzig Meter von Krabbe entfernt, als zwei maskierte Typen auf Fahrrädern um die Ecke fuhren, ihre Waffen zückten und auf den Burschen zu schießen begannen.

Cristina schien das Blut in den Adern zu gefrieren.

«Sie töten Krabbe!» schrie sie. «Oh, Gott, nein! Sie töten Krabbe!»

Die Leute, die sich auf dem Platz befanden, beobachteten die tragische Szene, ohne etwas dagegen zu unternehmen. Die beiden Täter fuhren gemütlich weiter, als wäre nichts passiert, und niemandem wäre es auch nur im Traum eingefallen, sie an ihrer Flucht zu hindern oder gar die Polizei zu rufen.

«Krabbe!» Cristina rannte zurück. Der Achtzehnjährige war von mehreren Schüssen durchlöchert worden und schlaff zu Boden gesunken. Cristina kniete sich nieder und zog ihn auf ihren Schoß. Er röchelte. Sie nahm seinen Kopf zwischen ihre Hände und tätschelte seine blutige Wange.

«Nein», sagte sie verzweifelt, «du darfst nicht sterben, Krabbe! Du darfst nicht sterben! Nein!»

Ein paar Leute näherten sich, blieben aber in sicherem Abstand stehen.

«Krabbe!» Sie schluckte. «Warum hast du nicht auf mich gehört? Krabbe!» Sie wandte sich den Gaffern zu und schrie sie unter Tränen an: «Was steht ihr hier bloß rum? Ruft einen Krankenwagen! Sonst wird er sterben! Worauf wartet ihr noch?!»

Es dauerte ein paar Sekunden, bis sich endlich ein älterer Mann dazu aufraffte, ihren Anweisungen Folge zu leisten.

Cristina tätschelte Krabbes Wange und sprach ihm gut zu, er möge doch um Himmels willen durchhalten. Doch dann kamen sie zurück. Aus derselben Richtung, aus der sie verschwunden waren, tauchten die unbekannten Fahrradfahrer wieder auf. Die Leute brachten sich rasch in Sicherheit, und die maskierten Burschen hielten unmittelbar vor Cristina an.

«Lass ihn los!» befahl einer. «Wir haben den Auftrag, ihn zu töten. Lass ihn los!»

Cristina schüttelte den Kopf und starrte die bewaffneten Männer entgeistert an. «Das dürft ihr nicht tun!» murmelte sie. «Das könnt ihr nicht tun!»

Der eine der beiden stieg vom Rad und zerrte Cristina von dem blutüberströmten Jungen weg, während der andere auf Krabbes Stirn zielte und ihn mit einem Schuss endgültig erledigte. Dann fuhren sie seelenruhig davon, und Cristina blieb zitternd und weinend auf dem Boden sitzen, unfähig, auch nur im Entferntesten zu verstehen, was sich soeben vor ihren Augen abgespielt hatte. Sie hatten ihn umgebracht, kaltblütig ermordet. Alle hatten bei der makabren Hinrichtung zugesehen, und niemand hatte etwas dagegen unternommen. Sie hatten ihn erschossen, ohne mit der Wimper zu zucken. Vielleicht hatte er ihnen Geld geschuldet. Vielleicht hatten sie sich gestritten. Vielleicht war er auch einfach überflüssig geworden. Eine Leiche mehr oder weniger, was machte das schon für einen Unterschied.

Nach und nach strömten neue Schaulustige auf den Platz, um zu sehen, was geschehen war, und eine Viertelstunde später traf die Ambulanz ein, auch wenn es nun nichts mehr zu retten gab. Die Polizei wurde alarmiert und nahm ziemlich gleichgültig ein Protokoll auf. Die Polizisten stellten den Augenzeugen einige belanglose Fragen und machten ein paar Fotos. Jeder wusste, dass sie den Fall nicht weiter bearbeiten würden. Morde wie dieser wurden lediglich zur Kenntnis genommen und zu den Akten gelegt. So war eben der Alltag in der Vila dos Pescadores ...

22. Cristina

Ein greller Blitz zuckte am Himmel auf, und keine Sekunde später grollte der Donner. Der Regen prasselte auf das Dach des Heilsarmee-Hauses nieder, als würden tausend Spechte gleichzeitig ihre Schnäbel daran erproben. Das Wasser lief in Bächen die Straße hinunter Richtung Fluss. Noch vor eineinhalb Jahren hätten Eliana und Margaret alle zur Verfügung stehenden Behälter im ganzen Haus verteilen müssen, um das durch die Decke sickernde Wasser damit aufzufangen. In der Zwischenzeit war das Haus aber renoviert und in jeder Hinsicht komfortabler geworden.

Die beiden Frauen hatten einen anstrengenden Tag hinter sich und erinnerten sich bei Kaffee und Kuchen an die wilden Anfangszeiten in der Vila dos Pescadores.

«Erinnerst du dich an unsere geliebte Nachbarin, die uns mit ihren Zauberkräften aus der Vila ekeln wollte?» schmunzelte Margaret.

«Zum Schluss ist sie bei Nacht und Nebel selbst aus der Vila abgehauen», fügte Eliana amüsiert hinzu.

Fabricia war im ganzen Dorf als einflussreiche Hexe bekannt gewesen. Und da sie auf Margaret und Eliana eifersüchtig war, weil die beiden in einem Haus aus Backstein wohnten und sie nicht, hatte sie geschworen, nicht eher zu ruhen, bis sie die beiden Eindringlinge vertrieben hätte. Niemand, der vor ihnen in diesem Haus gewohnt hatte, war länger als zwei, drei Monate geblieben. Tatsächlich fühlten sie eine eigenartig unangenehme, dunkle Präsenz in jedem Winkel dieses Blockhauses, als würden Geister an den Wänden haften, die sie die ganze Zeit beobachteten. Zuerst hielten sie das zwar für Hirngespinste. Aber dann erinnerte sich Eliana an ihr Erlebnis in Italien und daran, wie das «Vaterunser» den Spuk auf geheimnisvolle Weise gebrochen hatte.

«Ich verstehe ja nicht viel von diesen Dingen», meinte Eliana, «aber ich denke, wir sollten beten.»

Und das taten sie. Sie liefen durch das ganze Haus und baten Gott in jedem Zimmer, es mit seiner herrlichen Gegenwart auszufüllen. Von diesem Tag an fürchteten sie sich nicht mehr, alleine zu Hause zu bleiben, denn die Geister – oder was auch immer es gewesen sein mochte – waren verschwunden.

Fabricia wurde fuchsteufelswild, als sie merkte, dass diese beiden Frauen nicht so leicht einzuschüchtern waren. Sie musste sich etwas Neues einfallen lassen. Also nahm sie einen toten Frosch, legte ihm einen Zettel ins Maul, auf den sie Margarets und Elianas Namen geschrieben hatte, nähte dem Frosch das Maul zu und warf ihnen das tote Tier aufs Hausdach. Sobald der Frosch ausgetrocknet wäre, würden auch sie langsam austrocknen und schließlich sterben, meinte sie.

Natürlich starben sie nicht. Fabricia tobte vor Wut und bereitete als nächstes ein Essen zu, das sie mit ihrer Magie verzaubert hatte, um die zwei endgültig ins Grab zu bringen. Sie hatte offenbar schon viele Menschen auf diese Weise umgebracht, und es war sicher unwahrscheinlich, dass der Gott dieser beiden Frauen stärker war als alle ihre Zauberkräfte.

Eliana erinnerte sich gut an jenen Abend, als Fabricia plötzlich mit einem herrlich duftenden Nudelauflauf vor der Tür stand. Ausgerechnet an diesem Abend hatten sie nichts zu essen und wären hungrig zu Bett gegangen, hätte Fabricia nicht diesen Auflauf gebracht. Sie hatten ja keine Ahnung, welch dunkle Absicht sich hinter dieser Großzügigkeit verbarg. In ihren Augen hatte der Himmel Fabricia geschickt, und sie wussten kaum, wie sie sich bedanken sollten.

«Das nenne ich Humor», grinste Eliana, als ihre Gedanken zu jenem Abend zurückschweiften. «Gott beauftragte unsere ärgste Feindin, uns Essen zu bringen. Wahnsinn. So verwandelt Gott Fluch in Segen. Der Nudelauflauf hat jedenfalls herrlich geschmeckt, nicht wahr, Margaret?»

«Oh ja, das hat er», bestätigte Margaret, «und da wir schon vom Essen reden: Möchtest du noch ein Stück Kuchen?»

Es klopfte. Erst dachten sie, es wäre der Regen, der nach wie vor unaufhörlich auf das Dach niederprasselte, doch dann klopfte es erneut. Margaret warf einen Blick auf ihre Uhr: Es ging auf Mitternacht zu. Wer um alles in der Welt stattete ihnen um diese Zeit noch einen Besuch ab?

«Ich werde nachsehen», sagte Eliana. Sie erhob sich und ging zur Tür. Als sie öffnete, brach es ihr beinahe das Herz: Ihre Schwester stand vor der Tür, den inzwischen elfjährigen Pedro an der rechten, ihr zweites Kind, die dreijährige Pamela, an der linken Hand, triefend nass vom Regen und mit einer großen Tasche über der Schulter. Sie schien völlig fertig zu sein. Eliana brauchte nicht viel Fantasie, um zu erraten, was geschehen war.

«Hat er dich rausgeschmissen?»

Cristina senkte den Blick.

«Können wir heute Nacht hier schlafen?» fragte sie leise.

Eliana ließ die drei eintreten. Es war nicht das erste Mal, dass Igor seine Frau davonjagte. Ihr Verhältnis war längst nicht mehr das beste. Sie hatten sich nie gut verstanden, aber der Kinder wegen hatte Cristina vieles geschluckt in der Hoffnung, es würde eines Tages besser werden. Doch das wurde es nicht. Im Gegenteil: Wenn sie spätabends nach Hause kam, weil sie in der Heilsarmee bis um zehn Uhr die Hefte der Kinder korrigiert hatte, spöttelte Igor, sie hätte sich bestimmt mit irgendwelchen Männern amüsiert. Und wenn sie die Hefte mit nach Hause nahm, um sie dort zu korrigieren, riss er sie ihr weg, zerfetzte sie und warf sie aus dem Fenster ins Wasser.

Sie gerieten sich immer öfter in die Haare. Schon einmal hatten sie sich derart gestritten, dass er sie weggejagt hatte. Cristina weigerte sich dort, ohne ihre Kinder zu gehen, doch er hielt die dreijährige Pamela fest, die wie am Spieß kreischte, und sagte bloß:

«Nimm Pedro und geh. Hier hast du nichts mehr verloren.»

Cristina wusste, dass sie gegen ihren kräftigen Mann nicht ankam. Aber ihre Tochter würde sie nicht zurücklassen, niemals, so viel stand fest.

«Ich komme zurück», sagte sie drohend, während sie Pedro vor sich her über den wackeligen Holzsteg schob, «ohne Pamela gehe ich nirgends hin.»

Sie schickte den damals zehnjährigen Jungen los, um im Haus seines Freundes zu übernachten, während sie selbst unentschlossen durch die Straßen schlenderte und sich überlegte, wo sie diese Nacht unterkommen könnte. Schließlich ging sie zur Heilsarmee, aber da ihre Schwester und Margaret damals nicht zu Hause waren, kletterte sie kurzerhand über die Mauer in den Innenhof und legte sich in der Toilette schlafen. Am nächsten Tag kehrte sie zurück, der Vorfall wurde totgeschwiegen wie so viele Ehestreitigkeiten in der Vila, und alles blieb beim Alten. Doch es war nur eine Frage der Zeit, bis es zur nächsten Explosion kommen würde, und die Explosion kam, schneller und heftiger als erwartet.

Es war ein Freitag im März, und als hätte selbst der Himmel gewusst, dass sich in jener Nacht etwas zusammenbraute, verkroch sich die Sonne bereits am späten Nachmittag hinter düsteren Wolken. Eine schwarze Front ballte sich am Horizont zusammen, und gegen elf Uhr abends ging das Gewitter los, sowohl am Himmel als auch in Cristinas Pfahlhütte. Igor wollte sie zwingen, mit ihm ins Bett zu gehen, und als sie sich weigerte, begann er alles kurz und klein zu schlagen.

Die Kinder verkrochen sich zitternd hinter dem Sofa, während ihr Vater in blinder Wut durch die Hütte schritt und alles zerstörte, was ihm in die Quere kam. Sämtliche Küchengeräte warf er auf den Boden. Er zertrümmerte den Ventilator, schleuderte den Fernseher zum Fenster hinaus und trat mit voller Wucht gegen die Kommode im Wohnzimmer, worauf der Porzellanhund zu Boden fiel und in tausend Stücke zersplitterte.

«Raus mit euch!» schrie Igor, packte Pedro und Pamela und stieß sie unsanft Richtung Tür. Pamela fiel der Länge nach hin und begann zu weinen. Ihr Bruder hob sie auf und legte schützend die Arme um sein kleines Schwesterchen.

Ein paar Neugierige ließen sich trotz des starken Regens auf dem Holzsteg blicken. Die Nachbarn streckten ihre Köpfe aus den Fenstern und beobachteten die Szene, ohne sich jedoch in den Streit einzumischen. So war das Gesetz der Favela. Jeder für sich, keiner für die andern.

«Nimm deine Kinder und geh!» rief Igor. «Worauf wartest du noch?»

Cristina überlegte nicht lange. Hastig stopfte sie ein paar Kleider in eine Tasche, hängte sie sich über die Schulter, fasste Pedro und Pamela an der Hand und ging.

«Und wage es ja nicht, zurückzukommen!»

Ein Blitz erhellte die Pfahlhütten, und fast gleichzeitig donnerte es ohrenbetäubend. Pamela kreischte und klammerte sich an ihre Mutter, Pedro presste die Lippen aufeinander und versuchte tapfer zu sein. Dennoch rollten ihm ein paar Tränen übers Gesicht, doch in der Dunkelheit und bei dem heftigen Regen merkte dies niemand.

«Er hat dich also verstoßen», stellte Eliana trocken fest, nachdem Cristina alles erzählt hatte. Sie schwiegen eine Weile. Margaret reichte Cristina eine Tasse Kaffee, und den Kindern bot sie ein Stück Kuchen an.

«Heute Nacht schlaft ihr erst einmal hier», meinte sie. «Und morgen sehen wir weiter.»

Sie suchte in ihrem Schrank ein paar trockene Kleider für die drei, und während sie sich im Bad umzogen, legte Margaret zwei Matratzen auf den Boden im Korridor. Eliana bezog sie dann mit frischen Leintüchern. Sie fühlte sich wie benommen von der Geschichte. Ereignisse wie diese gehörten in der Vila dos Pescadores zum Alltag, daran war sie gewöhnt. Doch jetzt, wo es ihre eigene Schwester betraf, schien ihr Herz zu bluten vor Betroffenheit, Schmerz und Ohnmacht. Sie hätte ihr so gerne geholfen. Sie hätte so gerne eine magische Formel ausgesprochen, damit sich die beiden wieder versöhnen würden.

Unwillkürlich musste sie an Marlene denken. Nachdem Eliana ihr Leben Jesus übergeben hatte, war Marlene eine der ersten Personen gewesen, die sie besucht hatte, um sich mit ihr zu versöhnen. Es war so wohltuend gewesen, nach so langer Zeit wieder mit ihrer Freundin zu reden und ihr sagen zu können, wie leid es ihr tat, was damals vorgefallen war. Marlene war ziemlich beeindruckt gewesen von ihrer radikalen Veränderung, und trotzdem spürte Eliana, dass es zwischen ihnen nie mehr so sein würde wie früher. Dazu hatten sie definitiv zu verschiedene Richtungen eingeschlagen.

Ihre Gedanken wanderten zu Igor und Cristina zurück, und ihr Herz wurde schwer. Wenn sie doch irgendetwas für die beiden tun könnte! Sie spürte Margarets Hand auf ihrer Schulter. Die Engländerin warf ihr einen tröstenden Blick zu.

«Bete», sagte sie nur. «Ich werde auch beten. Gott ist auch dieser Situation gewachsen.»

Drei Tage später mietete sich Cristina eine Hütte in einem anderen Winkel der Vila dos Pescadores, und langsam bekam sie wieder Boden unter die Füße. Doch Eliana beobachtete mit wachsender Unruhe, wie ihre Schwester nun eine andere, eine gefährliche Richtung einschlug: Sie hatte begonnen, jede Nacht zum Tanzen zu gehen und erst im Morgengrauen nach Hause zurückzukehren.

Eines Abends beschloss Eliana, mit ihrer Schwester zu reden. Sie fing sie an der Tür ab, als sie eben das Haus verließ, und kam ohne Umschweife zum Thema:

«Warum tust du das, Schwesterchen?»

«Mein Mann hat mich verlassen, jetzt werde ich mich amüsieren!» kam die Antwort wie aus der Kanone geschossen.

Eliana betrachtete Cristina besorgt von Kopf bis Fuß. Sie trug einen aufreizend kurzen Mini, hohe Stöckelschuhe, riesige Ohrringe und hatte sich die Lippen feurig rot geschminkt.

«Was guckst du mich so an?» brauste sie auf. «Früher bist du genauso aufgetakelt durch die Straßen getänzelt.»

«Du bist Mutter von zwei Kindern», sagte Eliana bloß.

«Davon verstehst du nichts», entgegnete Cristina.

Eliana verschränkte seufzend die Arme.

«Wenn hier jemand versteht, was dich Nacht für Nacht in die Bars und Diskotheken von Santos treibt, dann bin *ich* es, mein geliebtes Schwesterchen. Aber ich sage dir eins: Das ist nicht die Lösung deiner Probleme.»

«Und was ist die Lösung?»

«Sie hat einen einzigen Namen: Jesus.»

Cristina lehnte sich gegen die Bretterwand ihrer Hütte und zog den Mund schief.

«Ich glaube ja an Jesus.»

«Am Sonntag im Gottesdienst», bestätigte Eliana trocken. «Und während der Woche gehst du deinen eigenen Weg.»

«Eliana, ich weiß ja, dass Jesus dein Leben verändert hat. Ich meine, das sieht man. Vor allem, wenn man dich früher gekannt hat.»

«Worauf wartest du dann noch?» fragte Eliana temperamentvoll.

«Nun ja», murmelte Cristina und blickte auf ihre Stöckelschuhe, «zugegeben, dein Eifer, deine Hingabe, dein Feuer für Jesus und für die Menschen der Vila beeindrucken mich. Ich finde es stark, wie konsequent du nach der Bibel lebst und so. Aber ich könnte das nicht.»

«Warum nicht?»

«Weil … weil …»

«Weil du Angst hast, deine Freiheit zu verlieren?»

Cristina zuckte die Achseln.

Eliana fasste sie an ihren Schultern und sah sie direkt an. «Sehe ich etwa aus, als hätte ich meine Freiheit verloren, weil ich nicht mehr in Diskotheken gehe und keine Männer mehr aufreiße?»

«Du hast halt den Samba durch die Kirche ersetzt.»

Eliana schüttelte lächelnd den Kopf.

«Das war es genau, was die meisten von mir verlangten», erklärte sie. «Sie wollten mich in ein anständiges Kirchenformat pressen, in eine fromme Zwangsjacke sozusagen. Sie glaubten, ein Kirchenlied im Samba-Rhythmus zu spielen wäre Sünde. Und dazu zu tanzen wäre reine Blasphemie. Mein Gott, was hab ich alles für Kommentare gehört, wenn ich meine Trommel schlug, die mir Joan geschenkt hat. Und erst die Blicke, die ich dabei einfing!» Sie verdrehte vielsagend die Augen.

«Weißt du, ich hatte mir ernsthaft überlegt, ob es nicht besser wäre, in meine alte Welt zurückzukehren, um nicht mehr überall anzuecken. Offenbar ließen sich Samba und Kirche nicht miteinander vereinen, selbst wenn ich das nicht verstehen konnte. Warum darf ich Gott nicht mit Samba loben? Warum kann durch mein Blut nicht das Feuer des Sambas und das Feuer des Heiligen Geistes fließen? Warum geht das nicht gleichzeitig? Ich war total verzweifelt, rannte in mein Zimmer, schloss die Tür hinter mir zu und begann zu weinen. Ich wollte eine Antwort auf all meine Fragen. Ich wollte wissen, wie *Gott* darüber denkt.» Sie blickte ihre Schwester mit funkelnden Augen an.

«Und Gott hat mir geantwortet, ganz konkret. Als ich aufsah, fiel mein Blick an die Zimmerwand, wo ein kleines Bild mit einem Bibelvers hing, und darauf stand der Psalm 46, Vers 11: *Hört auf und erkennt, dass ich Gott bin.*» Sie atmete tief ein und strahlte bis zu den Ohren. «Das war stark, sag ich dir. Ich wusste plötzlich mit absoluter Gewissheit: Gott verlangt nicht, dass ich ein Sardinenbüchsen-Christ werde. Christ sein bedeutet Freiheit! Und Leben! Verstehst du?»

Eliana sprudelte geradezu über vor Begeisterung angesichts dieser Entdeckung, und sie wünschte sich nichts sehnlicher, als dass dieses Feuer auch auf ihre Schwester überspringen würde.

Cristina hatte aufmerksam zugehört und wusste nicht so recht, was sie sagen sollte. Schließlich murmelte sie etwas betreten:

«Eliana, ich will ja nicht unverschämt sein, aber wenn ich jetzt nicht gehe, verpasse ich meinen Bus.»

Eliana trat zur Seite, und die überschwängliche Fröhlichkeit in ihrem Gesicht wich einer aufrichtigen Besorgnis, als sie meinte:

«Pass auf dich auf, Schwesterchen.»

Cristina nickte, verabschiedete sich flüchtig und balancierte in ihren hohen Stöckelschuhen über den schwankenden Holzsteg in Richtung Straße.

23. Die Berufung

Als der Lokomotivführer den Holzbalken quer über den Schienen sah, war ihm sofort klar, was das zu bedeuten hatte.

«Mist, blödsinniger!» brummte er, zog die Bremse und alarmierte über Funk die Polizei. Die Bahnstrecke zum Hafen von Santos war von allen Zugführern gefürchtet wie die Pest, und wenn sie mit den kilometerlangen Güterzügen an der Vila dos Pescadores vorbeifuhren, konnten sie einzig Gott anflehen, sie vor Überfällen zu bewahren und heil bis zum Hafen zu bringen.

Als der enorm lange Güterzug kurz vor der präparierten Falle zum Stehen kam, tauchten zwei Männer mit Maschinengewehren bei der Führerkabine auf und zwangen den Lokführer, auszusteigen.

«Endstation!» grinste der Kleinere der beiden, kaute bedächtig auf einem Kaugummi herum und wies ihn mit seinem Gewehr vom Triebwagen weg. «Am besten, du setzt dich hier schön brav hin und wartest, bis wir den Zug ausgeräumt haben. Dann passiert dir nichts.»

Der Mann gehorchte widerstandslos. Während der eine der Männer den Lokomotivführer mit seinem Maschinengewehr in Schach hielt, feuerte der andere ein paar Schüsse in die Luft ab.

Der Zugführer hatte schon oft von diesen spektakulären Eisenbahn-Überfällen à la Wild Wild West gehört, an denen sich das ganze Dorf beteiligt. Aber mit eigenen Augen hatte er es noch nie gesehen, und deshalb staunte er nicht schlecht, als keine zwei Minuten später Hunderte von Leuten herbeigestürmt kamen wie vom Zucker angelockte Ameisen. Und das war es auch, was der enorme Güterzug geladen hatte: fünfzig Kilogramm schwere Zuckersäcke, die für den Export bestimmt waren.

Die Leute begannen unverzüglich mit dem Plündern. Sie rissen die schweren Türen der Waggons auf und transportierten die Fünfzig-Kilo-Säcke in Schubkarren und auf ihren Rücken jubelnd und triumphierend ins Dorf. Alle beteiligten sich an der Plünderung, Frauen, Kinder, Jugendliche, Männer und Greise. Niemand ging leer aus.

«Ein netter Anblick, was?» amüsierte sich der Mann, der den Zugführer mit seinem Maschinengewehr bewachte und heftig auf seinem Kaugummi herumkaute. «So was siehst du nicht alle Tage.»

«Ihr habt wohl überhaupt kein schlechtes Gewissen dabei, was?» stellte der Lokomotivführer bedrückt fest, als er beobachtete, wie sich ein paar Burschen mit gewölbter Brust vor den Zug stellten, um diesen historischen Augenblick auf einer Fotografie festzuhalten.

«Ein schlechtes Gewissen?» lachte der Mann. «Die Reichen plündern die Armen die ganze Zeit aus, ohne dafür hinter Gitter zu kommen. Da können sie uns ruhig etwas von ihrem Überfluss abtreten, findest du nicht?»

Der Zugführer musste feststellen, dass Gerechtigkeit für die Bewohner der Vila offenbar ein dehnbarer Begriff ist. So ist das Gesetz der Favela. Die Unterscheidung zwischen Gut und Böse ist keine Frage der Ethik, sondern des Standpunktes.

Eine Sirene heulte auf, und ein paar Polizeiautos hielten auf der Straße unweit des stehenden Güterzuges. Warnschüsse wurden abgegeben, doch die Plünderer ließen sich dadurch keineswegs beeindrucken. Schließlich waren sie in der Überzahl, und die Polizei konnte ja schlecht ein ganzes Dorf verhaften.

Als die Polizisten angesichts der Situation ihre Ohnmacht erkannten, wechselten sie kurzerhand von der Seite der Verlierer zur Seite der Gewinner. Sie schnappten sich ein paar kräftige Burschen und ließen diese ein paar Zuckersäcke zu ihren Polizeiautos schleppen. Dann fuhren sie, den Kofferraum voller Zucker, mit heulenden Sirenen davon.

«Eliana. Für dich! Hat meine Mama gemacht!»

«Für mich? Die ganze Packung?»

«Soll ich dir noch eine holen? Wir haben noch viel mehr zu Hause!»

Eliana nahm die Tüte mit den Karamellbonbons von dem kleinen Mädchen entgegen und bedankte sich herzlich, obwohl sie nur zu gut wusste, aus welchem Zucker die Bonbons gemacht waren. Aber es war wohl nicht der passende Augenblick, einem siebenjährigen Mädchen, das ihr freudestrahlend ein Geschenk überreichte, einen Vortrag über Redlichkeit zu halten. Überhaupt war es eine der schwierigsten Herausforderungen in der Vila dos Pescadores, das Denken der Bevölkerung zu ändern.

Wie kann man eine Mutter davon überzeugen, dass es wichtiger ist, Milch für ihre Kinder zu kaufen anstatt ein neues Sofa auf Ratenzahlung? Wie kann man die Einwohner dazu bringen, den Abfall nicht zum Fenster hinauszuschmeißen, sondern ihn bis zur Hauptstraße zu tragen, wo der Müllmann ihn einsammelt? Wie kann man den Jugendlichen erklären, dass ihr Wert nicht von schicker Markenkleidung und teuren Stereoanlagen abhängt, sondern von ihrem Charakter?

Wie kann man den Leuten klarmachen, dass es auch in einer Wegwerfgesellschaft gewisse Dinge gibt, die *nicht* ersetzbar sind, zum Beispiel gewisse Gegenstände, Häuser, Beziehungen und vor allem Menschenleben? Wie kann man die Bewohner aufklären, dass die Geister, denen sie opfern, und die Heiligen, denen sie Kerzen anzünden, nicht fähig sind, ihnen Frieden, Freude und Vergebung zu schenken und ihre Herzen zu verändern?

Manchmal hätte Eliana die Leute am liebsten geschüttelt, damit sie ihre verzerrten Wertvorstellungen endlich ins Lot bringen. Aber dann erinnerte sie sich daran, auf welch liebevolle Art Gott sie selbst zur Vernunft gebracht hatte. Und so begann sie, sich an den kleinen Veränderungen zu freuen, die im Leben einiger Nachbarn durch ihren Einfluss stattfanden.

Gerade Adelia, die schräg gegenüber vom Heilsarmee-Haus wohnte, hatte ihr Verhalten bereits gründlich revidiert und aufgehört, gestohlene Ware zu verhökern und an den Zugüberfällen teilzunehmen. Doch an ihrer Lebensphilosophie ließ sie nicht rütteln. Ihr Vater, Senhor Edson, hatte ihr schon als Kind beigebracht, dass alles, was mit Gott zu tun hatte, grundsätzlich gut wäre. Und daran hielt sie sich und mixte sich ihre Religion selbst zusammen: eine Prise Heiligen-Verehrung, ein Löffelchen Macumba [Geisterbeschwörung] und einen Hauch Heilsarmee.

Adelia ging regelmäßig ins Macumba-Zentrum in Santos, wo sie manchmal die ganze Nacht über an spiritistischen Sitzungen teilnahm. Sie schlachtete Tiere, rasierte sich den Kopf kahl, schnitt sich mit Rasierklingen Zeichen in den Oberarm, trank Blut, brachte alle möglichen Opfer dar und tanzte mit Blumenkränzen und Glocken die Nächte durch, um Leute von Krankheiten und bösen Geistern zu befreien. Doch Eliana war überzeugt, dass Gott auch für Adelia einen perfekten Rettungsplan ausgearbeitet hatte, und das Einzige, was Margaret und sie im Augenblick dazu beitragen konnten, war ihr Gebet.

Die Arbeit in der Vila dos Pescadores war nichts für schwache Nerven. Doch Eliana brannte vor Liebe für diese Menschen und konnte sich keine schönere Aufgabe vorstellen. Früher, als sie noch mit Margaret in Santos gewohnt hatte, war es ihr innigster Wunsch gewesen, Heilsarmee-Offizierin zu werden. Doch dann nahm sie an einem Ferienlager teil, und der Prediger sagte in einer Versammlung etwas, das sie wie ein Blitzschlag traf:

«Viele, die in die Kadettenschule gehen möchten, denken, es wäre Gottes Wille, dabei ist es einfach nur ihr eigener Wunsch.»

Eliana hatte das Gefühl, die Predigt sei nur für sie allein bestimmt gewesen. Die Worte jenes Mannes ließen sie innerlich aufschrecken: Hatte nicht auch sie ihren eigenen Wunsch als Gottes Willen interpretiert, um das zu tun, was *sie* wollte?

An jenem Abend hatte sie geweint und Gott um Vergebung gebeten. Sie hatte ihn eingeladen, ihr Leben fortan nach *seinem* Willen zu lenken und ihr zu zeigen, was *er* für ihr Leben geplant hatte.

Das war gewesen, bevor sie in die Vila dos Pescadores kamen. In der Zwischenzeit hatte sie längst vergessen, dass sie einst Offizierin hatte werden wollen. Und sie war überzeugt davon, dass Gott sie hier haben wollte, hier in der Vila dos Pescadores, hier inmitten von Kriminalität und Drogenhandel, hier inmitten von Elend und Hoffnungslosigkeit, um den Menschen von dem Jesus zu erzählen, der alles verändern kann, sogar das menschliche Herz.

Hier wollte sie bleiben bis an ihr Lebensende – dachte sie jedenfalls. Bis zu jener Nacht, die ihr Leben erneut total auf den Kopf stellte – jener Nacht, die sie nie vergessen würde ...

Es war bereits nach elf Uhr abends. Margaret war im Badezimmer und putzte sich die Zähne. Eliana saß mit untergeschlagenen Beinen auf ihrem Bett und las in der Bibel, wie sie es jeden Abend tat, bevor sie sich schlafen legte. Sie betete für ihre Schwester Cristina, für Adelia und für alle andern, die ihr in den letzten Jahren ans Herz gewachsen waren.

Und dann geschah es. Es war im Grunde nichts Spektakuläres. Es war keine menschliche Stimme an ihrem Ohr, es war kein Licht, das ihr erschien. Es war ganz einfach eine plötzliche und absolute Gewissheit über das, was Gott von ihr wollte. Und es war so stark, so klar, so eindeutig und präzise, dass ihr eine Träne über die Wange kullerte. In dem Moment kam Margaret aus dem Badezimmer und blieb besorgt stehen.

«Du weinst ja, Eliana? Was ist passiert?»

Eliana lächelte. Ihre Augen funkelten wie damals, als sie Jesus ihr Leben übergeben hatte.

«Gott hat mich soeben berufen!»

Margaret kam näher und setzte sich neben sie aufs Bett.

«Gott hat dich berufen?»

Eliana nickte. «Er will, dass ich Heilsarmee-Offizierin werde», verkündete sie.

Margaret konnte es kaum fassen.

«Eliana! Ist das auch wahr?»

Eliana wischte sich die Tränen aus dem Gesicht, dann fiel sie Margaret in die Arme. Sie fühlte sich so glücklich, so unglaublich glücklich. Diesmal war es nicht ihr eigener Wille, diesmal war es Gottes Wille, darüber bestand nicht der geringste Zweifel. Und Eliana spürte ein Feuer in sich, das nicht mit Worten zu beschreiben war. Gott hatte sie in seinen Dienst berufen. Hauptamtlich! Sie, die in Nightclubs Samba getanzt hatte. Ausgerechnet sie! Das war mehr, als sie sich jemals erträumt hatte.

24. Das Feuer brennt weiter

«Margaret?»

«Eliana! Bist du das?»

«Direkt aus São Paulo! Ich dachte, ich ruf dich mal an.»

«Eliana! Wie geht es dir? Wie gefällt es dir in der Kadettenschule?»

«Nicht schlecht. Etwas stressig, ich hab das Gefühl, ich sei immer nur am Büffeln. Aber ansonsten geht's mir gut. Und was gibt es für Neuigkeiten aus der Vila?»

«Eine ganze Menge.»

«Erzähl!» Eliana machte es sich auf dem Sofa ihrer kleinen Wohnung bequem und hörte gespannt zu, was sich in der Vila dos Pescadores alles ereignet hatte, seit sie nach São Paulo auf die Kadettenschule gegangen war.

Alfredo hatte die Flucht ergriffen, weil die Polizei hinter ihm her war, und seither hatte niemand mehr etwas von ihm gehört. Charuto war aus dem Gefängnis entlassen worden und hatte die Rolle des Sheriffs übernommen. Er war der geborene Führer, kaltblütig und gnadenlos, wenn es darum ging, jemanden umzulegen, aber herzlich und hilfsbereit, wenn es darum ging, für die Rechte der Bevölkerung einzustehen. Aus seinem Mund hörte man keine Fluchworte, und Probleme löste er mit einer Überlegenheit und Autorität, die selbst die wildesten Typen zu unterwürfigen Lämmlein machte. Gab es eine Auseinandersetzung, welcher Art auch immer, so regelte Charuto die Sache im Handumdrehen.

Einmal hatte ein betrunkener Mann seine Hütte mit Benzin übergossen und verkündete, er würde sie anzünden. Die Nachbarn brachen in Panik aus, denn falls der Betrunkene tatsächlich Feuer gelegt hätte, wäre innerhalb kürzester Zeit die halbe Vila niedergebrannt, weil die Pfahlhütten so nahe beieinander stehen.

«Ruft Charuto!» rief jemand, und ein kleiner Junge rannte über den Holzsteg davon, um den Sheriff zu holen. Keine Minute später tauchte Charuto auf, eine Zigarre im Mundwinkel, die Hände lässig in den Hosentaschen, und wandte sich unverzüglich und mit einer sagenhaften Ruhe an den Betrunkenen:

«Ich hörte, du willst hier Feuer legen.»

«Das werde ich! Das w...werde ich allerdings!»

«Hmm.» Charuto bewegte die Zigarre zwischen den Zähnen hin und her und betrachtete den Mann eingehend. «Wenn das so ist, dann werden wir beide jetzt an die Straßenecke gehen und erst einmal *dich* anzünden. Denn die Leute hier haben keine Schuld, dass du betrunken bist und deine Hütte anstecken willst.»

Der Alkohol schien augenblicklich aus dem Blut des Mannes verschwunden zu sein. Er begann zu wimmern wie ein kleines Kind und flehte Charuto um Gnade an.

«Ich hab's mir anders überlegt. Ich werde kein Feuer legen. Bestimmt nicht. Ich versprech's!»

Charuto nickte.

«Na schön. Dann schrubbe jetzt augenblicklich deine Hütte, und wenn ich wiederkomme, möchte ich alles frisch geputzt und in bester Ordnung vorfinden.»

«Natürlich! Sofort!»

«Und wehe, wenn es dir einfallen sollte, nochmals Mist zu bauen!»

«Nein, natürlich nicht!»

Damit drehte der Sheriff sich auf dem Absatz um, schlenderte seelenruhig davon, und das Problem war gelöst.

Charuto flößte Respekt ein. Und wenn es etwas gab, das ihn richtig in Rage brachte, dann waren es halbstarke Teenager, die glaubten, sie könnten in der Vila Leute ausrauben.

«Erstens wisst ihr genau, dass die Leute der Vila nicht zum Spaß hier wohnen! Und zweitens habe ich euch schon hundertmal gesagt: Ich will keine Polizei in der Vila! Wenn ihr mir die Polizei in die Vila bringt, werde ich euch eigenhändig den Hintern versohlen!»

Einmal erwischten sie ein paar Jungs dabei, wie sie eine ältere Frau überfallen wollten. Sie brachten die Jungen zu ihm, und Charuto ließ sie zur Strafe nackt ein paar Runden um die Vila drehen. Wenn Charuto etwas anordnete, wagte niemand zu widersprechen. Was er beschloss, das war definitiv.

Der Heilsarmee gegenüber war er sehr wohlgesinnt, genau wie früher Alfredo. Häufig erschien er mit seiner Zigarre im Mundwinkel am Fenster des Schulhilfe-Programms und fragte Cristina, die Elianas Stelle übernommen hatte:

«Alles in Ordnung bei euch?»

«Alles!» lächelte Cristina.

«Wenn es Probleme gibt, brauchst du mich bloß zu rufen.»

«Klar», antwortete Cristina, obwohl sie sich davor hüten würde, Charuto zur Schlichtung irgendeines Streites herbeizurufen; dazu kannte sie seine Methoden einfach viel zu gut.

Einmal organisierten sie für die Kinder des Schulhilfe-Programms ein Fest auf der Straße vor dem Heilsarmee-Haus. Aber während sie mit den Kindern einen Tanz aufführen wollten, kamen ständig Autos und andere Vehikel vorbei, und sie mussten den Tanz jedes Mal unterbrechen. Plötzlich tauchte Charuto auf und wandte sich an Cristina:

«Warum unterbrecht ihr dauernd den Tanz?»

«Wegen der Autos», erklärte Cristina.

Charuto nickte.

«Das haben wir gleich», meinte er bedächtig, ging davon und kam kurz darauf mit seinem Wagen angefahren, parkte ihn quer auf der Straße und stellte sich breitbeinig mit seinem Maschinengewehr davor. «Ihr könnt jetzt mit eurem Fest fortfahren», verkündete er, «ich möchte ja sehen, wer es jetzt noch wagen sollte, euch zu stören!»

Allerdings blieb Charuto nicht lange an der Macht. Eines Morgens, als er mit einem Bier an der Bar saß, kamen ein paar Burschen auf Motorrädern um die Ecke gebraust und feuerten mehrere Schüsse auf den Big Boss ab. Er war auf der Stelle tot. Wer hinter dem Attentat steckte, blieb vorerst ein Rätsel. Jedenfalls war sein Tod für die Bewohner der Vila dos Pescadores eine Katastrophe. Mit der Ruhe und Ordnung, für die Charuto als Sheriff gesorgt hatte, war es nun vorbei. Ein anderer Wind wehte jetzt in der Vila, ein blutiger Wind der Rache und des erbitterten Kampfes um die Macht.

Pepino und Pedro, die beide für Charuto gearbeitet hatten, brachten sofort zwei Männer um, von denen sie vermuteten, dass sie für den Tod ihres Chefs verantwortlich waren. Doch dann stellte sich heraus, dass der eigentliche Drahtzieher jemand anders war; jemand, der sich geschickt an die Spitze herangeschlichen, einen um den andern mit leeren Versprechungen auf seine Seite gezogen und nur auf den richtigen Zeitpunkt gewartet hatte, um zuzuschlagen: Sie nannten ihn Kralle.

Kralle ging über Leichen, um seine Ziele durchzusetzen. Er beauftragte seine Leute, Pepino und Pedro kaltzumachen. Vier seiner Männer suchten Pedro im Haus seiner Schwester auf und erschossen ihn. Pepino wurde wenig später von der Polizei verhaftet und traf im Knast unglücklicherweise auf seine Gegner, die ihn im Innenhof des Gefängnisses gemeinsam zu Tode prügelten.

Somit waren alle Rivalen aus dem Weg geräumt, und Kralle übernahm das Kommando des Drogenhandels. Er war zwar bei weitem kein «Robin Hood», wie Alfredo und Charuto es gewesen waren, doch solange man ihm nicht in die Quere kam, ließ er die Leute wenigstens in Frieden, auch die Heilsarmee.

«Das sind ja düstere Neuigkeiten», meinte Eliana, die während Margarets Ausführungen kaum zu atmen gewagt hatte. «Gibt es wenigstens auch ein paar gute Nachrichten?»

«Natürlich», erklärte Margaret am andern Ende des Drahtes. «Wir haben eine Spende bekommen, um eine Töpferwerkstatt einzurichten!»

Eliana freute sich riesig darüber. Sie wusste, wie viel es Margaret gekostet hatte, das Töpfern aufzugeben, als sie in die Kadettenschule gegangen war.

«Weißt du, wie lange es her ist, seit ich zum letzten Mal mit Ton gearbeitet habe?» hörte Eliana Margarets bewegte Stimme durch den Hörer. «Zwanzig Jahre! Zwanzig Jahre lang habe ich Gott gefragt, warum ich eine so große Leidenschaft fürs Töpfern verspüre, obwohl ich doch nie Gelegenheit haben würde, diese Begabung irgendwo einzusetzen. Weißt du, es kommt mir vor, als würde Gott schmunzelnd auf mich herunterschauen und mir sagen: ‹Verstehst du jetzt, warum ich dich so geschaffen habe, wie du bist? Verstehst du jetzt, warum du zwanzig Jahre auf meine Antwort hast warten müssen und warum ich ausgerechnet *dich* in die Vila dos Pescadores geschickt habe?›»

«Margaret, das ist ja echt toll», meinte Eliana, «ich würde am liebsten zurückkommen und dir beim Aufbau der Töpferei helfen! Überhaupt würde ich manchmal am liebsten alles stehen und liegen lassen und zurück in die Vila kommen. Wenn ich dich so reden höre, vibriert alles in mir!»

«Dann wirst du gleich noch mehr vibrieren», sagte Margaret. «Zwei Frauen, für die wir schon lange gebetet haben, haben Jesus ihr Leben übergeben. Die eine ist Adelia.»

«Adelia?!» Eliana sprang automatisch in die Höhe, und ihr Lachen reichte von einem Ohr bis zum anderen. «Ist das wahr?»

«Eines Tages, als sie ins Macumba-Zentrum ging, fiel ihr Blick auf ein kleines Mädchen, das ein Leibchen mit einem Bibelspruch trug», erzählte Margaret. «Adelia starrte auf den Bibelvers, dann blickte sie auf all die tanzenden Frauen und Männer in ihren Macumba-Trachten. Und auf einmal wusste sie, dass sie nicht mehr an diesen Ort gehörte. Sie verließ das Zentrum und ist nie wieder dorthin zurückgekehrt.»

«Gott ist gut», stellte Eliana berührt fest. «Und wer ist die andere?» Am anderen Ende entstand eine kurze Pause.

«Die andere ist deine Schwester.»

Eliana fiel beinahe der Hörer aus der Hand. Für einen Moment fand sie keine Worte. Sie spürte, wie ihr Tränen in die Augen traten.

«Cristina hat sich zu Jesus bekannt?»

«Ja, Eliana. Das hat sie.»

Eliana war unfähig, weiterzureden. Sie saß eine Weile einfach nur fassungslos auf dem Sofa und blickte zum Fenster hinaus über die graue Stadt. Eine übersprudelnde Freude erfüllte ihr Herz – ein Glücksgefühl, das keine andere noch so fröhliche Mitteilung jemals in dieser Intensität hätte auslösen können. Sie hatte das Gefühl, auf Wolken zu schweben. Tränen rollten ihr übers Gesicht. Nichts hatte sie sich all die Jahre sehnlicher gewünscht, als dass ihre Schwester ganze Sache mit Jesus machen würde. Und jetzt hatte sie den Schritt getan. Das war überwältigend. Schlicht ergreifend.

«Das ist das schönste Geschenk, das Gott mir machen konnte», brachte Eliana schließlich bewegt hervor. «Gott ist ja so gut!»

«Ja, Gott ist gut», bestätigte Margaret aus tiefstem Herzen.

Es war der 13. Dezember 1997. Eliana zerplatzte schier vor Aufregung. Zwei Jahre hatte die Kadettenschule gedauert, und heute würde sie endlich in aller Öffentlichkeit erfahren, wo ihre erste Stelle als frisch gebackene Heilsarmee-Offizierin sein würde. Alle Verwandten und Bekannten der Bibelschüler waren zu der Festversammlung eingeladen worden. Fast die ganze Vila dos Pescadores war nach São Paulo gereist, um «ihrer» Eliana zuzujubeln, sobald sie in kompletter Uniform zum Marsch der Blasmusik auf die Plattform marschieren würde. Auch ihre Mutter war gekommen, ebenso ihre Geschwister und natürlich auch Margaret und Joan. Es war ein feierlicher Moment, und Elianas Feuer schien die Uniform beinahe zu sprengen, als sie auf die Bühne trat.

Der Gottesdienst zog sich mit Ansprachen und rühmlichen Reden in die Länge. Mit jeder Minute wuchs die Spannung. Endlich war es so weit. Der Landesleiter trat ans Rednerpult und ließ einen nach dem andern zu sich kommen, um ihnen die Orte zu verkünden, an die man sie als neue Heilsarmee-Offiziere senden wollte.

Dies war ein historischer Augenblick, für viele beinahe so bedeutend wie die Auszeichnung mit dem Nobelpreis! Als Eliana aufgerufen wurde, erhob sie sich elegant und mit einem Strahlen von ihrem Sitz und trat zum Rednerpult. Ihr Herz pochte fast zum Zerspringen. Sie hatte das Gefühl, es müsse wohl jeden Moment aus ihrer Uniform hüpfen!

Der Landesleiter überreichte ihr symbolisch einen Briefumschlag, fasste ihre Hand und verkündete glanzvoll:

«Eliana, wir senden dich in die Favelas nach Rio de Janeiro!»

Eliana konnte es nicht unterlassen, trotz der engen Uniform einen kleinen Luftsprung zu vollziehen und ein lautes «Wunderbar!» auszurufen. Ihr ganzer «Fanclub» aus der Vila kreischte und jubelte, dass es gewissen Leuten schon beinahe etwas übertrieben vorkam.

Eliana überschaute die vielen Zuschauer. Ihre Gedanken schweiften in die Vergangenheit. Wie oft hatte sie schon auf der Bühne gestanden, aller Welt Augen auf sich gerichtet. Doch dies war nicht mehr die Tanzbühne eines Nightclubs, dies war die Bühne Gottes, und in den Augen dieses Publikums spiegelte sich nicht Gier, sondern Freude und aufrichtige Bewunderung. Sie sah, wie die Augen ihrer Mutter glänzten. Auch in Joans und Margarets Gesicht sah sie einen Anflug von Stolz. Cristina presste vor Rührung die Lippen aufeinander und drückte ihre beiden Kinder an sich.

Rio de Janeiro also! Gott hätte sich keinen besseren Ort für sie aussuchen können. Von der Vila dos Pescadores in die Favelas von Rio de Janeiro. Eliana vibrierte vor Begeisterung. Sie spürte das Feuer in ihrem Blut. Sie spürte Gottes Gegenwart, spürte seine unendliche Liebe zu den verlorenen Menschen. Und sie durfte sein Werkzeug sein. Konnte es überhaupt etwas Schöneres geben? Sie atmete tief durch und musste sich zusammennehmen, um nicht laut zu weinen vor Ergriffenheit.

Das Leben hatte also doch einen Sinn!

Zu diesem Schluss war sie gekommen.

Definitiv.

Nachwort

Margaret hat in der Zwischenzeit geheiratet und arbeitet mit ihrem Ehemann im Norden Brasiliens. Joan führt die Arbeit in der Vila dos Pescadores weiter. Cristina gibt Schulunterricht, und Adelia hilft in der Küche mit. Am Schulhilfe-Programm nehmen weit über hundert Kinder teil.

Eliana ihrerseits arbeitet zusammen mit ihrem Ehemann in Rio de Janeiro. Sie berichtet:

Heute darf ich mich als Heilsarmee-Offizierin in der Favela «Nova Divinéia» einsetzen. Die Herausforderung ist sehr groß. Der Drogenhandel bestimmt den Alltag und zerstört die Jugendlichen, die gleichzeitig vom Rest der städtischen Bevölkerung diskriminiert werden, weil sie eben in den Favelas wohnen. Sie werden von der Schule ausgeschlossen und sehen keine andere Zukunft, als sich in den Drogenhandel einzuschleusen. Wir bekämpfen dieses Übel mit einem Schulhilfe-Programm für die Kinder. Wir bieten ihnen künstlerische Aktivitäten, intensive Gespräche, ein fröhliches Zusammensein, Besuche in Museen und Kulturzentren sowie Lektionen im Capoeira (einem brasilianischen Kampftanz).

Heute kann ich voller Freude sagen, dass sich die Arbeit lohnt. Ein Jugendlicher, der mit seinen vierzehn Jahren von der Schule verwiesen wurde, lebte in der Folge völlig verwahrlost in der Favela. Dann begann er, an unserem Capoeira-Kurs und auch an Gesprächen und Andachten teilzunehmen. Schließlich kehrte er in die Schule zurück, machte seinen Abschluss, fand eine Arbeitsstelle und besucht zur Zeit einen Kurs, um Fotomodell zu werden. In der Favela habe ich munkeln gehört, dass dieser (in der Zwischenzeit bereits achtzehnjährige) junge Mann es nur geschafft habe, wieder für ein gutes Leben zu kämpfen, weil wir ihn im Capoeira-Kurs unterstützt hätten. Ein anderer Junge ist aus den Drogen ausgestiegen und absolviert nun den Militärdienst.

Manchmal erlebe ich natürlich auch ziemlich haarsträubende Situationen. Einmal, als ich mit dem Kleinbus in die Favela fuhr, forderte mich ein Drogenhändler mit der Waffe in der Hand dazu auf, sofort anzuhalten. Ich dachte, er würde mich erschießen. Aber der Mann verschwand so plötzlich, wie er aufgetaucht war. Ein anderes Mal, als ich den Hügel zur Favela hinauffuhr, sah ich vor mir einen Mann in einer Schubkarre liegen. Ich dachte, er wäre betrunken, und bemerkte erst beim Näherkommen, dass er einen Einschuss in der Stirn hatte ...

Hätte ich nicht zu jeder Zeit Gottes Liebe und seinen Schutz erfahren, würde ich bei Szenen wie diesen bestimmt nicht länger weiterarbeiten können. Aber Gott gibt mir immer wieder eine unglaubliche Freude für meine Arbeit.

Die größte Überraschung, die Gott für mich noch bereithielt, war, dass er mir einen Ehemann schenkte, der meine Freude in jeder Hinsicht komplett macht. Ich kann wirklich sagen, dass ich heute ein vollkommen glücklicher und erfüllter Mensch bin.

Und alle Ehre dafür gehört allein Gott.

Eliana

Fotos von Eliana

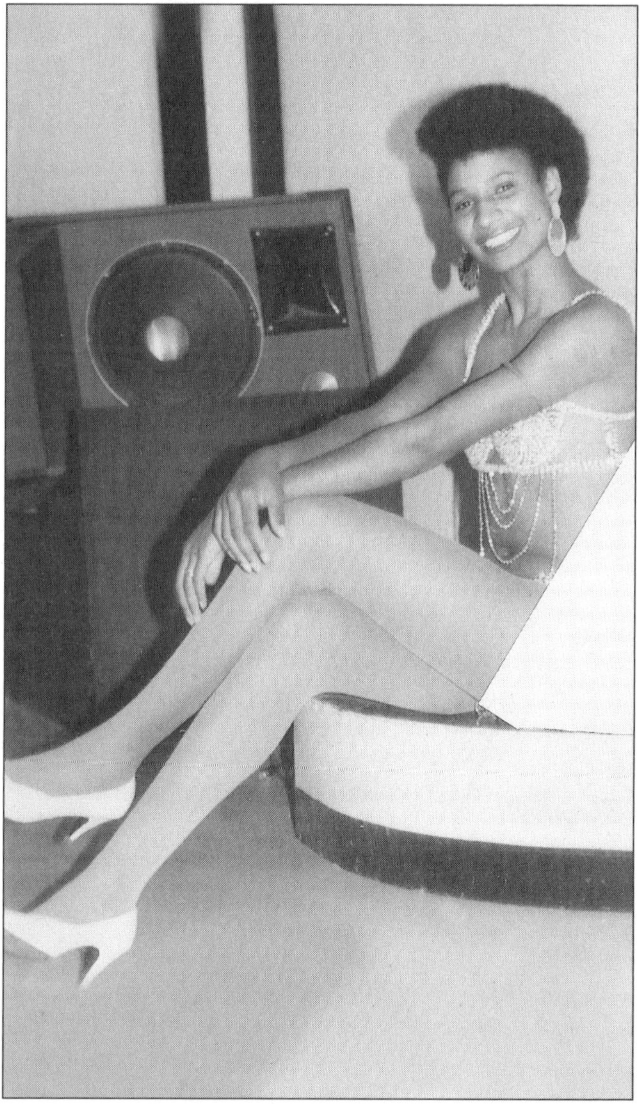

Eliana (vom Verlag aus zwingenden Gründen leicht zensiert …) in einem brasilianischen Nightclub

Eliana vor einem Samba-Auftritt in einem italienischen Nachtclub

Damit war Elianas Glück vollkommen: Der Tag ihrer Hochzeit!

Eine Mutter mit ihrem Kind in einer brasilianischen Favela

Zwei Bewohner einer Favela vor den unzähligen Holzverschlägen

Ihr breites Lachen ist berühmt: Eliana und ihr frisch gebackener Ehemann!

Eine Aufnahme aus der Vila dos Pescadores, wo Eliana und Margaret arbeiteten

Eliana in der Heilsarmee-Uniform

Zwei brasilianische Straßenkinder

«Eliana, wir senden dich in die Favelas nach Rio de Janeiro!»

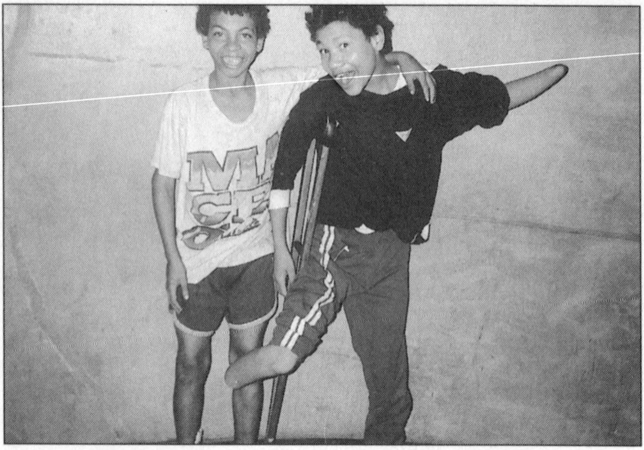

Zwei brasilianische Straßenjungs (der eine von ihnen ohne Hand und Fuß, aber nichtsdestotrotz fröhlich)

Was gibt es Schöneres, als hungrige Mäuler zu stopfen und die Not zu lindern?

Eliana und ihre große Schwester Cristina

Eliana und ihr Mann in ihrem Kinder-Projekt in Rio de Janeiro

Adressen

«New Chance International»

«New Chance International»

Damaris Kofmehl arbeitet seit 1997 unter den Straßenkindern von São Paulo. Zusammen mit ihrem Ehemann Demetri Kofmehl-Betts hat sie 2002 den Verein NEW CHANCE INTERNATIONAL gegründet, welcher zum Ziel hat, Straßenkindern aus aller Welt eine neue Lebensperspektive zu geben. Die Organisation ist inzwischen in North Carolina (USA) und in São Paulo (Brasilien) tätig und teilt sich in folgende Bereiche auf:

USA – North Carolina:

Heim: Straßenkinder und Drogenabhängige finden in diesem Heim ein neues Zuhause, eine neue Familie und geistliche Betreuung.

Club-Ministry: Ein Team geht in die Clubs und missioniert unter Menschen, die noch nie eine Kirche betreten haben.

Kirche «With Open Arms»: Jeden Sonntag versammeln sich hier Menschen, die sich in «konventionellen Kirchen» nicht wohlfühlen, um zusammen Gottesdienst zu feiern.

Missionars-Trainingscenter: Missionarisch interessierte Leute aus aller Welt haben die Möglichkeit, eine zweimonatige Ausbildung mit anschließendem Einsatz in Brasilien zu absolvieren.

Brasilien – São Paulo:

Straßenarbeit: Ein Team geht täglich auf die Straße, um die ersten Kontakte mit den Straßenkindern zu knüpfen und ihre Bedürfnisse wahrzunehmen.

Anlaufstelle: In Räumlichkeiten unweit des Stadtzentrums haben Straßenkinder tagsüber die Möglichkeit, mit jemandem zu reden, Hilfe zu suchen und sich kreativ zu betätigen.

Heim: In einem Haus im selben Stadtviertel erhalten maximal zwölf Straßenkinder im Alter von 7 bis 18 Jahren die Möglichkeit eines neuen Zuhauses.

Club-Ministry: Ein Team geht in die Clubs und missioniert unter Menschen, die noch nie eine Kirche betreten haben.

Internetcafé: Durch die Eröffnung eines Internetcafés wird ein Teil der Unkosten dieser Projekte gedeckt.

Adresse:

Damaris & Demetri Kofmehl-Betts
Rua José Ferreira da Rocha, 28
Liberdade
01508–040 São Paulo, Brasil
E-Mail: kofmehl@hotmail.com

Kontaktadresse:

Berty Kofmehl
Niederweg 103
8907 Wettswil, Schweiz
Telefon: 0041/1/700 38 36
E-Mail: kofmehl@bluewin.ch

Spendenkonten:

CH Damaris Kofmehl, 8907 Wettswil
PC-Konto: 80–139119–1
Verwendungszweck: Straßenkinder São Paulo

D Sparkasse Hochrhein, Waldshut
BLZ 684 522 90
Konto-Nr. 324798
Damaris Kofmehl, 8907 Wettswil

Weitere Bücher von Damaris Kofmehl

Eine weitere dramatische Kofmehl-Story aus dem Bandenmilieu von São Paulos Straßen:

<u>Flieh, Valdir, flieh!</u>

Er war Straßenkind in São Paulo.
Er wurde Bandenchef und Dieb.
Er ist Streetworker für die Ärmsten.

256 Seiten, Taschenbuch,
Best.-Nr. 113.642
ISBN 978-3-7655-3642-7

Schon früh muß Valdir, Protagonist dieser wahren Geschichte, zu Hause Trunksucht, Gewalt und Streit mitansehen. Der Ehe-Zwist eskaliert, die Atmosphäre ist vergiftet. Nur bei seinen Großeltern fühlt Valdir sich noch geborgen. Nach der Scheidung der Eltern pendelt er heimatlos zwischen beiden Orten hin und her, bis sein angetrunkener Vater den Neunjährigen mit einer brutalen Tracht Prügel aus dem Haus jagt. Grund: Valdir habe zu wenig Geld erbettelt. So muß der Junge auf die Straße. Dort lernt er sein Handwerk: Stehlen, um zu überleben.

Überraschend erfährt Valdir die Hilfe wohlsituierter Familien, die Fürsorge guter Heime und auch die Liebe eines Mädchens. Er trifft sogar seinen Vater wieder. Doch als seine Freundin wegziehen muß und die Beziehung zum Vater erneut zerbricht, verliert er jeden Halt. Er gerät ins Bandenmilieu eines Elendsviertels und wird zum Kopf einer kriminellen Gang in São Paulo …

Ein Buch, das man nicht mehr vergessen kann!

Brunnen Verlag · Basel und Gießen

Marcio – ein brasilianischer Straßenjunge packt die Chance seines Lebens:

Marcio – ich will leben!

Ein brasilianischer Straßenjunge wagt das Unmögliche

220 Seiten, Taschenbuch,
Best.-Nr. 113.588
ISBN 978-3-7655-3588-8

Marcio, der Sohn einer brasilianischen Prostituierten, haut aus dem Waisenhaus ab, in welchem er und seine jüngeren Brüder fast täglich geschlagen werden. Bald schon muß er feststellen, daß das Leben auf der Straße noch brutaler ist als das Leben im Heim. Immer auf der Hut vor kriminellen Straßenkinderbanden und der rücksichtslosen Polizei, versucht er verzweifelt, auf ehrliche Weise sein Geld zu verdienen. Tatsächlich glückt es ihm, eine Anstellung als Kellner zu finden, und mit fünfzehn Jahren kann Marcio von seinen Ersparnissen ein eigenes Haus mieten. Dann aber reißt sein Erfolgsfaden jäh, und alles sieht so aus, als ob seine Bemühungen, ein Leben in Anstand und Würde zu führen, umsonst gewesen wären.

Eine überaus spannende «Real Life Story» aus São Paulo.

Brunnen Verlag · Basel und Gießen